读客中国史入门文库

顺着文库编号读历史，中国史来龙去脉无比清晰！

朱元璋

高筑墙！
广积粮！
缓称王！

度阴山 著

江苏凤凰文艺出版社

目　录

第一章　出身布衣，稳扎稳打往上爬 / 1

　　从和尚开始 / 1

　　投奔郭子兴 / 6

　　独立事业的起点 / 10

　　称王干什么 / 15

　　巧树威信 / 19

　　从老三到老大 / 24

　　渡江战役 / 28

第二章　步步为营，从吴国公到吴王 / 35

夹缝中讨生活 / 35

方国珍与刘伯温的算盘 / 39

龙湾大败陈友谅 / 44

解救韩林儿 / 50

缓救南昌 / 55

决战鄱阳湖 / 60

吴王朱元璋 / 68

第三章　目标明确，南征北战灭劲敌 / 73

对张士诚开战 / 73

剪除张士诚的胳臂 / 79

韩林儿的归宿 / 83

消灭张士诚 / 87

横扫南中国 / 90

北伐元王朝 / 95

第四章　大明开国，皇帝也搞小动作 / 101

安插杨宪 / 101

宰相之争 / 105

杨宪之死 / 110

李善长退休 / 114

廖永忠之死 / 118

与老百姓同治腐败 / 123

空印案 / 128

朱元璋式分封制 / 131

第五章　疑心深重，诛杀功臣 / 136

胡惟庸是个什么玩意儿 / 136

占城朝贡事件 / 140

神秘的胡家井 / 144

收网行动 / 148

"飙车"事件 / 153

胡惟庸之死 / 157

朱亮祖案 / 161

死因成谜的李文忠 / 165

一封实名举报信 / 170

追赃：消灭富户 / 173

胡惟庸案的"二次传播" / 178

李善长被捉 / 183

解缙的一封信 / 190

"发疯"的朱元璋 / 193

捉住臣子的"小辫子" / 198

第六章　防患未然，挑选接班人 / 203

太子朱标的父皇和母后 / 203

父子矛盾 / 208

巡抚西安 / 212

谁是接班人 / 217

战神蓝玉 / 221

朱元璋布局 / 225

教育朱允炆 / 229

第七章　加固皇权，扫除仅存的障碍 / 234

　　傅友德的小聪明 / 234

　　朱元璋审核郭英 / 239

　　耿炳文哭了 / 243

　　酒鬼汤和 / 247

　　傅友德之死 / 252

　　冯胜之死 / 256

　　加固朱允炆皇权的"三板斧" / 264

第八章　一生勤勉，拼到最后一刻 / 270

　　相信《烧饼歌》 / 270

　　五千宫女事件 / 275

　　两位辅臣 / 280

　　一个箱子 / 285

　　朱元璋的遗嘱 / 290

后　　记 / 295

第一章
出身布衣，稳扎稳打往上爬

从和尚开始

朱元璋来到这个世界上，注定是要发号施令的。他将责无旁贷地表演一场史诗级的大戏，但这场大戏，需要以苦难开场。

一切开始于1328年农历九月十八中午，已经有了四个孩子的安徽凤阳县农民朱五四迎来了他的第五个孩子。这个孩子出生时，一颗彗星正准备撞击地球，突然尖叫着偏离轨道，朝月球的方向仓皇逃去。没错，这个孩子就是后来的大明王朝开国皇帝——朱元璋。

朱元璋是在苦海中泡大的。他老爹朱五四靠着租种地主家的土地勉强为生。但这份工作毫无前途，更没法让全家人吃饱。每当一家子围在桌前吃饭时，桌上只有可怜兮兮的一点点吃的。朱家上下大眼瞪小眼，瞪得时间久了，也就忘记了饥饿。在这种不知饱为何物的情况下，朱元璋只能靠"天赋"生存。

大概是朱元璋在娘胎就知道家里穷得揭不开锅，所以一出生就自带"腹胀"天赋，好几天都不吃奶。当大家认为他马上要夭折时，他却奇迹般地活了下来。后来腹胀虽然见好，可他也不能多吃：只要一多吃，肚子就如怀胎十月一样难受。但也正是凭借着这种"天赋"，朱元璋只需少量食物就可以存活。更神奇的是，即使如此，依然没有影响他的大脑发育。他倔强而傲慢地活着，等待着人生曙光的出现。

然而他人生的曙光还在地球另一面，他必须在人生苦海中挣扎很久，才能等到它的到来。6岁时，老爹朱五四把他送到了廉价的私塾学习。可是只学了一年，家中就无法交出学费，再加上没有余粮供养一个读书人，于是朱五四就让他退学，去给地主家放牛。朱元璋聪明伶俐，又识得几个字，很快就成为当地的"孩子王"。

朱元璋在放牛的闲暇时刻，常和伙伴们玩游戏：他站在高处，扮成皇帝，让那些小孩跪拜自己。在山呼万岁声中，朱元璋绷紧脸，摆出一副威严的神情，用手示意众人平身。小孩们都喜欢这个游戏，朱元璋当然更喜欢，高高在上的感觉让他极度舒服。不过，他的肚子却因为没有食物而很不舒服，别的小孩子自然也是。

有孩子就指着朱元璋放牧的牛群说："如果能吃到一口牛肉，那该多好啊。"

朱元璋和其他孩子的肚子都咕咕叫起来，声音震天动地。

身为领导，不能只享受属下带来的乐趣，还要给属下实惠。朱元璋从小就明白这个道理。他拿出了领导范儿，用手指着正在吃草的一头牛犊，说："把它给我捉住，杀掉。"

领导下令，属下自然奋勇向前。这些孩子使出了吃奶的力气，把牛犊按翻在地，用石头砸晕。朱元璋发号施令："你，去找柴火生火；你，找水来；你，去把砍柴刀拿来；你，负责剥皮割肉……"

孩子们欢呼雀跃，纷纷进入工作岗位，只一会儿工夫，烤熟的牛肉香气四溢。

孩子们正要上前争抢，朱元璋吼道："住手，我来分配！"

牛肉很快被公平地分配给大家，孩子们敞开肚子，狼吞虎咽起来。朱元璋慢条斯理地撕着牛肉，看着这些"臣子"幸福的吃相，自己也乐在其中。

当一头小牛被吃得只剩下皮和骨头后，才有孩子打着饱嗝问朱元璋："皇上，你要怎么和东家交代啊？"

其他孩子这才想到，居然还有这么重大的事要处理。他们脸色大变，朱元璋也心惊肉跳了一会儿，不过很快就恢复镇静，站得笔直，对他的"臣子"们说："不用怕，我来负责。"

所谓负责，其实是诓骗地主。他把牛尾巴插在石头缝里，回到地主家后对地主撒谎说："刚才天雷滚滚，小牛吓得钻进石中，只剩下一条尾巴露在外面。"地主对他的这番胡说八道表示理解，并给予了他应得的奖励——用鞭子把他抽了个半死。

牛放不成了，朱元璋只能找其他营生，但找到的都是些勉强可以填饱肚子的短工。如此过了几年，朱家的处境依旧没有改善。朱五四为了生存下去，先后让两个儿子朱重六与朱重七入赘妻家。即使这样，朱家仍人满为患。朱元璋12岁时，朱家还有九口人：朱五四、朱五四的老伴、朱重四、朱重四的老婆、朱重四的三个孩子、朱元璋的一个姐姐，以及朱元璋。全家人使出全力，到处给地主打工，却仍然无法填饱肚子。

1344年春，16岁的朱元璋跌入了苦海最深处。那一年，一场百年不遇的旱灾席卷了淮北。元政府抗旱不力，引发了干旱之后必有的蝗灾，蝗灾之后又是瘟疫，使得安徽大部分地区受难，朱元璋家也未能幸免。

最先去世的是一家之主朱五四，然后是大哥朱重四，接着是朱重四的大儿子，最后是朱元璋的老母。朱元璋找到二哥朱重六，兄弟二人向别人家借了块坟地，草草地埋葬了父母、大哥以及侄儿。他们连棺材都没有，只能用两条破草席将尸体包裹好，放在卸下的门板上，抬到墓地里。入葬时，干旱了几个月的天空突然乌云滚滚，降下瓢泼大雨。朱元璋和二哥朱重六一面埋葬尸体，一面号啕大哭，雨水和泪水混在一起无法分清。

这场浩劫，对朱元璋造成了巨大的冲击，以至于多年之后，每当想起父母，他就黯然神伤，接着痛哭流涕。那场大雨过后，朱元璋如同换了个人，变得沉默寡言、阴冷持重。

半年后，由于受旱灾、瘟疫的影响，朱元璋已经找不到任何填饱肚子的营生。就在他即将饿死之际，邻居向他透露了一件尘封的往事。这件往事和朱元璋的腹胀"天赋"有关：他出生时因为腹胀而无法进食，他老爹朱五四就跑到皇觉寺求神拜佛，希望佛祖能劝劝朱元璋，让他赶紧吃奶。果然，朱五四拜佛回来后没几天，朱元璋就开始进食了。朱五四觉得是佛祖大慈大悲拯救了儿子，于是又对佛祖许愿说："等将来我儿子长大了，就来此出家侍奉您。"

现在，朱元璋眼见着无路可走，又有了这件事做铺垫，于是收拾行囊去了皇觉寺。寺中的住持大和尚高彬听朱元璋说了这段奇事，不禁愁眉苦脸。他对朱元璋说："自从旱灾、瘟疫后，来捐香火钱的人少了，寺中也没有余粮啊。可既然你和佛祖有约，我不敢让佛祖毁约，你先留下，只要我有粥吃，你就绝对有汤喝。"

皇觉寺并不大，只有十几个和尚，但朱元璋要干的杂活却不少，因为大多数和尚只念经吃粥却不干活。朱元璋来后，诸如打扫寺庙、挑水劈柴之类的脏活累活，全分配到了他的名下。工作如此辛苦，但朱元璋却永远吃不饱，有时候甚至连粥汤都喝不到。正如大和尚高彬所说，寺中是真没有余粮。

朱元璋每天都饿得头晕眼花，他感觉四周的空气像凝固了一样，每走一步都要耗尽毕生气力。他仿佛看到铜钟响起后的音波在粥一样的空气中缓缓地流动；他仿佛看到佛祖的塑像每天都在悄悄向门外移动，试图逃出皇觉寺；他还仿佛看到和尚们念出的经文像幽灵一样钻进他的耳朵，再从他的眼睛里钻出来，然后形成一幅异常清晰的妖魔鬼怪的画面。

这让朱元璋觉得，无论是皇觉寺，还是瘟疫流行的人间，都令人恐惧。不过这样的日子很快就结束了。他进入皇觉寺还不满五十天，高彬大和尚就开了散伙会："寺庙已没有吃的了，大家还是出寺到人间去化缘，普度众生吧。"

说是化缘，但其实和要饭没什么两样。朱元璋离开皇觉寺要饭，一要就是三年，在这期间，他受尽了白眼和嘲讽。化不到缘时，他只能退而求其次，当小偷甚至当抢劫犯。

在这三年"普度众生"的生涯中，他深刻地意识到：人间已成地狱，而佛祖是不会来地狱的，所以佛祖的代言人朱元璋根本无法度众生。同时他注意到，这人间地狱已开始翻腾，安徽地界出现了多起反抗元王朝统治的平民暴动，尤其是中原地区白莲教的造反，对朱元璋造成了很大的冲击。他开阔了眼界，增长了见识。为了活下去，他必须在该要饭的时候要饭，在要不到饭的时候当机立断做小偷；为了活下去，他必须坚忍不拔、勇往直前地砸开施主家紧闭的大门，更要时刻提防施主家突然放出来的狗。防备狂吠的狗，让他形成了过度敏感、猜忌多疑的怪异性格。

三年后，他回到了皇觉寺。此时的皇觉寺已残破不堪，他那些去"普度众生"的师兄一个都没回来，有人参加了革命，有人还了俗，还有人被施主家的狗咬死了。这番景象，让朱元璋唏嘘不已。他先去祭拜了父母，然后在皇觉寺静下心来看书识字。突然有一天，他站起来扔掉了书本,说:"饿死我了!"

怎么才能不饿死?此时摆在朱元璋面前的有三个选择:一是在家乡打零工;二是出去碰运气;三是打破传统思维,来一场冒险,然后就能吃香喝辣。第一种和第二种选择,他已经试过,虽然没有生命风险,却吃不饱饭。至于第三种……他摸着肚子,肚子发出了杀猪般的叫声。

他下定了决心,吼起来:"我要吃香喝辣!"在当时元王朝的统治下,只有两个地方可以吃香喝辣:一个是体制内,另外一个就是反抗体制的民间武装。体制内,朱元璋进不去;那就只能参加反朝廷武装了。于是,他脱下袈裟,拎起屠刀,大踏步地从佛门冲进了烽火连天的人间,走上了他的革命之路。

投奔郭子兴

1352年,24岁的朱元璋在皇觉寺门口,苦思冥想该选择哪一股势力投靠。他的选择实在太多,在元王朝的"努力"之下,南中国的反叛之花已遍地绽放。1271年,蒙古帝国领导人忽必烈建立了元朝。这个帝国由于宫廷政变频仍、政治野蛮无序,从一开始就不受百姓待见,武装反抗此起彼伏。尤其是南中国,不到二十年,就发生了四百余起武装暴动。

最后一任皇帝妥欢贴睦尔(元顺帝)上任后,虽然有心中兴元朝,却积重难返,百姓如生活在地狱中。宰相脱脱想力挽狂澜,先是去搞货币改革,结果运作不利,导致货币贬值,把元王朝向深渊更推近了一步,而脱脱对此浑然不知。更要命的事发生在1344年春末,黄河决口,影响了元帝国的南粮北调漕运,此后连续七年,黄河不停地决口。蒙古人始终想不明白，黄河为什么总和他们过不去。脱脱忍无可忍，终于在1351年动员了17万民工治理黄河。

治理黄河没错，但问题是朝廷不给民工提供食物，而是让他们自己准备。这无疑让那些本来就吃不饱肚子的民工雪上加霜。繁重的体力劳动，再加上食物的短缺，很快，这支治河大军里怨声四起。饥饿和愤怒侵蚀着他们的心，他们发出了灵魂拷问："这样的朝廷，我们要它何用？！"

时机已经成熟，始终对朝廷抱有敌意的白莲教教徒刘福通派人把一个刻着"石人一只眼，挑动黄河天下反"的独眼石人埋在施工现场。民工挖出了这个石人，读了上面的文字，群情激奋。刘福通趁机发表了一通街头演讲，鼓吹造反。这些人在他激昂言辞的煽动下，把治河工具当成武器，开始了反元行动。他们头裹红巾，身着红色战袍，打着红色旗帜，被称为"红巾军"。

1352年农历五月初三，红巾军攻占了颍州（今安徽阜阳），建立了根据地，刘福通招兵买马，决心要恢复汉人（宋王朝）的江山。

刘福通如同黑屋子里的一根蜡烛，一亮起，就照彻了全世界。1352年农历十月，南方白莲教教徒徐寿辉攻占了蕲水（今湖北浠水）并称帝，国号天完（取"压倒大元"之意）。徐寿辉也把他的部队称为红巾军，为了区别于刘福通的北系红巾军，徐寿辉的红巾军被称为南系红巾军。同年农历十一月，山东人郭子兴攻占了濠州（治所今安徽凤阳县），宣称自己的军队是北系红巾军刘福通的分支，从此也开始了和朝廷作对的人生。

英雄辈出的时代到来了，朱元璋看来看去，发现只有濠州的郭子兴离他最近。所以，他穿着脏兮兮的袈裟，饿着肚皮，来到了濠州，投靠郭子兴。

在郭子兴的眼中，朱元璋是这样一副模样：黑黑的大脸，光秃秃的头颅，大鼻子大耳朵，额头和下巴争先恐后地向前探出——这真是一张诡异的脸。郭子兴惊叹于他这张世间少有的面孔，又因为正在饥不择食地招兵买马，所以毫不嫌弃地收留了他。就这样，和尚朱元璋脱掉了袈裟，穿起了红巾军的正装，正式成为红巾军濠州分部的一名步兵。

郭子兴就是上天赏给朱元璋的梯子。有人喜欢美的事物，而有人则偏喜欢丑的，郭子兴就是后者。他看着朱元璋的相貌，内心十分喜欢，朱元璋马上就用微笑回应，这更是让郭子兴大喜过望。当朱元璋的头发长出了一寸时，郭子兴把他调入了卫队担任卫队长。有时候，个人能力倒在其次，能和领导对上眼才是晋升的王道。

朱元璋的好运还在发酵。郭子兴不但委以重任，还把家族命运和他绑在一起。等到朱元璋的头发长得像正常人一样繁茂后，郭子兴就张罗着把养女马女士嫁给他。众所周知，这位马女士就是后来明王朝的第一任皇后——马皇后。

朱元璋明白，郭子兴对他的青睐肯定会引起他人的嫉妒与不满。这一点，郭子兴也知道。为了让他在濠州建立权威，郭子兴派他带领一支队伍外出建功立业。朱元璋不负所托，用高超的智慧，先后攻下了数个小镇。每次战役，他都以身作则，冲锋在前；他敢于承担责任，战利品按作战勇猛程度和功效平均分配。这些管理者必须具备的素质，朱元璋似乎天生就有。他渐渐得到了士兵们的高度认可，靠自己在濠州争到了一席之地。

当然，也真的就只是"一席之地"。濠州城除了他岳父郭子兴外，还有四个领导人。五个领导人当时联合攻下了濠州，由于都是外来户，谁做老大，另外四个都不服，于是五个人发挥民主精神，自称元帅，共同治理濠州。

这种管理方式，注定要出问题。郭子兴是土豪出身，瞧不起那四个农民出身的战友，尤其是孙德涯。而孙德涯也常带着他三个阶级弟兄和郭子兴唱反调，闹得郭子兴总生闷气，闭门不出。朱元璋劝他说："大家都在一条船上，咱们又不能跳船，还是要先讲感情，再和他们讲理，我们仁至义尽后，他们也一定会有所反思。"

郭子兴却不太赞同这种论调。就在双方的关系越来越僵时，一股外力突然介入，打破了局势。这股外力就是另一支红巾军，它的领导人是彭大和赵均用。彭大和赵均用在刘福通造反后的第二个月，就扯旗造反，凭借着一股势不可当的莽劲，攻占了徐州，又把徐州附近的州县全部攻陷了。由于他们占据的徐州拥有极高的战略价值，所以元政府的宰相脱脱率领了十万大军，对他们发起了猛攻，彭大和赵钧用无法抵御，仓皇出逃，来到了濠州。

彭大和赵均用虽然仅剩残兵败将，但兵力依然远在濠州之上。再加上他们号称是组织（刘福通红巾军）派来指导工作的，所以一抵达濠州，就反客为主，郭子兴等五人反倒成了他们的下属。

然而，五人非但没有团结，反而继续内讧。郭子兴向略有智术的彭大靠拢，而孙德涯等四人则对无主见的赵均用频抛媚眼。孙德涯向赵均用挑拨说："郭子兴只知有彭将军，却不知赵将军。"

赵均用怒火中烧，趁郭子兴逛街买土特产，派人将其捉住，关进孙德涯家的地窖，想着一有机会就杀掉他。朱元璋当时奉了郭子兴的命令在外征战，不在濠州城。当他得知岳父的老命恐将不保后，立即率领部队回到濠州。有人劝他不要自投罗网，但朱元璋却做出一副大义凛然的样子，说："郭公对我有再造之恩，如今他有难，我若不救，天下人将会怎么看我！"

朱元璋快马加鞭回到濠州，马上去找关键人物彭大。彭大居然不知道郭子兴被囚禁了，等腰间鼓鼓的朱元璋冲进房间，脸色铁青、怒目圆睁地将此事告知他后，他才反应过来，率领直属部队包围了孙德涯的府邸。孙德涯向赵均用求救，赵均用没了主意，只说自己头痛欲裂，将这事甩给了孙德涯。孙德涯骂骂咧咧，只好把郭子兴释放了。郭子兴进去时细皮嫩肉，出来时皮开肉绽，在大街上购买的土特产也被孙德涯抢劫一空。

郭子兴躺在床上，呻吟着要朱元璋替他报仇。朱元璋却劝他："我们现在的敌人就在城外，如果我们继续起内讧，那就是自掘坟墓。所以，您就先忍忍吧。"

郭子兴的儿子郭天叙张牙舞爪，指着朱元璋的鼻子就要破口大骂，可朱元璋狠狠地看了他一眼，郭天叙顿时感觉到心脏骤停、呼吸困难。郭子兴注意到了这点。他叹息了一声，仿佛看到朱元璋模糊的影子变得越来越高大，把自己的影子压缩成了小矮人。

朱元璋能当家做主了——这是郭子兴晕晕乎乎地睡去之前的结论。

独立事业的起点

彭大和赵均用的到来，非但没有给濠州带来任何利益，反而带来了灾难。郭子兴才从孙德涯家中地窖出来不久，元军就尾随而至。野战军指挥官贾鲁亲自带兵把濠州团团围住，对其发起了猛烈进攻。濠州凭借城高壕深、粮食充足，顽强地坚守了几个月。就当濠州城要被攻破时，贾鲁突然在阵前犯了心脏病，一命呜呼，濠州城因此躲过了一劫。

濠州保卫战虽然因为敌人的失误而取得了胜利，但濠州损失惨重，兵力严重不足。朱元璋向郭子兴请求到地方上招兵买马，补充濠州城兵源。郭子兴拉住他的衣角紧张地说："你可不能走！"朱元璋当然明白郭子兴在担心什么：孙德涯等四人和郭子兴已势不两立，赵均用肯定会站在孙德涯这边；至于彭大，他是个见风使舵的人，如果郭子兴的力量薄弱，他就不可能和弱者合作，而朱元璋正是郭子兴最强的一股力量。

朱元璋安慰郭子兴说："如果我们看到了危险，那应该做的不是躲避危险，而是要想办法解决危险，我出去招兵买马就是在解决危险。"

朱元璋既然都这么说了，郭子兴只好同意。朱元璋只带着几个亲信，出了濠州城。他回到家乡钟离县后，他的家乡人热烈地欢迎了他，并且在他充满诱惑的感召下，纷纷投靠于他。这些立志要为他的伟大事业献身的人中就有后来大名鼎鼎的徐达、汤和、耿炳文、周德兴等24人，他们既是朱元璋儿时的伙伴，也是他后来屠杀的对象。

不到十天，朱元璋就招募到了700人，当他把这700人带回濠州城时，濠州城沸腾了。最心花怒放的就是郭子兴。当然，彭大、赵均用以及孙德涯也非常高兴，毕竟这700人是濠州城的财产。于是，彭大和赵均用称王，而郭子兴、孙德涯等五人由于资格等问题，仍然称元帅。小小的濠州城突然出现了两个王和五个元帅，七个人合纵连横，斗得不可开交。而朱元璋整日唉声叹气，看着七个小丑上蹿下跳地内讧，他突然想到了一句话：有的人虽然在你面前活蹦乱跳，但他尸骨已寒。

郭子兴每次看到朱元璋叹气，就感觉晦气。他询问朱元璋的意向，朱元璋却沉默不语。身边有这样一个天天唉声叹气的倒霉鬼，郭子兴可没有信心斗过对手，所以1353年秋，他交给朱元璋一个任务："我任命你为镇抚（钦差），你到城外去锻炼锻炼吧。"

朱元璋满脸的愁容马上消散了。他把那700人留给岳父，只带了徐达等24人离开了濠州，他的目标是滁州——占据滁州是他当时最大的理想。

南下攻滁州是朱元璋人生中最关键的一环。在这个过程中，他锻炼了自己的野战指挥能力，形成了自己的战术思维，这为他以后的事业奠定了基础。

朱元璋和他的战友们遇到的第一个挑战，是定远张家堡的土匪武装，这支武装从前是打家劫舍的土匪，可天下大乱后，各地的家庭四分五裂，大家都去参军造反了，谁也没心思种地、做生意，自然也没有钱粮给土匪们抢。土匪们没了生活来源，于是决定投奔看似正义的红巾军。然而他们没有这方面的人脉，急得抓耳挠腮。朱元璋得到消息后，只带着十几个人就跑进人家老巢，和人家大碗喝酒大口吃素食，进行谈判。

土匪说他们要投靠濠州，朱元璋说欢迎；土匪又说，每天要有酒有肉，朱元璋说不行，因为濠州城也在勒紧裤腰带过日子；土匪说，不接受改编，朱元璋说更不行。气愤的土匪终止了谈判，朱元璋下山后，趁土匪头子出去找食物时，突然跑上山说："赶紧烧了兵营，你们老大要你们去濠州喝酒吃肉！"

土匪们欢呼起来，纵火烧营。土匪头子回来，看到兵营已成废墟，只好跟着朱元璋来到濠州。郭子兴眼见又多了几千人，兴奋地拍着朱元璋的肩膀，激动得语无伦次。之后，朱元璋开始训练这支土匪，只训练了一个月，就把他们扔到了战场上。对此，郭子兴略有忧虑，他却说："最好的训练场所，就是战场。"

若想进入滁州，先要搞定定远；若想搞定定远，就必须经过横涧山。横涧山的主人叫缪大亨，是个首鼠两端的造反派，他坐拥两万士兵，当年曾协助贾鲁攻过濠州，失败后就跑进横涧山，接受了元王朝的册封，享受着元王朝的俸禄，过得很是潇洒快活。不过，首鼠两端的人有个致命缺陷，那就是疑心病重。

朱元璋抓住他这个性格弱点，采用了两手战术。一方面，趁夜袭击，虚张声势；另一方面，派人去和他谈心，干扰他的判断。谈判专家对缪大亨说："我们的十万精兵已经把你们这座山围得水泄不通，你现在只有两个选择：一，被揍成猪头投降；二，体面地投降。"

缪大亨当然不信，朱元璋就在山下敲锣打鼓，到处放火，扯开嗓子喊口号。缪大亨见了，不禁疑窦丛生，朱元璋的谈判专家趁机说："体面地投降，肯定比被揍成猪头要好，我们朱将军也不希望看到你的'猪头'，他会于心不忍。"

缪大亨眼见山下火光四起，将周围照彻如白昼，真以为朱元璋有十万精兵，于是放下武器，选择了体面投降。缪大亨带着他的两万人马，手无寸铁地下山后，才发现敌人只有几千人。朱元璋面带微笑地看着他，然后拥抱他，用宽厚的胸膛温暖了他。他此时才明白，自己上当了。

兵法云"兵不厌诈"，但前提是一定要知道你的对手是什么性情。如果对手意志坚定，有着卓绝的判断力，那要诈的结果就只能是坑到自己。"兵不厌诈"这一招，只对犹疑不决、见事不明的人才有效，比如缪大亨。

横涧山没有发生战斗，但其胜利对朱元璋来说意义非凡。将横涧山收入囊中后，朱元璋就可以毫无阻碍地南下进攻滁州、和州。此时的他正处在最好适合奋斗的年纪，头脑灵活，精力充沛，敢想敢为。

不过，此时朱元璋的眼光还局限在安徽境内，他的理想也只限于攻下滁州，做滁州的主人。星辰大海的梦此时还没有进入他的脑子，直到老天把冯国胜和李善长派到他的身边。

1354年初，朱元璋用他的精锐兵团攻陷了定远，在为进攻滁州做战前动员时，定远的一个知识分子冯国胜抱着几本儒家经典和地理书，跑来投靠他。

冯国胜从小好读书，精通兵法，更精通天文地理，能看到别人看不到的远方。朱元璋向他请教，他就神乎其神地对朱元璋说："金陵（今江苏南京）龙蟠虎踞，乃是帝王之都，如果先占据了它作为根基，然后四出征伐，倡导仁义，收买人心，并且不贪图金银财宝，那么天下指日可定。"

朱元璋吓得险些晕倒，他指责冯国胜说："我现在才哪儿到哪儿，你就让我称帝，这不是吹牛皮嘛。你来点实际的，我怎么才能不费吹灰之力拿下滁州？"

冯国胜没有说话，这时候才投奔朱元璋没多久的顾问李善长说话了。李顾问摇头晃脑地说："秦末大乱，汉高祖刘邦以平民之身起兵反秦，豁达大度，知人善任，不嗜杀，五年就成就了帝业。现在天下大乱，和秦末没有区别，您的祖籍是沛县（朱元璋祖籍的确是沛县，但不知李善长从何得知），和汉高祖刘邦一样。这难道是巧合吗？如果您按汉高祖刘邦的那套行事方法，必能如他一样定鼎天下。"

李善长是汉初三杰（萧何、张良、韩信）合一式的人物，能文能武，还懂阴阳五行的幻术。朱元璋虽然不信冯国胜，但对李善长的一番话很是重视。他生于苦海，长于苦海，直到从军后处境才有所改善，从来未想过"人生的终极意义"这种大命题。如今在两人的忽悠（更多是鼓励）之下，他轻飘起来，正是从这时开始，他的目标才开始明确：不指望真能定鼎天下，但把这个作为理想总不妨事——万一实现了呢？

实现理想的途径只有一个：去千层浪里翻身。他下定决心后，就立即行动，绝不拖延。

称王干什么

1354年农历七月，朱元璋完成了对滁州的进攻准备。他在最短的时间内，训练出了一支当时少有的"听指挥、守纪律、能打硬仗"的反朝廷部队。这支部队在进入滁州境内后，所向披靡，根本没有遇到任何有效抵抗，就轻而易举地拿下了滁州。进入滁州城后，他把元政府的官员全部押至广场，指着他们说："我之所以杀你们，是因为你们是暴戾的贪官。"

朱元璋在皇觉寺出家时，曾和高彬大和尚谈过心。他问高彬："我的命咋就这么苦？"高彬大和尚给他灌了一碗佛家心灵鸡汤："遇到问题多问问自己的内心，外界没问题，有问题的是你自己。"

朱元璋按照高彬大和尚的指导，反省了三天三夜，最终，他反省出了自己命运多舛的原因："去你的高彬！问题根本不在我这里，是这个社会出了问题。那些高高在上的官员骑在老百姓脖子上作威作福，就是问题所在。若想改变自己和其他人的命运，就要把骑在老百姓脖子上的官员拖下来。"

这就是朱元璋后来对官员残暴不仁的原因，他把前半生遭受的苦难全部归咎到了官员头上。他认为，不论是元朝的官员还是后来明朝的官员，只要是官员，就会有骑在老百姓脖子上的念头。所以，朱元璋对他们非常警惕，一旦他们犯错，就要往死里整，绝不宽容。

占据滁州后，朱元璋开始大力经营，派他的部队加高加厚滁州城墙，为老百姓开仓放粮，同时组建了领导班子，传播他为受苦百姓争取利益的价值观。很快，滁州成了当时造反地方中最耀眼的明星。朱元璋踌躇满志，正要大施拳脚时，濠州城却传来了消息：郭子兴有危险了！

当朱元璋攻打滁州时，濠州城的彭大和赵均用也发挥了蛮力，陆续攻下了盱眙和泗州。几个人希望把根据地迁至泗州，可郭子兴却喜欢濠州。两人对郭子兴好言相劝，认为泗州不易受到攻击，而且还有美味的盱眙小龙虾。但是郭子兴死活不走：在濠州他还有点话语权，一旦去了泗州，那他就真的成看客了。彭大还想以情动人，赵均用和孙德涯可没那样的好脾气，他们把郭子兴一家挟持到了泗州。郭子兴临行前，派人通知朱元璋："女婿，救命啊！"

朱元璋仰天长叹："我真是倒了八辈子霉，才会摊上这么个窝囊废老岳父！不但不能为我赋能，还总是拖我后腿！"可是，叹气归叹气，他还是要解救老岳父。于是，他给泗州的彭大写信说："当初我岳父毫无条件地打开了濠州城，让你们进来避难，这份恩情你们要记得啊。"

彭大想起那段往事，不禁感动得流泪，他正要回信，赵均用在孙德涯的怂恿下，突然对他举起了屠刀。彭大稀里糊涂地被干掉了，郭子兴的老命也危在旦夕。

朱元璋是绝不可能和赵均用火拼的，他送信给赵均用，说："我岳父毕竟是革命元老，你若真的杀了他，在这个革命圈中还怎么混？即使我不反对你，我在滁州的几万人马会怎么想？我不是威胁你，而是我觉得，郭子兴对你并没有危害。你杀他又得不到什么利益，吃不到羊肉反而惹了一身臊气，何苦呢？"

赵均用想到的倒不是一身臊气的问题，而是朱元璋在滁州的几万人马。双方经过了几次拉锯战式谈判，最终，郭子兴被释放，带着万余人马来到了滁州。朱元璋用隆重的仪式欢迎他的到来，而且饭局上就把滁州城交给了郭子兴。郭子兴看到滁州城被朱元璋治理得井井有条，大为兴奋。然而，这种兴奋劲才过了一个月，郭子兴就与朱元璋产生了矛盾。

朱元璋虽然把兵权全部交给了郭子兴，但却与郭子兴事先声明：

他的那些老部下只听命于他。也就是说,在滁州城,朱元璋的团队还是一个独立的小组织。这就让郭子兴大为不满,他的两个儿子郭天叙与郭天爵也年轻气盛,又始终瞧不起朱元璋那副相貌,所以处处和朱元璋作对。朱元璋后来哭着对马皇后说:"你的两个兄弟在滁州时曾设宴要谋杀我,幸好老天保佑,那天我拉肚子,无法赴宴。"马皇后吃惊地问:"你当时为何不说?"

朱元璋愣了一下,随即马上把话题岔开了。郭天叙和郭天爵是否真谋害过他,这是个谜。不过郭子兴对朱元璋的态度发生了一百八十度大转变,却是事实。据马娘娘后来回忆说,郭子兴有次莫名其妙地把朱元璋关禁闭,朱元璋在小黑屋里饿了许多天,完全是靠着腹胀的"天赋"才挺了过来。后来还是马皇后说情,郭子兴才把朱元璋释放了。

不过,两人的矛盾不可能继续扩大,因为外部的危机很快就到来了。1354年农历九月,赵均用、孙德涯攻陷了六合,还未等他们在六合站稳脚跟,就受到了元政府野战军司令脱脱的合围。脱脱以百万之众,刚击败了高邮城的张士诚,正气势如虹。在他百万兵团的围攻下,六合城摇摇欲坠。赵均用只能厚着脸皮,向滁州的郭子兴求救。

郭子兴没有忘记当初赵均用对自己的态度,也没有原谅他,所以拒绝出兵。朱元璋冲进了郭子兴的处所,向他分析利害说:"六合虽小,却事关重大。脱脱把长江以北所能动员的兵力全部用在此地,说明这是生死攸关的一场大决斗。如果六合沦陷,那咱们这些反政府武装也就树倒猢狲散了。脱脱要打击的不是一个六合城,而是咱们的心。大敌当前,咱们应该舍弃小嫌、共襄大义。人最怕的,就是无法理解自己为什么要做这样那样的事,倘若能明白这点,人人都能做成事。"

郭子兴对这番大道理没有概念,不过他的确认真思考了一下朱元璋说的最后一句话。他想来想去,也没有想明白自己为什么要拉起大旗反元。也许他想明白了,可答案太龌龊,他不敢说出来罢了。

最后,朱元璋提醒他:"六合是滁州的门户,六合城一失,滁州必难自保。"这话郭子兴听懂了。于是他召开了战时会议,同意出兵解救六合。可在场的将军们一听说敌人有百万之众,都假装头晕眼花不肯站出来。只有朱元璋挺身而出,主动挑起了这根大梁。

众将的反应让郭子兴恐惧起来。他突然想反悔,拉住朱元璋的胳膊说:"还是占卜一下,向神明问问吉凶吧?"朱元璋回道:"事情成败,当取决于用心与否,不需要占卜吉凶。"

说完,他头也不回地带兵冲出了滁州城,向着六合进发。进入六合城中,朱元璋看着脱脱的百万之众,琢磨出了他的计划。他先是死守,在死守了数日后,朱元璋先让全城妇女站到城门前对元兵团破口大骂。这群妇女擅长骂街,元兵团又听不明白她们在骂什么,还以为她们在唱乡歌。趁着元兵茫然时,朱元璋率领一支兵团从后门突围,向滁州城逃去。元兵团大惊之下,慌忙追赶。等元兵团追到滁州附近的一条山涧时,朱元璋事先安排的伏兵突然冲出,滁州守军也随即转身回击,元兵团在夹击下,被打得丢盔弃甲。

胜利之后,朱元璋把缴获的元兵团盔甲等物完好无损地送还给了元军,并且对他们说:"六合与滁州的士兵只求自保,根本没有与政府作对的念头,只有高邮城的张士诚才是刁民。你们不去揍刁民,却来打我们,简直是南辕北辙。"

元兵团还真就相信了他这番鬼话,朱元璋用这种祸水东引的方式,解除了六合与滁州的燃眉之急。他在滁州城被奉为神一样的人物,而他的老岳父郭子兴自然也是水涨船高,乐呵呵地请朱元璋吃饭,饭局中,他把造反的理由说了出来:"我想在滁州称王。"

朱元璋伸出去的筷子停在半空,他看着老岳父那张油腻的老脸,认为他脑子进水了。从参军开始，朱元璋就一直保持着低调，始终躲在郭子兴身后，小心翼翼地培育力量。在这个从苦海中摸爬滚打过来的人眼中，只有实力配得上名号时，才可以树立名号。一味追求虚名，只会带来灾难。

他对老岳父说："元军实力未损，百万兵团就在高邮。张士诚、赵均用这些人之所以被揍，就是因为称王。你现在要称王，不是搔首弄姿，招蜂引蝶吗？况且，滁州是个山城，交通不便、商业凋零，没有山河险阻可做屏障，根本不是称王的地方。倒不如闷声积累粮食、加固城墙，慢点称王，这才是保存力量和发挥力量的正道。"

郭子兴闷闷不乐。朱元璋这番话背后的意思就是：人没有实力时要低调，即使有了实力，如果无法保证称霸，那依然要低调。树大招风，让那些大树去承受狂风的袭击，等狂风袭击完大树，筋疲力尽时，再去成为大树，这样你就没有竞争对手了。不但没有了竞争对手，整个天下也将为你所有。

这是真正的聪明人才能感悟到的道理，郭子兴感悟不到，他现在对朱元璋有种莫名的信任，所以称王之事不了了之。从此，两人开始了闷声发大财的计划。

巧树威信

郭子兴让朱元璋拿出战略计划，朱元璋就把当初冯国胜与李善长的话说给了郭子兴听："攻下金陵是根本，而若要攻下金陵，就先要南下取得金陵的门户——安徽巢湖东边的和州。和州历来是兵家必争之地，城池小但坚不可摧，守和州的人，是元政府的一员猛将——也先帖木儿，他兵力强悍，难以硬攻，只能智取。"

朱元璋的智取方案是这样的：用三千人伪装成政府义兵，带着犒赏的物品进到和州城去，城内的人难分真假，必定开门迎接；再派一万士兵跟随在后，趁双方在城门交接犒赏物品时，突击冲入，和州城可一战拿下。

郭子兴同意这个计谋，一万三千人依计而行。郭子兴的小舅子张天祐指挥着三千"义兵"前进，大将赵继祖则率领一万士兵跟随在后。计划本来很周密，可张天祐走到和州城西南的陟阳关时，当地的地主老财真把他当成了政府义兵，所以为他准备了酒肉。张天祐一见酒肉，比见到了亲爹还亲，立即下令士兵到路边吃肉。由于天色暗淡，在后面十里处跟随的赵继祖没有看到吃肉的张天祐，两个傻子擦肩而过。

一直走到和州城下，赵继祖也没有发现张天祐，正疑惑时，和州城突然大开城门，也先帖木儿的兵团冲了出来，把赵继祖的士兵冲得七零八落。赵继祖慌忙逃跑，和州城守军紧追不舍，恰好这时，张天祐吃饱喝足，急匆匆赶来。双方展开野战，和州守军哪里是刚吃完肉的张天祐的对手，被打得丢盔弃甲，向和州城逃去。和州城吊桥正在升起，朱元璋手下的骁将汤和宗纵身一跃，抓住吊桥绳索，士兵们一拥而入，在城中展开了巷战。最后，也先帖木儿逃跑，和州城就这样阴差阳错地被拿下了。

郭子兴对这场稀里糊涂打赢的战役大为满意，虽然朱元璋的计划并没有被实践，但郭子兴仍然认可朱元璋的能力，他将朱元璋升为和州总兵官（即和州战区司令）。这下，吃了肉的张天祐大大地不服气了：他的年纪比朱元璋大很多，而且和州城是他打下来的，凭什么朱元璋要踩在他头上？！

张天祐除了会吃肉外，还会煽动情绪。他到处造谣中伤朱元璋，搞得朱元璋在和州城中的各项工作都很难顺利进行。这样下去不行，朱元璋决心改变这种现状。

有一天，他召集了众将前来议事。他暗中命人将议事厅的座椅全部撤走，取而代之的是两排长凳。诸将进入议事厅后，发现舒服的椅子被撤走了，只好各找位置，先来的人都坐在了右边的长条凳上（在元代，右比左尊），后来的人只好坐到左边。朱元璋故意最后才到，坐在了左边的最末位。当郭子兴询问众人对某件事情的看法时，大家都说不出什么来，朱元璋却一针见血，分析得头头是道，让众将刮目相看，内心多了几分钦佩。

攻下和州后，朱元璋想要重新加固城墙。他把任务分配给很多人，每人负责一段，约定用三天完成。他自己也领了一段，他的那段由徐达负责。三天后，只有徐达在不分昼夜地工作下完成了任务，朱元璋马上严肃地拿出郭子兴的令牌，对他们说："我这个总兵的身份，是由主帅（郭子兴）任命的，不是我抢来的。既然我的职务有法理依据，你们就应该服从我，这次我暂且放过你们，如果你们下次还不能完成任务，我必以军法从事！"

众人自知理亏，各自焦虑不安，根本没有人敢出声，朱元璋的威信从此树立了起来。其实，树立威信的方式有很多种，朱元璋采用的只是很温和的一种：首先让众将认识到自己的确有能力，不但有能力，而且不张扬、不傲慢（坐在长凳最末的位置）；其次以身作则，在命令面前人人平等，谁都没有资格违背，包括他自己。

当然，权威的树立只是稳固了内部，对手才不理会你窝里的事。和州失守后，元政府不甘心于这种荒唐的失败，出动了十万大军把和州围成死城，昼夜不停地发起猛攻。朱元璋兵团顽强抵抗。这个时候的朱元璋，已经深谙用兵之道。他在防守的间隙，常常抓住元军休整的时间，出其不意地出城攻击，元军白天拼了老命地攻击，耗费精力，晚上又被朱元璋骚扰得休息不好，所有人都恍恍惚惚，如同梦游者一般。1355年初，元军实在支撑不住了，只能撤围而去。

朱元璋的这口气还没有松下来，孙德涯就跑来了。孙德涯的根据地盱眙当时正在闹饥荒，他本想去滁州求助，可他的仇人郭子兴却在那里，放眼四望，只有朱元璋能收留他。为了大局，朱元璋就让他把部队驻扎在和州城外，并给他军粮。可还未等朱元璋做下一步打算，就有好事之徒把朱元璋接纳孙德涯的消息传到了郭子兴那里。

郭子兴火冒三丈，认为朱元璋要和他的仇人结盟，急吼吼地率领大部队跑来和州。朱元璋马上准备了宴席，把郭子兴迎进了城中。然而郭子兴气得没有心情吃饭，用上帝指着他的信徒一样的手势，居高临下地指着朱元璋说："你有罪！"

这是个肯定句。如果它出自一个乞丐之口，那朱元璋肯定会把这个人当成疯子干掉；可如果这个肯定句出自上级之口，那就变成了真理。权力最玄妙的地方就在于，它能肆无忌惮地塑造自己对别人的看法，而且对方必须接受。

朱元璋只能认罪说："我有罪，但这是咱们的家事。家事可以慢慢解决，而外事却需要快点做决断。"

郭子兴当然知道朱元璋所谓的"外事"是指什么。他看了看朱元璋，还是那副德行：额头与下巴向前探着，将所有的表情和眼神都隐藏起来，从他脸上根本看不出任何信息。

朱元璋见郭子兴沉默不语，马上见机行事，说："我去和孙德涯谈判，咱们还是要合作，不要内讧。"郭子兴不高兴地说："你谈你的，我做我的。"

朱元璋大概没有明白这句话是什么意思，出城去和孙德涯谈判了。

而郭子兴抽调了一支特别行动队，赶在朱元璋之前下了手，将孙德涯活捉。当朱元璋抵达孙德涯军营时，也意料之中地被捉住。孙德涯的人要和郭子兴交换人质：拿孙德涯换回朱元璋。

朱元璋命悬一线。郭子兴的儿子郭天叙趁火打劫，对舅舅张天祐道："朱元璋不但形貌诡异，而且阴谋诡计不断，日后肯定是咱家的心腹之患，不如现在借刀杀人，把他解决了。"

郭子兴也知道朱元璋不是个甘居人下的普通人，可毕竟是自己一手带出来的，自己能有今天，多亏了朱元璋前蹿后跳为他铺陈。况且，朱元璋不是外人，是自己的干女婿啊。在一旁被捆成大闸蟹的孙德涯看到郭子兴犹豫不决的样子，不禁哈哈大笑。郭子兴生平最厌恶的就是这个农民，他拿起鞭子，先抽了孙德涯二十鞭，孙德涯却依旧大笑不止。此时，郭子兴感受到了人生最大的失败：仇人就在眼前束手待死，可偏偏就是不能杀了他。

最后，郭子兴做出了他有生以来最重要的抉择：他宣布释放孙德涯，换回朱元璋。几年后，如果他泉下有知，一定会为这个决定猛抽自己嘴巴。郭天叙和张天祐在旁边急得直跺脚，朱元璋回来后，抱着郭子兴痛哭，郭子兴也哀号，却没有泪水。两个月后，郭子兴病逝于和州。他到底是因何去世，谁也说不清，也许是因为他之前就有重病，也许是因为不能手刃仇人孙德涯而怒气攻心。临死前，郭子兴把家人都叫到床前，看着朱元璋，指着郭天叙。朱元璋的眼泪从眼睛里流出，"跋山涉水"到达下巴，在前凸的下巴上凝结成水珠，久久不落。郭子兴发出了他在人间的最后一声复杂叹息，归天了。

郭子兴是朱元璋的贵人，朱元璋始终对他念念不忘。朱元璋称帝后，还满足了当初郭子兴称王的心愿，追封他为滁阳王。从表面上看，郭子兴的死对朱元璋来说是好事，因为他终于拿开了置在头顶的尚方宝剑。但很快，朱元璋就发现，根本不是这么回事。郭子兴不过是把小匕首，真正的尚方宝剑是遥远的韩林儿。

从老三到老大

韩林儿是刘福通战友韩山童的儿子。当初两人密谋造反，韩山童被捕牺牲，韩林儿和老爹的教众不得不过上东躲西藏的日子，直到刘福通使尽浑身解数，杀出一条血路，占据了亳州后，韩林儿丧家之犬一般的日子才告结束。1355年春，正当朱元璋在和州城对着怒气冲冲的郭子兴讲道理时，刘福通已经把韩林儿迎到亳州，让他登基称帝，国号宋，史称韩宋。刘福通无疑是伟大的，自己有力量称帝，却把这个尊位让给好战友的孩子，当然这也是形势所迫：韩山童在白莲教中属于教主级别的人物，而刘福通的造反又打着白莲教的招牌，人不能忘本，因为"本"才是力量源泉。同时，韩宋帝国内部的大佬极多，和刘福通地位不相上下的为数不少，刘福通把教主的儿子韩林儿拉来站台，可谓聪明至极的做法。

韩宋帝国建立后的头等大事，就是联络全国各地的义军，而活跃在滁州、和州的郭子兴自然也在他们名单中。那时候郭子兴尸骨未寒，韩宋帝国就派来使者对少主郭天叙说："你们的力量无法抵挡强悍的蒙古人，不如名正言顺地成为我们的下级，以后跟着我们混，好处大大地有！"

郭天叙就和舅舅张天祐商议，张天祐表示强烈同意。于是他跟随韩宋帝国使者抵达亳州，递上了郭家军领导人的名单。韩林儿指着上面的人名，随意地说道："朕封郭天叙为滁州、和州军区一把手（都元帅），张天祐为二把手（右副元帅）……"然后他停了一下，"等一下，你们这里是不是有个叫朱元璋的？"

张天祐确实没有把朱元璋的名字写进来。此时，他战战兢兢地回道："是有这样一个人，但是……"

"朱元璋为三把手（左副元帅），就这么定了。"韩林儿说完，就把名单扔回给郭天叙。朱元璋至此成了滁州、和州军区的三把手。

朱元璋对这个受封的职务很不满意。他和张天祐与郭天叙商议，认为加入韩宋帝国是在与虎谋皮。张、郭二人却不以为然，并说出了令人无法拒绝的原因："韩宋帝国兵强马壮，正在酝酿北伐，我们势单力薄，抱上这样一棵大树，是几辈子修来的福气啊。"朱元璋琢磨了一下，觉得张、郭二人说得还是有点道理的，但让他烦心的是，一把手郭天叙年轻且没有任何管理和打仗经验，张天祐虽然年纪一大把，却缺乏智慧，又嫉贤妒能、优柔寡断。能人最怕的就是顶头上司是个废物，而要命的是，自己必须听这个废物的话。

夏天来时，百花争相绽放，朱元璋和顾问李善长谈起了这些糟心的事。李善长采用逆向思维，提醒他："权力这东西，不是给职务高的，而是给有能力抓住它的人的。我们这些人之所以来到你面前，可不是因为韩宋帝国的旗帜，而是因为你的威信。"

朱元璋秒懂——其实像他这样的人，只是想借别人之口说出自己的心声，让他毫无心理压力地去做他特别想做的事而已。由于和州的部队是他一手训练出来的，再加上和州城中的顾问和将领绝大多数都是他的人，所以很快郭天叙和张天祐就发现自己成了光杆司令。就当他们准备在内部制造矛盾反击朱元璋时，朱元璋马上转移了他们的视线。在一次重要会议上，朱元璋建议：渡长江！

这个建议很有必要。当时和州城有三万士兵，粮饷供应异常紧张，在几次击退元军的进攻后，和州城发生了饥荒。如果坚守下去，不必等到元军再来进攻，和州城就会因缺粮而陷落。要想解决粮食问题，只有一个办法，就是渡过长江，进入当时经济最发达的江南地区。

可在郭天叙和张天祐看来，这简直是天方夜谭：渡长江必须有水军，但是和州城的部队全是旱鸭子，除非长了翅膀飞过去。

懦夫眼中全是困难，而在豪杰眼中，困难只是暂时的，有条件要上，没有条件创造条件也要上。朱元璋就是豪杰。有人建议他把和州的一部分商船改成战舰，可他觉得在这种艰苦的条件下，凭空建立一支水军，希望太渺茫了，不如用现成的东西。他把目光瞄准了离和州不远的巢湖，那里有一支强劲的水军，领导人是比郭子兴造反还要早的白莲教教徒赵普胜。赵普胜是南系白莲教首领彭莹玉的小弟，彭莹玉在1351年夏造反时，赵普胜在含山县（今安徽马鞍山市）积极响应，后来退守巢湖水寨，组建了一支水军，称霸一方。当然，同时响应彭莹玉的，还有在庐州（今安徽合肥）的门徒——左君弼。

赵普胜和左君弼是道友，所以一直在谈判是否合并。可双方对谁老大、谁老二的排名无法达成共识，最后不欢而散。之后，左君弼开始频繁地攻打赵普胜。赵普胜不是左君弼的对手，一直想找个强大的合伙人。朱元璋得知了赵普胜的心思后，马上向他抛出绣球。赵普胜心花怒放，派手下大将俞通海去和州，并邀请朱元璋来巢湖水寨视察。

朱元璋在得到赵普胜求救的消息后，大喜过望，立刻加班加点地恶补水军知识。一到达巢湖水寨，他就能够指出赵普胜水军的优劣，这一"纸上谈兵"立即发挥出奇效，赵普胜等人对他渊博的知识惊叹不已。

当时正值长江涨水，朱元璋带领着这支水军东出湖口，进入了长江，轻而易举地击败了控制长江北边水域的元军，为正式渡江开辟出一块完美的前沿阵地。

回到和州后，朱元璋召开了重要的渡江工作会议，郭天叙和张天祐像两个木偶一样坐在主位上，朱元璋则在简陋的地图上说明着情况。有人主张采用斩首行动绕过采石（今安徽省马鞍山市西南隅，长江东岸，采石渡口与和州渡口隔江相望）、太平（今安徽当涂），直攻金陵，打元军一个措手不及。朱元璋不同意，认为这过于冒险。他决定还是要稳扎稳打，先攻采石、太平，再趋金陵。因为如果绕过采石、太平直接攻打金陵，一旦久攻不下，再被两地的元军和金陵守军前后夹击，那就是死路一条。

众人觉得很有道理。朱元璋这才转头问郭天叙和张天祐："两位元帅有什么问题？"

郭天叙瞪大了眼睛，张天祐则听愣了神，两人没有听出问题。即使他们有问题，似乎也只是徒费口舌，因为事情已经一目了然，在神不知鬼不觉中，朱元璋已经从老三的位置绕过了他俩，坐到了老大的位置上。

等到张天祐回过神来时，朱元璋已经下令散会。张天祐给郭天叙使了个眼色，郭天叙这才反应过来，跳起来吼道："都给我回来，我是元帅！"

还没有走出门的将领们被这声吼叫吓了一跳，回头一看，郭天叙脸色发紫，呼吸急促，好像要猝死。但他并没有猝死，而是抓耳挠腮地对朱元璋叫道："我说老朱，我才是一把手！"

朱元璋很平静地点头说："是啊。"

张天祐跳出来说："这么大的事，你就擅自做主了？"

朱元璋依然很平静地回答："没有啊，你们不是没有意见吗？"

两人气得直翻白眼，最后，郭天叙似乎找到了反击朱元璋的锋利武器："这件事难道不应该向皇上（韩林儿）请示吗？"

朱元璋也拿出了最好的反击武器："皇上正在准备北伐事宜，哪里有时间管咱们这点破事？做臣子的应该为领导分忧，我们就不要去打扰皇上了。"

郭天叙急成了饥饿的猴子："老朱，你是老大吗？"

朱元璋没有理他，径自走了出去，只剩下郭天叙和张天祐在那里吹胡子瞪眼。事情已经明摆着了：朱元璋就是老大，而且自此后，他将永远是"老大"。

渡江战役

经过四个月的筹谋，1355年农历六月初，朱元璋发动了渡江战役。战役开始前，朱元璋要求出征将士的家属全部留在和州，美其名曰照顾将士家属，其实是将他们作为人质，防止有人在前线叛变。郭天叙和张天祐本来也想留在和州，但朱元璋担心他们在后院捣鬼，所以邀请他们一起渡江。

鉴于采石防御坚固，朱元璋就先向三面临江、守军难以防御的牛渚矶（今安徽当涂西北长江边，北部突入江中部分为采石矶）发动了进攻。朱元璋的水军兵分两路，分别从西南、东北向牛渚矶逼近。守卫牛渚矶的元军从未想过朱元璋还会有水军，在惊慌失措之下被朱元璋的舰队轻而易举地攻陷了。朱元璋立即指挥部队登陆，攻占了采石。

采石被轻而易举地拿下，这对赵普胜一方造成了很大的震撼。这支水军在他和兄弟李普胜手中时，常被对手打得抱头鼠窜，而在朱元璋手中却如同神兵天降。两个"普胜"担心失去这支水军的控制权，所以决定干掉朱元璋。他们的战友廖永忠和廖永安却不同意，李普胜可不管这些，他安排了一批杀手潜伏在船上，又派人去请朱元璋赴宴，庆祝采石之战的胜利。

廖氏兄弟对朱元璋已是心悦诚服，马上偷偷去告诉了他。朱元璋对李普胜的榆木脑袋非常费解。有些人之所以难以成事，就是因为私心太重，还未等拿到胜利的果果，就担心别人分得多。

朱元璋不愿意在大战前闹内讧，就以腹胀为由，拒绝了李普胜的邀请。为了感谢李普胜的邀请，几天后他请李普胜吃饭。李普胜真的就是个榆木脑袋，恍恍惚惚地来赴宴了，结果被朱元璋当场拿下，扔到江里喂了鱼。赵普胜听到这个噩耗后，扔了酒杯逃之夭夭，自此，他耗费巨大心血培养出来的水军，因为他的私心而全部落入了朱元璋的口袋。

朱元璋虽然完全控制了这支别人的水军，却没有控制士兵们的杀人抢劫活动。在缺少食物的和州熬了那么久，如今来到有粮有肉的采石，战士们顿时开启了疯狂的抢劫模式。很多人都把抢到的粮食装进了战船，准备运回和州享受。部队监察官将情况报告给了朱元璋，认为这支军队已经军纪败坏，没有前途可言。可朱元璋明白，人在过度饥饿后，会失去所有良知，唯一想着的就是不择手段地喂饱自己的肚子。他经历过这种事，所以能理解这些士兵的心。而在这种情况下整顿军纪，是费力不讨好的。

但是他突然灵光乍现，想到了一个绝妙的点子，那就是下令攻打太平。按照原计划，在攻占采石后，应该先巩固成果，再去攻打太平。不过现在，他改主意了。

他下令卫队把那些装满了粮食的船只付之一炬，然后对士兵们说："前面就是太平，有钱、有粮、有女人，你们如果能打下太平，太平所有的钱、粮、女人，你们能拿多少就拿多少，我绝不管束。"

士兵们正为朱元璋烧了他们的粮食而愤懑，如今一听说前方还有更大的诱惑,全都提起十二分精神,怀着老婆孩子热炕头的美好希望,向东南方的太平开进。

众人都认为,接下来肯定是一场恶战,但世间事就是这样,你能想到的绝不会发生,所有发生的事都是你想不到的。守卫太平的人叫作完者不花,是个饭桶,而两个属下也比他强不了多少。当朱元璋的兵团逼进太平郊外时,完者不花先是情绪激动地宣誓要死守太平,接着命两个属下开门迎敌。双方一接触,太平守军就如山崩一样溃败,这原本是场不痛不痒的小败仗,可完者不花却认为大限已到,忘记了城中还有万名士兵,也忘记了城中有足够吃半年的粮食,惊慌失措地弃城逃跑。朱元璋几乎不费吹灰之力就攻占了太平。他的士兵兴奋地叫喊着冲入城中,到处搜寻金钱和美女,可朱元璋对此早有准备。他下令说:"谁敢在城中抢劫杀人放火,就当场格杀!"

士兵们愕然:说好的抢粮抢女人呢?说好的诚信呢?说好的老婆孩子热炕头呢?!

朱元璋语重心长地对士兵们说:"你们抢钱、抢女人,还不是想回和州?可男儿应以天下为家,窝在那个弹丸之地有什么意思?不如跟着我去更广阔的地方!到那时,全天下都是咱们的,还在乎太平这么点钱和女人吗?"将士们接受了他的这番话,倒不是因为他说得有道理,而是因为他那冷血的命令。

取太平,是为了攻下金陵,而且速度要快,因为太平四面都是元军。朱元璋刚在太平站稳了脚跟,元军的一支协防军——陈埜(yě)先部,就对太平发动了猛攻。朱元璋用计将其擒拿,陈埜先只好假装归附。两人各怀鬼胎,居然假惺惺地搞了一次拜把子仪式。

1355年农历六月底,朱元璋兵分两路,对金陵发动了第一次进攻。南路兵团由他最信任的大将徐达率领,向东扫荡元军势力,从南面包抄金陵，从而切断金陵守军和南面元军的联系。北路兵团则由张天祐率领，直攻金陵。

陈埜先发现兄弟朱元璋没有给自己分配任务，就心急火燎地跑来问他。朱元璋说："你就待在太平休养，把你的部队交给张天祐去攻金陵吧。"陈埜先假装很感动，回到军营后却对他的部下们说："你们到金陵，别傻乎乎地硬攻，只要走个过场就可以了。"陈埜先在玩诡计时，张天祐也跑来找朱元璋说："你这是玩什么呢？把陈埜先的部队交给我指挥，我能指挥得动吗？"

朱元璋说："哎呀，你不说，我倒忘了，你的位置在我之上啊，咱们以前的部队都被徐达带走了，现在只有陈埜先的部队，你如果觉得自己的那点人可以拿下金陵，那完全可以不带陈埜先的人。"

张天祐被气了个半死，窝着一股火上了战场。正如他自己所说，在金陵城下，他根本指挥不动陈埜先的部队，吃了个大大的败仗。当他鼻青脸肿地回到了太平后，朱元璋对他嘘寒问暖，还把陈埜先找来说："你的人真不好指挥，看把张元帅坑得，险些回不来！"

张天祐跳起来要揍陈埜先。陈埜先躲到了朱元璋身后，但朱元璋好像弱不禁风一般，被他轻轻一拽，就跌倒在地，张天祐扑上来按住陈埜先就是一顿老拳。朱元璋居然躺在地上爬不起来，叫喊着："不要打啦，都是自己人！"军营外的侍卫们听到呼喊，急忙跑进来拉开两人，只见陈埜先满脸是血，两眼乌青。从此，他和张天祐不共戴天。

虽然张天祐直攻金陵失败了，但徐达那边却大有收获，他连续扫荡了芜湖、句容、溧水、溧阳等地，金陵南面门户大开。距离第一次进攻金陵失败两个月后，朱元璋再攻金陵。他让陈埜先屯兵板桥（今江苏南京江宁区东北），陈埜先很高兴，马上派人和金陵城中的元军首领取得联系，并说明了自己投降朱元璋其实是在做卧底，如今他要投靠朝廷。

金陵城守将福寿早看惯了这些造反派的首鼠两端，不过，多个朋友总比多个敌人好，他回复陈埜先："若能将敌人头领的首级拿来，我就相信你的一片丹心。"

陈埜先指天发誓："拿不了朱元璋的，也绝对能拿到张天祐的！"朱元璋像是有意配合他一般，1355年农历九月，他让张天祐和郭天叙直攻金陵，同时让驻扎在板桥的陈埜先协助。张天祐和郭天叙根本想不起来，自己究竟是从哪一天、哪一刻开始，被老三牵着鼻子走的。两人恍恍惚惚地一直推进到了金陵城下，对金陵东门完成了包围。陈埜先得知后，立即率领他的兵团抵达金陵，邀请张、郭二人商议进攻事宜。张天祐右眼皮直跳，郭天叙却觉得陈埜先不敢轻举妄动，因为还有朱元璋呢！

张天祐嘟囔了一句："我怕的就是朱元璋。"

虽然如此，他却没有拒绝陈埜先的邀请。结果两人刚抵达陈埜先设宴处，就被陈埜先的伏兵攻击，郭天叙战死，张天祐投降。陈埜先把张天祐揍了个半死后，交给了福寿，福寿就在金陵城墙上把张天祐斩首了。郭、张二人带来的部队看到两个主帅人头落地，在惊慌失措下，被陈埜先和福寿内外夹击，败退回和州。不过，陈埜先也没有得到什么好处，他在追击郭、张兵团时，被友军误杀。他的侄子陈兆先继续叔叔的事业，决心和朱元璋斗争到底。

张天祐和郭天叙一死，朱元璋哭得伤心欲绝，当年他老爹老妈死时，也不过如此。众将见他这样大哭，都感动得眼泪在眼眶中打转。朱元璋哭完之后，拉着郭子兴独子郭天爵的手，对众人说："如今老大老二都归西了，我这个老三责无旁贷，要肩负起郭公未竟的事业，我这个小舅子，以后就是我最亲的人。"

郭天爵和他哥哥、舅舅一样恍恍惚惚，任凭朱元璋带着他作秀。

张、郭二人一死，朱元璋马上调整了人事结构，他自任大元帅，对他所有战斗过的地方如濠州、滁州、和州、太平等地都拥有了不可置疑的指挥权。

乍一看，这是朱元璋获得天命的玄学验证，是两个直属领导用死亡给他让路。但我们不能相信这些鬼话，因为一切的成功都是事在人为。

1356年三月初一，解决了张天祐和郭天叙的朱元璋，亲自率领大军，第三次攻打金陵。这一次，朱元璋没有分兵，而是水陆并进，先推进至江宁，生擒了陈兆先。为了彻底收服这支队伍，朱元璋玩了次大冒险：他从陈兆先的部队中选出了500名骁勇壮士充当侍卫，然后撤走之前的卫队，让这500人和自己近距离接触。夜晚，他躺在床上呼呼大睡，那500人则在他的军营外心惊胆战，面面相觑。朱元璋这天晚上的鼾声是他有生以来最响的一次，打得那叫一个地动山摇。那500人深深感动了：朱元帅如此信任我们，我们如果还有二心，那和禽兽有何区别？这夜过后，这500人成为五天后攻打金陵最卖力的一支部队。

朱元璋对金陵城发起了猛烈攻击，那500人在冯国用的率领下，成为第一支敢死队。他们在冲锋中想起了朱元璋的鼾声，想起了朱元璋敞开胸怀把他们纳为心腹的伟大举动，顿时产生了开天辟地的惊人力量。金陵守军面对着这种靠情感而不是靠命令激发起来的力量，简直就是以卵击石。很快，500人就攻破城门，冲入了金陵城，朱元璋大部队随即跟上，双方在金陵城展开了惨烈的巷战。最终，朱元璋把元军杀死的杀死，打跑的打跑，这座南方最壮丽的大城，终于落到了他手中，由此开启了属于他的近半个世纪的光芒四射的时代。

从投奔郭子兴到夺取金陵，朱元璋仅用了短短四年。他由一个普通的步兵迅速成为拥有数万之众的战斗力强悍的军团首领，其成功的奥秘，除了运气外，也有我们值得学习的地方。

元末的革命武装，大多数是乌合之众，趁着元朝的衰落而突然兴起，这些人在品尝到权力的滋味后，突然就忘了自己造反的目的是什么，或许在他们看来，造反本身就是目的。但是当破坏成为目的后，就不可能创造出精神和物质财富。朱元璋始终记得他为什么要造反：那就是尽量恢复混乱的秩序。他讲究军事纪律，不贪图美女金钱，不杀无辜的人。这三条在那种乱世，已足以把那些跳梁小丑比下去了。

人类历史永远都是这样：得民心者得天下。朱元璋或真或假、或多或少地做到了这一点，他的成功，自然就说得过去了。

但有一点，朱元璋可能也注意到了：金陵虽然易守难攻，可再坚固也只是个要塞。若要把它变成战略中心，还需要不停地向外扩张。金陵的安全，不在金陵，而在金陵之外。

第二章
步步为营，从吴国公到吴王

夹缝中讨生活

朱元璋攻下金陵后，马上做了三件事。第一件事，把金陵改名为"应天府"，意思是"顺应天命"；第二件事，派人到韩林儿那里报告他的战绩，并告知郭天叙和张天祐死亡的事。韩林儿和刘福通正在动员力量，准备攻打元王朝的都城北京，没有精力理会郭家的事，倒是刘福通见朱元璋的态度很好，索性任命他为"江南行省等处中书省平章政事（即江南地区的副宰相，实质上的宰相）"，同时还任命郭天爵为其副手（右丞），又过了一段时间，韩林儿又封朱元璋为吴国公，表示了对他的高度肯定；最后一件事，朱元璋参照帝国的政府模式，构建起了包括行政、军事、司法等机构在内的、组织基本完备的政权，这也是后来明帝国的雏形。朱元璋政权就如同一棵小草，虽然弱小，却充满勃勃生机。

韩宋帝国虽然封他为江南地区实质上的一把手，但他所控制的地盘实在是不值一提。以应天为根据地的吴国公朱元璋，仅拥有西起滁州到芜湖、东起句容到溧阳的巴掌大的地盘。而最要命的是，他的这块地盘还夹在天完帝国徐寿辉野心勃勃的部将陈友谅和南方霸主张士诚之间。陈友谅和张士诚后来成了他的劲敌，而在1356年，他占领应天时，这两人根本就不知道世界上还有朱元璋这个人，张士诚也只是隐约知道韩宋帝国在安徽有个分部，领头的人似乎姓郭。

但张士诚很快就记住了朱元璋这个名字。朱元璋为了确保应天的安全，必须将势力扩张到应天周边。1356年农历三月，朱元璋准备巩固应天东南部，为了不惊扰到张士诚，他派人送信给张士诚，大拍马屁，希望双方能建立友好关系。不过这次马屁拍得很没水准——朱元璋把张士诚比作西汉末年的隗嚣。这人的确是个英雄人物，可他却是个墙头草，一会儿投奔刘秀，一会儿又投奔刘秀的对手。

张士诚暴跳如雷，因为朱元璋戳破了他的真面目。张士诚本是江苏泰州的盐贩子，古代的盐是政府专卖的，贩卖私盐可是重罪，所以盐贩子大都是亡命之徒。刘福通发起革命后，张士诚发现，造反比贩盐的获利要多，于是带领着十几个盐贩子，用扁担做武器，干掉了地方官，开始了造反生涯。

那个时候，造反的市场非常大，张士诚很快就崭露头角，造反三个月后，他就集结三万人攻下了泰州。政府过来招安，他起初同意了，但马上就又反悔，转而攻陷了高邮。不但攻陷了高邮，还在高邮称王，国号为周。1354年，当朱元璋经营滁州时，元野战军司令脱脱率领百万兵马进攻滁州，张士诚支撑不住，宣布投降，可当脱脱撤掉了攻击部队后，他却又不投降了。后来，脱脱也奈何不了这个反复无常的家伙，只好撤兵。1356年，当朱元璋在进攻应天时，张士诚从高邮迁至平江（今江苏苏州），如暴风一样把浙江西部的十几个富庶城市全部扫荡了一遍，把它们纳入了自己的口袋。

朱元璋说张士诚是东汉末年的隗嚣，这让张士诚很不高兴。他非但没有和朱元璋建立友好联盟，反而和他成了敌人。至于徐寿辉和他的丞相陈友谅，比张士诚要威猛得多。在朱元璋攻克了应天不久，二人即势不可当地把地盘从湖北扩张至湖南、江西、浙江、安徽等地。这两股力量如日中天。

无论是徐寿辉，还是张士诚，或是朱元璋，能有如此快的发展速度，不仅仅是因为他们的个人能力，还因为有着良好的外部环境。自天下大乱以来，北系红巾军建立的韩宋帝国就如一面巨墙，挡住了元朝力量的南下，凭借此，南系红巾军才能如雨后春笋般茁壮成长。

朱元璋和张士诚谈崩后，先把目光瞄准了仍属于元王朝的城池，这样既不用和徐寿辉、张士诚产生冲突，又能夺取地盘。他的第一个目标，就是应天东面的镇江。攻克镇江后，朱元璋再接再厉，又拿下了应天南面的广德。两座城池被朱元璋瞬间攻克，这让张士诚坐不住了。

张士诚开始搜集朱元璋的资料，最后得出结论：此人虽容貌诡异，其实是平凡人物，只是运气好而已。虽然得出这样的傲慢结论，但张士诚仍然感觉到身后冷飕飕。为了驱除这种心理压力，他对朱元璋刚拿下的镇江发起了进攻。

朱元璋不去救镇江，反而去攻打张士诚的常州。张士诚马上派人去救援常州，但朱元璋早已在常州外设下了埋伏，导致张士诚派去支援常州的部队全军覆没。这一招数叫"围魏救赵"，创始者是战国时期的孙膑。此时，张士诚终于开始谨慎地审视起朱元璋，并得出结论：此人是个劲敌。他意识到从前那些所谓的伟大胜利，只是因为对手太弱了而已。于是他主动向朱元璋示好，朱元璋却狮子大开口，要他每年交巨额保护费。张士诚让他滚蛋，朱元璋立即发兵再攻常州。到了1357年的上半年，张士诚的三座城池（常州、长兴、江阴）全被朱元璋吃掉。这三座城池曾经是张士诚西进的门路，如今门路已被堵死，张士诚只能坐困苏州。

这还不是最重的打击。1357年农历七月，朱元璋兵团又攻下了张士诚的常熟，常熟是张士诚的重要据点，这个据点一失，苏州就彻底成了死城。张士诚在西线打不过朱元璋，就决定扩张东线。可东线的嘉兴和杭州掌握在骁勇善战的苗军手中，根本无法撼动。张士诚接二连三损兵折将，辗转反侧之下，他只能故技重施，对元王朝表示效忠。元王朝在南方，始终打不开局面，就是因为缺少有分量的助力。如今有了张士诚，元政府简直心花怒放，张士诚要什么，他们就给什么。

当张士诚在元政府的支持下，于苏州吃喝玩乐时，朱元璋却仍在埋头苦干。1357年，在他29岁生日之际，他的应天小政府已经把应天周围的武康（今浙江德清）、宁国（今安徽宣城）、铜陵等地掌控在手。至此，应天城东南西北全被巩固。待到老窝安全后，朱元璋又向东南方向零零散散的元王朝据点发起进攻。应天东南方向的浙江台州和温州，本来发生过惊天动地的起义，但在当地一批效忠于元王朝的知识分子帮助下，起义很快就被镇压下去了，不过元政府也付出了惨重代价。

朱元璋趁他们元气尚未恢复，在1358年农历二月，动员了应天城主力，向浙东地区挺进。东征过程中，郭天爵不知为什么突然要谋反，朱元璋也不知出于什么原因，一直防范着他，所以郭天爵谋反未成反被杀。郭家作为朱元璋梯子的使命彻底完成，退出历史舞台。

1358年农历十一月，天降大雪，朱元璋亲自带领兵团抵达婺州（今浙江金华）城下，婺州城守将石抹厚、孙起初顽强抵御。在朱元璋亲自坐镇的情况下，士兵们玩命攻城，终于将婺州拿下。朱元璋在此设置了浙东行省，随后开始扫荡婺州周边地区。同时，他觉得庆元的方国珍很有被招降的价值，于是派人去招降方国珍。

方国珍当时就怒了，质问朱元璋派来招降他的使者："朱元璋是个啥玩意儿啊？！"

方国珍与刘伯温的算盘

方国珍很快就知道朱元璋不是个"啥玩意儿"，而是一根巨柱。和张士诚一样，台州人方国珍也是个盐贩子，也喜欢在造反和投降之间摇摆。而和张士诚不一样的是，方国珍牛高马大、力大无穷，能把一匹飞驰的骏马掼倒在地。靠着个人力量和人格魅力，方国珍很快就组建起了一支队伍，占领了台州和温州。他心情好时，就为政府效力；心情不好了，就宰几个元政府官员玩玩。元政府对他这种忽降忽叛的人毫无办法，只能看他眼色行事。

1357年初，方国珍正站在元政府这边。当时张士诚攻城略地，所向披靡。元政府要方国珍去遏制张士诚。这是两个盐贩子同行的首次交手。张士诚七战七败，又被朱元璋压制住，所以只好向元朝投降。在南中国，就数徐寿辉、陈友谅和张士诚最有名气，可方国珍偏偏赢了张士诚七次，于是方国珍就认为张士诚等人只是徒有虚名，顿时就有了孤独求败的感觉。所以当"毫无名气"的朱元璋来招降他时，他才会说，朱元璋是个啥玩意儿。

可他毕竟是方国珍，如果没有两把刷子，也不可能拥兵十万，甚至还占据了东南沿海渔盐资源最丰富的地方。方国珍在嘲笑了朱元璋一番后，就开始对朱元璋展开调查。调查方向有两个：第一，朱元璋是谁，实力如何？第二，他为什么要来招降我？

经过一番详细而缜密的调查后，方国珍吃了一大惊。世界上有这么一条真理：没有经过调查，就没有发言权。妄自尊大的人，不是头脑有问题，而是对对手一无所知。

方国珍发现，朱元璋确实是个货真价实的狠角色。仅用了五年，他就从一个步兵发展成了可以和张士诚、徐寿辉并肩而立的人物。但在对朱元璋所控制的区域进行分析之后，方国珍发现，虽然他的地盘够大，却都是穷地方，和张士诚、徐寿辉不可同日而语，只是因为其扩张速度触目惊心，才让人误以为他已经和大佬徐寿辉、张士诚是同一个级别了。

但是，让方国珍下大力气思考的，倒不是朱元璋实力如何，而是朱元璋为什么要来招降他。这是个很复杂的问题，但鬼机灵方国珍却想明白了。南中国的造反派为何能在短时间内迅猛发展起来？有两个原因：一方面，韩林儿、刘福通的韩宋帝国在北方牵制着元军的主力，使其无法南下，这就让元王朝始终无法在南中国形成强有力的统治。于是就产生了另外一个原因：南中国的造反派们扩张地盘时所遇到的对手，要么是元朝的杂牌部队，要么就是一城一地的地方势力（政府义军），而这些地方势力又各自为政，不知团结，所以根本无法抵挡农民抱团的攻击。

无论是徐寿辉、陈友谅还是张士诚，包括朱元璋，在刚开始扩张地盘时都不会发生冲突，因为元王朝在南中国的地盘足够大。可随着各方势力的持续扩张，元王朝的地盘被瓜分完毕，本来互不干涉的几个势力现在挨到了一起。这些势力再也不能像从前那样肆无忌惮地扩张了。当时的南中国还剩最后的六块市场：三个大势力，分别是徐寿辉、陈友谅，张士诚，朱元璋；三个小势力，分别是方国珍，四川的明玉珍，以及最后一块效忠于元王朝的地盘（分别属于福建的陈友定、广州地区的何真和云南的蒙古王公巴匝剌瓦尔密）。

三大势力的任何一方，都想吃掉三个小势力，可他们如果想达成这一目标，就必须倾尽全力。然而一旦如此，他们就不得不面对另外两大势力偷袭自己的风险，于是就形成了这样的格局：三大势力不敢轻举妄动，三小势力虽然力量弱小，却也自得其乐。在这样的平衡制约中，朱元璋第一个想到，不用武力，而是用招降的软办法来推进自己的扩张计划。

离他最近的，自然就是方国珍。想明白这些以后，方国珍也就想到了应对之策：他不能和朱元璋闹翻，因为周边是张士诚和陈友定这两个居心叵测的人，倒不如利用朱元璋来牵制他们。

1359年春天，方国珍用金钱和美色，招待了朱元璋派来的使者。方国珍让使者带着一大批珠宝和食盐回到应天，并且带话给朱元璋："为了表示我对你的敬仰，我先和你合作灭掉张士诚，等把他灭掉之后，再来谈我归顺的问题。"

但是朱元璋没有任何回复。于是方国珍又给朱元璋写信说："我愿把温州、台州还有庆元送给您。"可这封信也如同投入了墓道，毫无回响。方国珍再给朱元璋写信说："我可以把我儿子送到你那里当人质。"

这种反复试探，终于惹恼了朱元璋。朱元璋对他大发雷霆道："你如果诚心归顺的话，还要什么人质？你弄个人质来，就是不想归顺我，那我们还有什么好谈的！"

本以为这番话会让方国珍吓得尿裤子，可朱元璋并没有等到方国珍尿裤子，却等来了方国珍的一番奚落："鞋拔子脸，你的末日到了！"

朱元璋笑得上气不接下气，他质问方国珍："就凭你？"

方国珍回答："还轮不到我，但是陈友谅马上就会来收拾你。"

方国珍说得没错，陈友谅正在筹划一个吃掉朱元璋的大计划，巧的是，朱元璋也在谋划一个大计划。两个人的计划不谋而合：都要干掉对方。

1360年初，32岁的朱元璋迎来了他人生中最大的贵人——浙江青田人刘伯温。刘伯温在中国民间，向来以预言家、魔法师的身份闻名，但他真正的身份，其实是出色的军事理论家和战略家。刘伯温曾在元地方政府中工作，但是腐败肮脏、不思进取的元政府让他失望透顶，后来他隐居在家乡，可名声却因隐居而天下皆知。朱元璋得知浙江有这样一个神人之后，马上就派人去请，连续请了三次，才终于将刘伯温请到应天。

几年后，朱元璋才知道，自己请来的不是一个凡人，而是落在凡间的一个神仙。刘伯温抵达应天不久，在朱元璋的苦苦哀求之下，贡献出了八条策略，这八条策略，也是后来朱元璋能成为明太祖的根本。

刘伯温首先贡献了第一策："天下非一人之天下，唯有德者居之。元王朝的失德，使得中华大地如同一锅沸水。百姓盼望有德之人，就如大旱盼甘露。如果有人可以效仿商汤、周武那样吊民伐罪，就可顺应民意，取而代之。"朱元璋点头。这一条看上去好像有点虚，其实只要认真去做了，就会收到成效。

接着，刘伯温又贡献了第二策："先定东南，再北伐，直到把蒙古人彻底赶出中原。"

而刘伯温的第三策则指出："应天是六朝故都，西临荆楚、东有江浙，依山傍水，能守能攻，实在是个定鼎之宝地，如果将来统一天下，应该在此建都。"

刘伯温又说："要想做到以上三点，就必须玩点实际的。首先，我们要在控制区内，修德省刑，轻徭薄赋。毕竟在我们面前就有一个绝佳的反面教材——元王朝。我们只要反其道而行之，就能得民心。"

朱元璋点了点头，问刘伯温："你有没有什么干货可以分享？"

刘伯温回答："有啊，我接下来要说的就全是干货。首先，最重要的是，你一定要'缓称王'。第一个称王这种事，你不要干。所谓'枪打出头鸟'，我们现在必须打着韩宋帝国的旗号开疆拓土，这样外人就会认为是韩宋帝国在开疆拓土。你看那些猴急称王的人，总是会被元王朝打，而你现在却始终没有遭到元王朝的攻击，就是因为你只是韩宋帝国的一员将领，而不是韩宋帝国的'王'。"朱元璋认可了这个建议，毕竟当初他劝郭子兴缓称滁州王就是这个思路。

刘伯温接着说："'缓称王'，不是不称王，而是要等到你拥有完全碾压对方的力量后再称王。所以，我们要积蓄力量，把所有的城池都加高加厚，还要收集粮食——手中有粮，心中不慌，我们要耕不忘战，战不忘耕，以耕备战，以战护耕。但光有粮食还不够，粮食只是软实力，真正的硬实力是人才。所以，要大力招揽天下俊杰。人才比黄金还宝贵，没有人才，就如无源之水、无本之木。以上，是第五、第六、第七策。"

朱元璋面露笑容，说："足够啦，足够啦。"

刘伯温摇头说："还不够。还有最后一策，那就是分清我们的敌人。我们现在有两个敌人，一个是西边的徐寿辉、陈友谅，另一个是东边的张士诚。陈友谅占据了荆、襄全部土地，同时正窥伺江东，南中国已被其占去大半。而张士诚仅有边海之地，南到会稽，北不到淮扬，虽有大志，却是志大才疏。相比之下，陈友谅则彪悍异常，又有用兵之谋，所以，我们第一个敌人应该是陈友谅。猎人们常说，打一群猛兽时，要挑最狠的打。同理，除恶也要先除大恶，正如古人所说，擒贼先擒王，只要强的一败，弱的就会束手来降。我们如果能够得到陈友谅的地盘，那么天下之势也就定了。"

朱元璋若有所思，探寻着问刘伯温："那么，我们是徐寿辉和陈友谅的对手吗？"

刘伯温掐指一算说："我们的对手里没有徐寿辉，只有陈友谅。而且，我们不必主动出击，他现在就在来的路上。"

龙湾大败陈友谅

陈友谅未造反时，是湖北仙桃市的一个渔夫。由于他水性极好，又读过几年书，所以后来进入了政府做些打杂的活儿，不过他看不惯元政府内的钩心斗角和腐败无能，所以后来又辞职回家继续打鱼。1351年，徐寿辉发动了起义，声势夺人，很快就建立起天完帝国。听闻此消息，陈友谅多年来躁动不安的心被激活了，他就此扔掉渔网，鼓动当地渔民一千多人造反。陈友谅在基层政府工作多年，耳濡目染学到和悟到了出色的组织能力和控制能力，他的兵团在一年之内就翻了二十番。1355年，陈友谅在战场上结识了徐寿辉手下的大将倪文俊，在倪文俊的引荐下，陈友谅见到了徐寿辉。徐寿辉邀请他入伙，于是陈友谅用两年为天完帝国开疆拓土，奉上了一份完美的投名状，由此成为天完帝国的三把手。

1357年农历九月，倪文俊谋杀徐寿辉未成，跑到了陈友谅的驻军基地黄州（今湖北黄冈一带）。倪文俊一直认为自己和陈友谅的私人关系非比寻常，所以才跑来投奔。但陈友谅审时度势，马上掀翻了友谊的小船，杀掉了倪文俊，并把人头送给了徐寿辉。

徐寿辉感动得热泪盈眶，马上让陈友谅坐到倪文俊生前的老二位置上。然而此时的徐寿辉并不知道，陈友谅并不满足于老二的位置，而是将贪婪的目光投向了他屁股底下的王座。

1359年末，寒风逼人，南方阴冷。陈友谅在温暖的王宫中，向国王徐寿辉呈递了一份消灭朱元璋的计划。徐寿辉之所以能成为天完帝国的领导人，不是因为能力，而是因为运气以及他在白莲教的地位。如果不靠倪文俊和陈友谅支撑他的帝国，他早不知干什么去了。他对这份计划毫无灼见，只是一个劲地点头称赞。

陈友谅也点头，而且狞笑。徐寿辉感觉到一股寒意铺面而来，他打了个哆嗦，对陈友谅说："你笑得不太美。"

陈友谅说："的确如此，因为我要取代你的位置。"

徐寿辉脸色铁青，好像结了一层霜。陈友谅说："你现在坐的位置应该属于我！"徐寿辉终于发现，陈友谅已被倪文俊阴魂附体。他大喊："卫兵！"卫兵们冲了进来，但徐寿辉居然一个都不认识。陈友谅说："这是我的卫兵，至于你的卫兵，早已经见阎王去了。"

徐寿辉耷拉下脑袋，陈友谅当即下令："迁都江州，建立汉帝国，后人会将我的帝国称为陈汉帝国。"

在无声无息中，徐寿辉的天完帝国灰飞烟灭了，一个比天完帝国更有活力的陈汉帝国诞生了。1360年闰四月，陈友谅率领兵团出九江，直攻朱元璋的池州。朱元璋早有准备，预先让徐达安排好了伏兵，一举将其击溃。但是陈友谅毫不在意，到了五月初一，他集结十万水军，挟持着徐寿辉绕过池州，进攻太平。太平城是朱元璋在应天的桥头堡，朱元璋自得到太平城后，日以继夜地加固城墙，可以称得上是城高墙厚，万夫莫开。然而，当陈友谅把高大的军舰停泊在太平西南城墙下之后，士兵们就如履平地冲上了城墙。三天后，这座曾经让朱元璋极其自信的城池陷落了，太平城中的高级将领全部阵亡，包括朱元璋的义子朱文逊。

由此可见陈友谅兵团的攻势之凌厉。夺取太平后，陈友谅一刻也不停，马上进攻采石，等到采石应声而落之后，朱元璋的老巢应天就出现在他眼前。

不过此刻他不着急进攻应天，而是转头把徐寿辉干掉了。杀掉徐寿辉后，他马上决定称帝。但问题是，当时他正在前线，没有地方可以称帝。这时候，他想到白天视察军队时，看到过一座殿宇高耸、金碧辉煌的寺庙，那便是建于宋代的五通庙。他命人做了些简单的打扫，然后就地取材，把供桌当成"龙案"，把一张摇摇欲坠的破椅子当成"龙椅"，再把五通庙前的一个土堆视为"祭坛"。他把屁股贴到"龙椅"上，几乎是半蹲着，草草地举办了登基大典。

陈友谅睁着一双炯炯有神的大眼，扫视着下面的文臣武将，说："我所建立的这个虎虎生威的国家，它的国号为汉，年号'大义'。"顿时，大家山呼万岁。看上去很是那么回事，只是有点遗憾：登基仪式进行到一半时，一场暴雨突然不请自来，陈友谅只好狼狈地逃回指挥舰中。

虽然他喘息未定，但还是抽出时间给张士诚写了封信，要他从朱元璋的背后攻击。这种战术叫"包饺子"，目的是要朱元璋顾得了头却顾不了尾。

张士诚却在苏州城中认真琢磨起这件事的利弊得失来：朱元璋虽然不是善茬，可也一定架不住他和陈友谅两人的夹击。问题是，陈友谅干掉朱元璋后，下一个目标会是谁？这已经是秃子头上的虱子——明摆的事了。

两家争锋不如三足鼎立——张士诚摇晃着脑袋，认为这一结论是他智慧的高度结晶，所以他选择静观，以不变应万变。

但是朱元璋没有他那样的运气，他必须对此做出反应，否则只能是死路一条。他召开了重要会议，和大家商讨如何对付陈友谅。然而，那些文武官员都陷入了沉默。陈友谅靠水师发家，精通水战，战舰比朱元璋多十倍,更拥有着听起来就让人心惊胆战的"撞倒山""塞断江"等巨型战舰,陈友谅的舰队行驶在长江中时,就如同行驶在自家的游泳池一样。

几乎所有人都认为这场仗打不起。有人主张逃亡到钟山,有人主张先收复太平,甚至还有人主张献城投降。大厅里吵成了菜市场。朱元璋观察众人,见只有刘伯温气定神闲。于是散会后,他把刘伯温请到密室,第一句话就问道:"您有什么好计策吗?"

刘伯温慢吞吞地说:"先把主张投降献城池的人和主张去紫金山坚守的人杀掉,才能破敌。"

这当然不是"计策",世界上从没有杀自己的人而让敌人害怕的道理。但朱元璋明白刘伯温的意思:投降和退守不是办法。可是,如果主动进攻,目前的力量又不允许。陈友谅三天就拿下了太平,这种战力让人惊恐。

刘伯温提出了自己的主张:"陈友谅打太平,是因为太平临江,他的水军固然天下无敌,可他的陆军却未必如此。如果我们能够避开他的优势,以我们的优势打他的劣势,那么成功的可能将大大增加。"

朱元璋恍然大悟,兴奋地说道:"我明白你的意思了,我们先把陈友谅引诱到陆上,再在一些关键地段设下埋伏。他们的水军用不上,陆军人数又比我们少,这时我们伏击他,就可以用最小的代价获取最大的战果。"

刘伯温面无表情地点了点头。知道了"怎么做"之后,下一步就是"做什么":如何把陈友谅从水上诱拐到陆地上来?朱元璋开始认真琢磨起来。他突然想起前段时间来投奔他的一个人,这个人叫康茂才,本是陈友谅的手下,因为看不惯陈友谅在徐寿辉面前飞扬跋扈,所以才跑到朱元璋这里来。朱元璋把康茂才叫来,对他说:"你到我这里,还没有纳过投名状……"

康茂才拍着胸脯说："您说，我做！"

朱元璋说："你和陈友谅有关系，可以给他写信对他说，你是卧底。然后撺掇他里应外合来干我。"

康茂才不无疑虑地表示："陈友谅这人比猴儿还精，这个说法怎么能骗得了他？"

朱元璋告诉他："陈友谅喜欢用水军，因为这是他的特长。如果你通知他说，你已经把从长江到应天西城墙的那条三岔江上的木制江东桥挪开了。陈友谅的水军可以经过秦淮河直抵应天城墙之下。陈友谅必会相信你，因为他来的目的，就是要找各种投机取巧的办法，尽快干掉我们。而这就是个投机取巧的办法。"

康茂才只好抱着试一试的心态，写信给陈友谅。陈友谅大喜过望，问送信人："康老先生在什么位置驻扎？"信使回答："在江东桥。"他追问："桥如何？"信使回答："木桥。"陈友谅因激动而双手颤抖，对康茂才派来的信使说："回去告诉老康，我肯定会赶到，不见不散，到时候以'老康'为信号。"

等陈友谅回复后，朱元璋马上起手布置战场。康茂才带领着水军一部精锐埋伏在江东桥；大将常遇春带三万人去石灰山静候，准备伏击在龙湾登岸的陈友谅兵团；徐达兵团等在应天的南城外面，作为机动部队随时投入进攻；水军主力则被派往长江下游，准备伏击撤退的陈友谅水军。朱元璋本人则带领着预备队驻扎在城墙西北处的卢龙山——在这里，他能俯瞰长江和整个战局。

一切准备就绪后，朱元璋下令应天城内所有部队严阵以待。可就在万事皆备后，他的顾问李善长突然大叫一声："呜呼，不妙！"

朱元璋被他吓出一身冷汗，以为他从天象中看出了此战不吉，可观察天象是刘伯温的长项，和李善长没啥关系。李善长虽然不会观察天象，但会观察地理。他紧张地提醒朱元璋："江东桥是木桥，康茂才的水军远不如陈友谅，如果稍有闪失，被陈友谅冲破江东桥的话，那可就完蛋了。"

朱元璋一拍脑门，说："哎哟，我怎么没有想到。既然你想到了，那你就负责把木桥改建成铁石桥，迅速加固吧。"

李善长只好去干活，而朱元璋则在房间里闭目养神，等待着自他参军以来最大的一场恶战。

1360年农历闰五月初，陈友谅率领着他铺天盖地的庞大舰队出现在应天城下。先头舰队在他的亲自带领下直奔江东桥。当他抵达江东桥时，突然发现面前的不是木桥，而是铁桥。他起了疑心，但还是按照约定，连连呼唤"老康"。可是老康却没有任何回应，他立即意识到自己中计了，正准备下令撤退，突然听到康茂才大吼一声："给我打！"霎时，箭如雨下，火光冲天，陈友谅的舰队虽然抗打击能力强，可还是架不住这种偷袭，他一面还击，一面撤出江东桥，向龙湾逃窜。抵达龙湾后，他命令士兵登陆，挖壕沟立栅栏，准备先稳住阵脚，然后寻找机会反攻。

但朱元璋不可能给他这样的机会，他在高处，命人挥舞表示进攻的红色旗帜。所有军队都知道敌人已进入了战场，各路兵团，包括他的预备部队，纷纷擂起战鼓，喊杀声震动天地，冲向了陈友谅的登陆部队。双方展开了惨烈的厮杀。就在打得难分难解之际，朱元璋又命令常遇春的伏击部队攻击陈友谅的侧翼，陈友谅阵线瞬间崩溃，士兵们包括陈友谅自己纷纷逃向战舰准备逃命。可陈友谅的运气太差，当时正撞上了退潮，庞大的战舰无法移动，他只能逃到一艘小型战舰上，凭借着小型战舰的机动灵活，逃出生天。

然而，厄运之神却继续跟着他。他逃到采石时，朱元璋的追击部队迅速赶到。他掉头来战，希望能够转运，却又大败。他只好再退到太平，朱元璋兵团继续追击。在猛烈的攻击下，陈友谅的守城部队只得弃城而逃。厄运还在继续，很快，陈友谅的安庆城也在朱元璋兵团的喊杀声中陷落。接着，信州也遭遇不测。

信州是陈友谅的重要战略据点。信州一失，他的西大门就向朱元璋敞开了。朱元璋的兵团乘胜追击，把江西州县和湖北东南角全部纳入了版图。至此，陈友谅苦心经营了几年的地盘，不到一个月就全从手中丢掉了。

这就是龙湾之战，此战让朱元璋成为货真价实的南中国三大巨头之一，而陈友谅也用这场战役给他送来了百余艘巨舰和数百艘中型战舰。朱元璋把这些军舰尽数归入自己的水军中，这成为后来他和陈友谅对决的重要资本。

就在陈友谅被打得落荒而逃时，张士诚却在苏州城大骂："废物，真是个废物，连个和尚都对付不了！"然后他认真地琢磨了一下，又说，"我要刷刷存在感，和朱元璋玩玩。"

解救韩林儿

朱元璋本想趁着陈友谅节节败退之时，一鼓作气将其铲除。可这时候张士诚却插了一脚进来，使得朱元璋只能暂时放掉陈友谅，掉头来对付张士诚。

1363年农历二月，张士诚突然调集了十万大军，由他的爱将吕珍率领，直攻韩宋帝国韩林儿避难的安丰。换作两年前，张士诚纵然是吃了熊心豹子胆也不敢这么做，因为当时正是韩宋帝国的巅峰时期。可今时不同往日，如今的韩宋帝国已是日薄西山。而这一切，都是因为它的"担当"精神。

1357年初，韩宋帝国的宰相刘福通制订了"一举摧毁元王朝"的计划。韩宋兵团兵分三路，向大都（今北京）进发：西路军由大将李武率领，目标是攻下陕西；东路军由大将毛贵率领，目标是攻下山东；北路军则由关先生率领，目标是攻下元王朝的上都开平（今内蒙古多伦西北），最后，三路大军都在大都会合后，攻大都。

最先出发的是李武率领的西路军。这支兵团进入陕西后没有遇到任何有效抵抗，就推进到了陕西行省的行政首府——长安城下。不过，在围攻长安一日后，元政府援军赶到，双方就在平原展开了激战，李武战败，西路军宣告失败。

毛贵率领的东路军，按照计划要在占领山东后，取河北，再和北路军夹击元王朝首都大都（今北京）。毛贵兵团势如破竹，在海州击溃了元王朝的海军，再从海路攻下胶州，扫荡了蒙古人在山东的势力，很快就挺进到距大都只有50公里的柳林村。

大都城如同被浇了热水的蚂蚁窝，皇帝妥欢贴睦尔吓得要收拾行李，准备北逃。但新任宰相拓跋太平是个头脑冷静的人，认为毛贵孤军深入，势不可久。妥欢贴睦尔立即任命拓跋太平为总司令，集结了当时大都城内所能集结到的一切兵力，主动出击柳林村。双方就在柳林村发生激战。毛贵错误地估计了蒙古军队的战斗力，和蒙古军队展开了野战。结果，毛贵大败，退回山东。

毛贵虽然大败，但力量仍在。他准备重新调整兵力再来一次行动，但很快，内讧就出现了，毛贵死于内讧中，东路军也告失败，只剩下关先生的北路军。

按刘福通的作战计划，关先生的任务是越过太行山，绕过所有城镇，直扑大都，在大都外围和毛贵的东路军会合后，两面夹击大都。可当关先生抵达太行山时，元军已把各个关口堵死，关先生耗费了很大的气力才把太原城攻陷下来，在太原城内休整一个月后，他又锐不可当地攻陷了大同。随后，他再接再厉，又攻陷开平。然而，此时他已错过了与毛贵会合的时间，这导致了毛贵的失败。当他得知两支友军都失败后，并未向大都继续挺进，而是向东攻陷了辽宁辽阳，进入了高丽王国（今朝鲜半岛）。

高丽王国是元王朝的卫星国，他们发现关先生兵强马壮，所以决定用阴谋诡计对付敌人。他们派出了大批美女和关先生的军队缠绵，又搬空了国库，把所有珍宝献给了关先生。当关先生和他的部队沉浸在这种奢华纵欲的生活中时，高丽王国露出了狰狞的面目，派出早已准备好的特种部队对关先生进行了偷袭，接着就是疯狂地屠杀。关先生死在美人窝里，只剩下一万余人逃出高丽，回到中国，但又被正在等待他们的蒙古军队一网打尽。

至此，韩宋帝国攻击元王朝的计划彻底失败，并且耗尽了自己全部的力量。这是一种蜡烛精神：燃烧自己，照亮别人。刘福通本人在韩宋帝国的都城汴梁（今河南开封；1358年农历五月，刘福通攻陷汴梁，遂为都城）坐困愁城，元军趁机围攻了汴梁。此时刘福通已无力抵抗，带着皇帝韩林儿逃到了安丰。至此，韩宋帝国名义上的领土只剩下了朱元璋的控制区。

当张士诚的兵团在吕珍的带领下，对安丰完成了包围后，朱元璋收到了皇帝韩林儿的求救信。朱元璋的大部分属下都认为没必要救：朱元璋这几年的成就，根本没有借用韩宋帝国的任何力量，况且，如果把韩林儿解救出来，该将他放置在哪里？

朱元璋却敲着桌子说:"必须救!"语气之坚决,好像韩林儿是他爹一样。他的见解是,如果不救安丰,张士诚必然会攻陷它,安丰虽然是个小城,可却是韩宋帝国的心脏,张士诚攻陷了安丰,就等于灭了韩宋帝国,到时气焰更为嚣张,我们如果不救,那就是为张士诚赋能。

众人想明白了。徐达说:"那就赶紧救吧。"

朱元璋却摇摇头说:"再等等。"

众人又不明白了:"救兵如救火,应该刻不容缓才对,怎么要再等等呢?"

只有刘伯温窥见了朱元璋的心思:现在安丰城还没有到最危急的时刻,如果现在去救,只是锦上添花;倘若让吕珍把安丰城打个半死再去救,那就是雪中送炭。

这就是"站着说话不腰疼"。韩林儿和刘福通在安丰城中,望眼欲穿地盼望着朱元璋快点到来,可朱元璋就是不见踪影。两人能看到的,只有乌压压的吕珍兵团。吕珍的攻击丧心病狂,不分昼夜、片刻不停。安丰城被围攻一个月后,城中已没有一粒多余的粮食,韩宋帝国的士兵只能把井中的泥和死掉的战友的肉当成食物。

如此支撑了一个月,安丰城最终还是陷落了。吕珍昂首阔步地进入城中,命人把活捉到的韩林儿和刘福通带到他面前。刘福通满脸血污,冷冷地看着他,韩林儿则低头不语。

吕珍正要讲出一番大道理,突然有士兵通报他:"朱元璋兵团来啦!"

韩林儿两眼放光,刘福通却面无表情,只有吕珍的表现最夸张。他跳上马背,对着全军将士高呼道:"弟兄们,咱们成名的机会来啦,跟我冲!"

双方在安丰城外迎头相撞。朱元璋兵团如狼似虎,把吕珍兵团打得满地找牙。吕珍只好撤回苏州。这场惨败，让吕珍对朱元璋的兵团有了最深刻、最直观的认识：这是一支不可战胜的兵团。

韩林儿也是这样认为。当朱元璋全身戎装来到他面前，向他叩拜时，他突然感觉到呼吸困难，身体像是坠入了冰窟，又冷又黑暗。唯一支撑着他站立的力量，就是他身边傲然独立着的刘福通。

这是朱元璋有生以来第一次和伟人刘福通见面，他几乎没有控制住自己，不自觉地向刘福通行了个礼。刘福通也悲凉地回了个礼。属于他的时代已经结束，上天赋予他的使命已经完结。

朱元璋对韩林儿说："安丰城已成瓦砾，不如请您到滁州暂住。"

韩林儿看向刘福通，刘福通盯着朱元璋的脸，犹如盯着一个图腾，他问道："然后呢？"

朱元璋愣了一下，随即说道："丞相大人是什么意思？"

还未等刘福通开口，朱元璋马上就指着城外的大军说："未来，就要靠他们了。"

未来是谁的，三个人心知肚明。韩林儿和刘福通因自己的天真和鲁莽而葬送了一切，此时已经没有任何和朱元璋谈判的资本。现在，他们只能听凭别人的摆布。

韩宋帝国吴国公朱元璋下令："将我们的领导人韩林儿和丞相刘福通带到滁州。"

这时，韩林儿终于意识到，韩宋帝国已名存实亡，从前的日子已经永远成为记忆，甚至连这点记忆都可能被朱元璋轻描淡写地抹去。伟大不复存在，只剩寄人篱下的命运。

韩林儿和刘福通被送到滁州后，朱元璋把两人身边的人全部撤换掉。回到应天后，他在大厅的正中央摆了一张椅子，对众人说："这就是咱们的最高领导人韩林儿。每年初一，咱们都要拜他一拜。在他英明的领导下,我们才有今天,大家要知道感恩。"

这番话说得太假,连朱元璋自己都险些笑出声。大家都不明白,他为何要供奉这个有名无实的韩林儿。若是放在几年前,这种供奉还有意义,因为他可以打着韩宋帝国的名号开疆拓土;可现在,韩宋帝国已名存实亡,地盘也已瓜分完毕,无论是张士诚还是陈友谅,都不再把韩宋帝国当回事了,朱元璋这不是吃饱了撑的吗?

刘伯温看着那把椅子,冷笑道:"一个小屁孩罢了,拜他做什么!(竖牧尔,奉之何为)"

所有人都哄堂大笑,只有朱元璋认为刘伯温的这句骂街有深沉的含义。他对刘伯温说:"您有话就直说。"

刘伯温偷偷告诉他:"韩宋帝国是靠白莲教起家的,白莲教是邪教,将来您难道要用它来治国?您现在把韩林儿供奉起来,那些对白莲教嗤之以鼻的知识分子将会怎么看您?陈友谅和张士诚正是因为没有摆脱白莲教的阴影,所以找不到高级知识分子辅佐,您可不能这样。"

朱元璋恍然大悟,他正准备改正,陈友谅突然"起死回生",卷土重来,双方的大战一触即发。

缓救南昌

自从被朱元璋击败在应天城下后,陈友谅回到了老巢,咬牙切齿地埋头苦干,终于在1362年末恢复了元气。当朱元璋去救援安丰城时,他认为报仇的机会终于到了,于是拿出了全部家底——几千艘战舰和数十万将士,从武昌南下,直逼朱元璋所在的南昌,他的目标仍然是朱元璋的应天城。

当他的舰队从九江进入鄱阳湖时，整个鄱阳湖都震动了起来，随后，他又进入了赣江，赣江的水位顿时飙升。在滔天巨浪的加持下，他抵达了南昌城下。南昌城的防备司令朱文正是朱元璋的亲侄子，智勇双全、敢打敢拼，所以朱元璋才让他守卫重镇南昌。

陈友谅不是第一次和南昌打交道了。他曾夺取过南昌，但又被朱元璋夺回，那两场战役让陈友谅印象深刻。如今看着南昌城，他感慨万千，并且在心底暗暗发誓，要让南昌城成为他永远的地盘。

朱文正并没有被陈友谅铺天盖地的兵团吓倒，他不慌不忙地备战。陈友谅一抵达南昌城就开始水路并进，对其发动了猛烈的进攻，朱文正也猛烈地回击。双方大战七天七夜，不分胜负。但朱文正明显感觉到自己渐渐陷入劣势，他派人出城回应天求救，朱元璋得到消息后，只问了一句话："南昌城士气如何？"

来人告诉他："士气不错。"

朱元璋"噢"了一声后，便再无下文了。朱元璋开始琢磨陈友谅的套路：陈友谅的目标原本是应天，可是他为什么要先打南昌呢？在思索几天后，他终于想明白了，从武昌沿长江到应天，要先东去，然后北上，而路过的沿江城市有安庆、铜陵、芜湖、马鞍山，最后才能抵达应天。陈友谅当初选择攻打应天，是因为那几个沿江城市是他的地盘，而现在这些城市已经属于朱元璋了。而攻南昌，陈友谅舰队可以顺流而下，不会遇到任何抵抗就可抵达城下。如果能攻下南昌，朱元璋必会从应天发兵救援。那么，陈友谅等于是把战场放到了双方都很陌生的鄱阳湖。

但是，陈友谅似乎没有想得这么复杂，他喜欢单刀直入地解决问题，他攻南昌，只是因为南昌容易攻取。他的计划本来无懈可击，但他忘了一点：当初他之所以能轻而易举拿下南昌城，是因为南昌城的城墙与长江相隔不远，这让他可以凭借水军的优势，做出快速而有力的攻击，但朱文正后来主管了南昌城的工作后，把城墙向后退了几十米，陈友谅这次来，之所以用陆军而不是水军，原因正在于此。

于是，一向不擅长陆军作战的陈友谅被拖在了南昌城，陈友谅隐隐感觉到了绝望。他开始回顾自己的人生，想起小时候在水里憋气，那一刻万籁俱寂。这个时候，他听不到南昌城下那些士兵的喊杀声，当然也听不到朱文正在南昌城里的叹息声。陈友谅几乎把当时所有能发明出来的攻城器械，一股脑地倾泻到了南昌城上：抛石机、望楼、云梯、冲车、墙车、壕桥、撞竿，还有弓弩、火箭等。当然更多的，是黑压压的攻城士兵。朱文正也不是省油的灯，他的防御武器是炮石、檑木、火箭，还有士兵手中的弓箭和刀枪。

在坚持了两个多月后，朱文正实在坚持不下去了。可他不能投降，这是原则问题，当然也是出于对叔叔朱元璋的信任——他坚信朱元璋会来。于是他使用了计谋，派人到陈友谅的营中诉说了守城的苦楚，并严正声明，希望陈友谅能让他们摆脱这种痛苦，接受他们的投降。陈友谅命令攻城部队稍做休息，让朱文正第二天早上大开城门，迎接他这位陈汉帝国的皇帝入城。

可让陈友谅气炸了肺的是，第二天早上，南昌城门紧闭，城墙上的士兵弓在手，箭在弦，根本就没有投降的架势。陈友谅发现自己受到了欺骗，暴怒之下，以比从前更猛的攻势，加大力度攻城。就在他咬牙切齿，发誓要进入南昌城屠得鸡犬不留时，有人来报告："朱元璋来了，舰队正在进入鄱阳湖！"

陈友谅又气又喜，气的是南昌城把他拖了三个月，喜的是朱元璋终于来了。他有信心复仇，而且还要把朱元璋装进囚车，拉回武昌，供他玩乐。

朱元璋来得有点晚，不是因为他成竹在胸所以玩刺激，而是他的确脱不开身。在陈友谅进攻南昌时，朱元璋被两件事捆住了手脚。第一件事是徐达攻打庐州，却久攻不下。在1363年，张士诚的大将吕珍围攻安丰时，据守庐州的左君弼出兵帮助吕珍攻打安丰，当朱元璋来解围时，左君弼又帮吕珍揍了朱元璋，等到安丰城解围后，朱元璋怒不可遏，命令徐达去围攻庐州，顺便教训下左君弼。徐达率领着十几万人去围攻庐州，可左君弼不是善茬，他玩命死守，即使徐达动用了全部智慧，也对他无可奈何。

也正是在此时，陈友谅开始围攻南昌，这让朱元璋陷入了两难的境地：如果此时撤回徐达，那几个月的围攻就白费了；如果不撤回徐达，用极其有限的兵力去救南昌，等于是用肉包子打狗。庐州这面骑虎难下，张士诚那边又来捣乱。1363年农历五月，和张士诚地盘接壤的浙江诸全要塞的指挥官谢再兴被张士诚策反，朱元璋慌忙派大将胡德济带领一部主力去攻诸全，本来兵力就捉襟见肘的他，此时更是雪上加霜。

于是，朱元璋向刘伯温请教。刘伯温告诉他："徐达围庐州，纯粹是意气之战，根本没有必要；至于谢再兴的诸全要塞，短期内张士诚还利用不上。好钢要用在刀刃上，而现在，刀刃既不是庐州，也不是诸全，而是南昌。"

朱元璋认真思考了许久，觉得刘伯温说得对，但也不完全对。对的是，现在南昌的确是头等大事，可庐州和诸全也没那么不重要。他想到大唐帝国李世民说过的一句话：兼听则明。

在和刘伯温谈完后，他又叫来了另一个谋士朱升。朱升是安徽休宁县人，从小就熟读诗书，把自己锻造成了一个智谋型的人物。1358年，在朱元璋进攻婺州久攻不下时，有人把朱升推荐给了朱元璋，说他是被诸葛亮附体的神人。朱元璋求贤若渴，急忙派人去请朱升。朱升慢吞吞地来了，看起来一副老实巴交的模样。朱元璋看了觉得很喜欢，把他安排进了幕僚团队。朱升在朱元璋的幕僚团队中毫不起眼，他很少说话，但言必有中。

朱元璋请他对南昌事件发表看法。他慢吞吞地问了句："刘伯温说啥了？"

朱元璋就把刘伯温的意思说了一遍，朱升没有任何反应，直到朱元璋再三催问，他才缓缓地点头说："他说得有道理。"

朱元璋这才决定全力解决南昌事件。他盯着朱升看了半天，问："为什么天下人都针对我呢？"

朱升想了想，说："当你弱小时，所有人都是你的敌人；当你强大时，所有人都是你的朋友。"

朱元璋琢磨了许久，似乎琢磨明白了，欢喜地说："我懂你的意思了，陈友谅称王，张士诚称王，连那个方国珍都偷偷摸摸地称王，只有我没有称王。如果我称了王，那就和他们地位相当，就没有人敢总是针对我了。"

朱升发出了有生以来的第一次大笑，而且笑出了猪叫声。他对朱元璋说："我送您九个字——高筑墙、广积粮、缓称王。"

朱元璋说："请指教。"

朱升说："高筑墙，是防止别人来攻；广积粮，是安顿人心；缓称王，是不要招摇。你、陈友谅和张士诚，都有着神奇的好运气，有刘福通在北面帮你们挡住了元军的主力。可现在情况不同了，刘福通已经完蛋了，你们只能靠自己。在这三人中，你没有陈友谅的力量大，又没有张士诚的粮食多，元王朝一直认为，你只不过是个韩宋帝国的将军，而把陈友谅看成最具威胁的敌人。如果你此时称王，只会引来元军的重视，不会有任何好处。"

朱元璋问:"那我什么时候可以称王?"

朱升慢悠悠地说:"至少你应该先干掉陈友谅啊。"

朱元璋点了点头说:"你和刘伯温的思路一致,我同意。"

1363年七月初六,朱元璋调回了围攻庐州的徐达兵团和进攻诸全的胡德济兵团,动员了控制区内的所有壮丁,组成一支20万的水军,向南昌城开进。在鄱阳湖,他和陈友谅上演了一场惊天动地的双雄对决大戏。

决战鄱阳湖

鄱阳湖的湖面是个葫芦形状,湖面南部宽阔,一眼能望到位于湖中间的康郎山,北部狭窄多弯曲,壶身收缩处的罂子口是鄱阳湖流入长江的咽喉;北端的湖口,有大孤山挡住去路,形势险要,是个完美的战场。

朱元璋进入鄱阳湖后,就开始着手布置战场,他在泾江口(今安徽宿松南)、鄱阳湖湖口西面的南湖嘴(今江西湖口西北)布下兵力——陈友谅如果失败,必然会从这里进入长江,逃回武昌,他要让陈友谅没有逃出的机会。同时,他担心陈友谅会从武阳渡(今江西南昌县东)逃跑,所以也在那里设下埋伏。现在,整个水路都被封死了,陈友谅如果失败,那么鄱阳湖就是他的坟墓。

1363年农历七月十六,朱元璋进入鄱阳湖,捕捉陈友谅的主力。而陈友谅也早就从赣江逆流而上,进入鄱阳湖后,浩浩荡荡的舰队沿着鄱阳湖东下,也开始捕捉朱元璋的主力。四天后,两支舰队在康郎山相遇,中国古代最大的一场水战就此爆发。

陈友谅瞧不起朱元璋的舰队,因为朱元璋舰队的战舰又小又丑,就好像是刚从深海打捞上来的古老海盗沉船。陈友谅凭借多年的水战经验,马上就拿出了对付朱元璋舰队的策略:把所有"铁舰"用铁索连接在一起,组成了数道壮观的高大长城。他的战舰本来就是巨无霸,再把这些巨无霸连到一起,更是让人心惊胆战。

此时,朱元璋也开始布置他的舰队。他把舰队分为11队,将重型舰摆在中央,由他本人和徐达亲自率领;将轻型舰摆在两翼,由巢湖水寨的精英将领廖永忠和俞通海率领,舰队武器清一色使用了火器,有大火炮、小火炮、大火铳、小火铳、大火箭、小火箭、大火蒺藜、小火蒺藜、大神机箭和大弓弩。准备完成后,朱元璋下达了攻击命令。这把陈友谅吓了一大跳:朱元璋的实力不如他,而且还在下游,居然敢先攻击,这是胆大包天的人才敢做的事!

实际上,陈友谅根本不了解朱元璋。朱元璋其实是在死扛,他知道自己和陈友谅的实力存在巨大差距,所以只能先发制人,在气势上压倒对方。况且,他的战舰小而轻,在短距离内加速快、冲力强。冲在最前面的,是指挥重型舰的徐达。徐达是个旱鸭子,根本不识水战,但他用英勇无畏掩盖了不足:当他冲到火器有效射程后,立即命令战舰上所有的火器向陈友谅的超级巨无霸开火。

遮蔽了天空的炮弹落到了陈友谅舰队的中间,但这就好像一个巨人被蚊子咬了几口,损伤微乎其微。然后徐达的霉运来了:陈友谅下令还击。

徐达的舰队好像被来自整个宇宙的炮弹袭击一般,主舰着火,其他战舰被打得摇摇晃晃。徐达一面命人灭火,一面被迫向后撤退,他一后撤,后面的舰队惊慌失措,纷纷给他让路,有的行动迟缓,被徐达的主舰撞了个仰面八叉。

廖永忠和俞通海在左右两翼的任务，本来是吸引陈友谅舰队的注意力，让徐达有机会靠近，随后发动火攻，可徐达已经失败，两人的轻型舰又根本不是陈友谅巨无霸的对手，也只好一齐向后撤退。陈友谅趁势对他们掩杀，他的士兵从三层高的"铁舰"上，向徐达的舰队射出了漫天的火箭，徐达危在旦夕。

朱元璋及时出手。他指挥着一批装满煤油的小船，冲向了陈友谅的舰队，等到小船靠近时将其点燃，然后迅速下令全线撤退。一直撤到浅水区，陈友谅的重型舰不能进入，朱元璋的兵团才化险为夷，但也损失惨重。

当晚，朱元璋对徐达的表现很不满意，要他带着被陈友谅打残的几百艘战舰回到应天。徐达来了牛脾气，死活不回。朱元璋只好对他说："你本来对水战就不熟，而且我担心张士诚会偷袭应天，你回应天防守张士诚，要比在这里价值高得多。"

徐达还是不干，可其他将领却纷纷跳出来请求回应天：今天这一仗让他们吓破了胆，人人都想离开这个是非之地。

朱元璋突然发现，队伍不好带了。他更发现，自参加革命以来，他和他的战友们还真没有遇到过劲敌。从前一直是顺风顺水，而现在稍遇点困难，就要临阵逃脱。这是任何一个组织都要不得的事。他决定针对这种情况，进行一番严厉的校正。

正当众将闹哄哄地议论时，朱元璋提高嗓音，问："有谁想回应天的？举手示意。"

几乎所有人都举起了手。朱元璋点出几个人名："你，第一个举手的；你，第二个；你，第三个；你俩，同时举手的；还有你，第六个。你们六个，站起来。"

六个人美滋滋地站了起来。徐达没有举手，他噘着嘴。朱元璋对徐达说："你，赶紧给我回应天。"又指着那六个，"你们六个，来人，拉出去斩了。"

六个将领吓得魂不附体，大喊饶命，朱元璋在他们撕心裂肺的喊叫声中看着众将，一字一句地问："还有谁想回应天的？举手示意。"

所有人的手都像被砍掉一样，朱元璋连一只手都看不到了。他点了点头，看着浑身发抖的将领们说："很好，明天接着干。"

第二天，陈友谅先发制人。采用的仍然是先前的战术，用他的巨无霸战舰排山倒海地冲向朱元璋舰队。朱元璋舰队在其压迫下，频频后退。朱元璋连斩十人，仍然阻挡不住舰队后退的步伐。战场指挥官郭兴哭着对朱元璋说："不是我们不玩命，实在是战舰太小，玩命也玩不起来啊。"

朱元璋当然明白这个道理，所以他颓唐得很。郭兴建议："陈友谅的战舰是捆绑在一起的，我们可以用火攻。"人人都知道火攻有效，赤壁之战，周瑜就用火攻破了曹操的庞大舰队。周瑜有诸葛亮借东风，朱元璋没有诸葛亮，但他有刘伯温。

刘伯温对他说："不用借，现在这个月份恰好常起东北风，已经有三天无风，今日黄昏，东北风必来。"

朱元璋只能选择相信刘伯温的鬼话。想不到黄昏时分，闷热的空气中突然就出现了一丝风，只一会儿工夫，风就大了起来，吹得战舰摇摇晃晃。朱元璋大喜过望，连忙让人准备芦苇、火药等燃烧物放在一批小船上，又挑选出了一支敢死队驾驶小船。这些人明知有去无回，但仍然为了朱元帅的伟大事业奉献生命。

陈友谅不是没有想过朱元璋会用火攻。他把战舰捆绑在一起，阵形异常密集，敌人一旦使用火攻，必将万劫不复。可他之所以把阵形搞得如此密集，是因为这能让他的巨舰发挥出最大的优势。任何人都希望自己的力量最大化,陈友谅同样如此。同时,他也存有侥幸心理:也许当东北风吹起时,他已经把朱元璋消灭了。

然而,他的运气太差了。东北风吹起时,他有种异样的感觉,还未等发出任何指令,朱元璋的那支敢死队就已经驾驶着小船,顺风而来,很快就接近了他的舰队。高速行驶的大火球冲向他的战舰,芦苇烧尽,火药被引燃,在轰鸣声中,陈友谅的巨无霸舰队纷纷起火。

浓烟弥漫天际,火光冲天,这时,朱元璋下令反攻。陈友谅在危急时刻,放弃了被火神肆虐的几百条战舰,率领着尚完好的战舰,匆忙后撤。

陈友谅虽然受到了重创,但朱元璋也没好到哪里去,双方抓紧时间休整,到了第三天,两人同时出现在湖面上。

这一次,陈友谅为防朱元璋再用火攻,把战舰分开,而且密令所有战舰指挥官:"找到朱元璋的指挥舰,采用'射人先射马'的战术,干掉朱元璋。"

但这个任务其实很难完成。朱元璋虽然很穷,可也有几百艘战舰,要在这么多战舰中找到朱元璋的指挥舰,极不容易。双方开战不久,朱元璋就发现对方的所有战舰都鬼头鬼脑,好像在找什么东西。

当他反应过来,对方找的东西就是他自己时,他已经被锁定。陈友谅的所有舰队都朝他的战舰杀来,有几艘战舰已把火箭对准了他。朱元璋像是被人从背后猛击了一拳,他大叫一声:"不好!"还未等卫队反应过来,他就匆忙跳上一只小船,小船以箭一样的速度驶离了他的指挥舰。他在小船中还未彻底坐稳,指挥舰就轰隆一声,铁甲横飞,被炸了个稀巴烂。朱元璋不寒而栗。

陈友谅在船头上看到那支白色檣桅的战舰被击成碎末时,高兴得跳了起来。然而,还未等到朱元璋被炸死的消息,他却等来了无数坏消息：他的阵线因他的命令而露出了个口子，朱元璋那些灵敏的战舰迅速地冲了进来，如今前线已是一片混乱。他的战舰大而笨重，被朱元璋那些灵活的小战舰围着打，那些小战舰打完了就跑。大战舰一还击，就伤到了友舰。

陈友谅感到了压力。他躲进船舱，浑身发热，关节疼痛。不幸的消息一条接着一条，当他的神经被这些坏消息彻底麻醉后，他从口中勉强地吐出了两个字："撤退！"

朱元璋站在他临时避难用的那艘小船上，伸长了脖子向前线望去。他没有看到陈友谅的船，只看到自己战舰的屁股。他笑了笑，说："总算占了点上风。"

朱元璋的确占了上风，陈友谅的舰队已四分五裂，连两翼指挥官都趁乱投降了朱元璋，把他的情况全部抖落了出来。陈友谅现在就像被剥光了衣服，扔到了大街上一样。

他想撤出鄱阳湖，可由于当初太过自信，他并没有守住进来时的湖口。他的将领们争吵不休：有人认为，应该放弃水军，从陆路回武昌，而水军将领们则抽出大刀，要和提出这种意见的人决斗。陈友谅头大如斗，虽然他的部队士气加速度下滑，然而他的舰队主力仍在，接下来的事全在于他自己，要么，再和朱元璋来一次决战；要么，突围逃回武昌。

在鄱阳湖待了一个月后，陈友谅最终决定突围。这一个月中，朱元璋采用了游击战术，用轻型战舰不停地骚扰、攻击他，他已气得死去活来。1363年农历八月廿六，陈友谅把突围点选定在南湖嘴。南湖嘴是长江在鄱阳湖西面的入湖口，只要能突破南湖嘴，就能进入长江。进入长江，一直向西，他就能回到老巢——武昌。

有将领小心翼翼地问："如果南湖嘴无法突破，该怎么办？"

陈友谅瞪着眼睛，看了那人许久，没有说话。突围战在早晨开始，他的巨无霸舰队沿着鄱阳湖西岸一路向北，很快就进入了朱元璋位于南湖嘴的防御区。

陈友谅派出敢死队猛攻，却毫无效果。他擦了擦脸上的汗，下了第二道命令："向东，去湖口！"

巨无霸舰队转舵向湖口驶去。在湖口，陈友谅遇到了等他多时的朱元璋。陈友谅对他的将领们说："生死存亡在此一举，诸位要努力向前，回武昌后，朕会大力犒赏那些这场战争中的英雄！"

双方都铆足了劲，开始决战。朱元璋下令全线进攻，陈友谅也下令进攻。事实上，这并不是一场势均力敌的硬仗，朱元璋早有准备：他的火筏最先冲进了陈友谅舰队群中，这些东西就是会动的小火焰山，陈友谅的战舰只要一碰上它们，马上就会起火。此时，朱元璋再次使用了他那所向无敌的火器。这时候陈友谅的战舰几乎已无还手之力，湖口之战不同于鄱阳湖的几次大战，在鄱阳湖中，陈友谅的巨无霸战舰还可以展开阵形；可在狭窄的湖口，陈友谅的巨无霸却互相碰撞，"自相残杀"起来。

对于朱元璋而言，这是一次围剿战；对于陈友谅而言，这却是一次最窝囊的防御战。黄昏来临时，陈友谅好不容易带着不到一半的战舰突破了湖口，直奔泾江口。近一个月以来，这是他第一次露出会心的笑容。因为只要突破泾江口，进入长江，凭借着巨无霸的速度，他就能摆脱朱元璋的"小渔船"，安然回到武昌。

陈友谅不知道，他能突破湖口，完全是朱元璋的诡计。泾江口早已有重兵布防，朱元璋现在又在后面追击，几乎是把陈友谅堵在了一个巷子里，进退不能。陈友谅拼命地想要突破泾江口，他把所有的战舰都投到了战斗中去，然而朱元璋已经悄无声息地逼近了他的身后。

当朱元璋的湖口舰队从陈友谅的背后发起攻击时，陈友谅才反应过来：这次想要逃脱，真是比登天还难。但他仍然有热血，仍然有实力。他把攻击泾江口的几艘战舰调了过来，死命抵抗朱元璋的攻击。

在战斗最激烈的时候，他探出头向北遥望，发现包围圈越缩越小，他的舰队被压缩在一个狭窄的空间里，奋勇还击着。朱元璋也渐渐感觉到：离陈友谅越近，他的攻击压力就越大。陈友谅果然是个巨兽，在这种四面楚歌的情况下，居然还能发挥出如此强大的抵抗力。

死神站在陈友谅的船头，嗅着他的气味。陈友谅坐在船舱中，突然像中了魔一样，呆住了。一道闪光射进了船舱，陈友谅不由自主地站了起来，失魂落魄地打开舱门，向外面望了一下。这一望，是令他万劫不复的一望。一支由死神钦点的羽箭正呼啸着刺向他的左眼，而他却没有做任何闪躲。陈友谅注定会死在鄱阳湖上，会死在他从未高看的朱元璋之手。

羽箭从他的左眼射入，在他脑中不做停留，又向前冲了几厘米，贯后脑而出。陈友谅未发出一声叫喊，就仰天摔倒在船上。他的身体很快就变得僵硬如大理石，死神从他尸体旁掠过，尖叫着冲上天空，和天边最淡的云彩飞升上天，连射得最远的羽箭都追不上了。

陈友谅就这样莫名其妙地死了。他一死，他的舰队就没有理由再战斗下去了，纷纷投降。只有他最忠诚的大将张定边，带着他的儿子陈理冲出了包围圈，逃回了武昌。

朱元璋取得了最后的胜利，陈汉帝国走向了末路。1364年农历三月，朱元璋的兵团攻陷了武昌，俘获了陈汉帝国的皇帝陈理，陈汉帝国彻底灭亡。陈友谅和他的帝国，退出了历史的舞台。

张士诚在苏州听说鄱阳湖之战的结果后，大叫一声，翻到床下，许久才回过神来，说："这和尚好厉害啊！"

吴王朱元璋

与其说"朱元璋好厉害",倒不如说"陈友谅好倒霉"。陈友谅的力量是压倒性的强大,即使在鄱阳湖水战最后的突围中,双方实力也是不相上下。让我们"事后诸葛"一下:陈友谅的失败其实早已注定。自从他杀掉徐寿辉,建立起自己的帝国后,就如同变了个人。他以为自己已经一统天下,忘记了周围还有敌人,提前过上了奢侈腐化的生活。在朱元璋打扫战场、收集战利品时,有人献上一张陈友谅的床:这张床用云南出产的楠木架构而成,楠木上镶嵌着制作精美的金片。

朱元璋叹息着说:"这个床如此奢华,和后蜀后主孟昶用珍宝做成的夜壶,有什么区别?"

马上就有人指出陈友谅失败的根源:"没有富有就先骄傲,没有达贵就先奢侈,陈友谅因此而失败。"

朱元璋补充说:"人富有了,难道就可以骄傲吗?人达贵了,难道就可以奢侈吗?人一旦骄傲奢侈,那么富有达贵还能保全吗?人在富有达贵的时候,更应该抑制奢侈,崇尚节俭;仅仅是戒除奢侈,尚且不能让人民满意,更何况用尽全天下的能工巧匠,只为了满足自己的欲望呢?这样很容易就灭亡了。这是前车之鉴,我们不能重蹈覆辙。"

几千年以来,中国人始终提防着奢侈,纵然富可敌国,也始终标榜着"勤俭持家"。一个人不管能力如何,一旦奢侈,那就是罪大恶极。在中国人看来,奢侈,肯定会导致腐化;而腐化,则会导致灭亡。

陈友谅的后宫美女,比大街上的贩夫走卒还要多,这些美女可不是自发来伺候他的,而是他用权力强行获取的。满足欲望的前提是要有钱,钱不可能凭空而来,那他只能搜刮其控制区的老百姓。老百姓被搜刮得太厉害,当然不可能和他一条心。这就导致了极端的恶果:参加他军队的没人和他同心同德，战斗力大大减弱，士兵看似多如牛毛，其实不过是纸老虎。

当然，陈友谅最大的问题，是他那旺盛的权力欲：权力在手，天下我有，任何人的话，我都可以不听。他把这一点发挥到了极致。陈友谅的帐下没有人才，因为他拒绝人才。朱元璋和他恰好相反，他极尽所能地拉拢人才，在任何时候都善于倾听，懂得自我克制，要求别人的同时自己先做到。

击败陈友谅的朱元璋，把对手的地盘全部划归到自己手中，他的地盘已经包括了江西、湖南和湖北，比从前扩大了三倍，长江流域从前的势均力敌被打破，朱元璋已是一家独大。

1364年正月，志得意满的朱元璋在应天召开了大会。在会议上，他命人商议陈友谅的汉帝国问题，其实他想得到的答案是：既然手下败将陈友谅都可以称皇帝，那么他朱元璋可不可以？

如果按照这种思路，他朱元璋当然可以称皇帝；可就在这时，刘伯温和朱升又跑来和他谈心。刘伯温说："您现在当然有称帝的资格，可我觉得还是要缓一缓。因为除了南中国的张士诚、陈友定、方国珍，以及云南的蒙古王爷，在北中国，还有着你从未想过的敌人。其中第一个，就是占据河北、对元政府阳奉阴违的孛罗帖木儿；第二个，则是能征善战的王保保；第三个则是占据关中的李思齐和张良弼。这些人，都不是善茬。"

朱升摇晃着脑袋，慢悠悠地说："高筑墙，广积粮，缓称王。"

朱元璋若有所思。在经过慎重考虑后，他于1364年正月月圆那天，宣布自己仍然是韩宋帝国的员工，但名头要上升一级，称吴王。

鄱阳湖之战，不仅让朱元璋成为南中国的第一霸主，还让他的政府凝聚力大大增强。在鄱阳湖之战前，朱元璋的部下除了他那些老乡外，还有其他非同乡，比如他收编的各地武装。这些人之所以对他俯首称臣，是看在红巾军的面子上，而当时红巾军的面子，就是韩宋帝国的韩林儿和刘福通。在这些人眼中，应天政府只是韩宋帝国的地方政府，其合法性来源于韩宋帝国。朱元璋在这方面做得非常好——在应天政府设置的韩林儿的那把椅子，就是给韩宋帝国的粉丝看的。

鄱阳湖之战后，这些原本对韩林儿还忠心耿耿的人，忽然之间发现了朱元璋的强大，不由自主地把朱元璋当成了主人，而忘记了已奄奄一息的韩林儿。经鄱阳湖一战，朱元璋收服了人心，这让他的政府更加生机勃勃。

但有人却反其道而行之。这个人就是当初守卫南昌城的朱文正。朱元璋的绝大多数将领都认为，如果不是朱文正守住南昌城，结局肯定不会是现在这样，所以，朱文正的功劳最大。然而朱元璋却不这样认为，他觉得朱文正守住南昌城固然有功，可即使守不住，也不会打乱他和陈友谅决战的计划，因为他和陈友谅必有一战。

于是，在后来进行封赏时，他封赏了大部分人，唯独对朱文正视而不见。他对朱文正说："你是我侄子，如果我封赏你，恐怕别人不服，所以你先等等，将来机会多的是。"

朱文正气急败坏，从应天回到南昌城后开始自暴自弃。他释放了人性中最大的恶：他骄淫横暴，夺人妻女，稍不如意就大肆杀戮，把南昌城搞得乌烟瘴气。

有人把他的恶行报告给朱元璋，朱元璋开始还不信，后来相信了，却也没有责罚他。这种纵容让朱文正更加变态，他的本意可能是想通过种种乖僻行为引起叔叔朱元璋的重视，可朱元璋对他的态度却让他更加失望。最后，他居然和张士诚做起了私盐买卖。朱元璋怒不可遏，亲自到南昌把他带回应天审问。朱文正满肚子委屈，哭诉朱元璋处事不公，朱元璋假意要宰他,但大臣们都站出来为他说话,于是朱元璋顺水推舟,释放了侄子。

可朱文正好像走火入魔一般,非要让朱元璋杀了自己不可。被释放回南昌后,他又旧病复发,摆出了一副暴君的姿态,甚至到处造谣,散播朱元璋贫穷时的往事。最后,朱元璋没有办法,只好将其诛杀。

朱元璋自称吴王后,先后有人让他不爽。先是朱文正,接着就是陈友定。

陈友定和陈友谅没有任何血缘关系。陈友定是福建福清人,沉勇有智谋,为人讲义气,社会交际能力强,人脉也极广,后来趁天下大乱投靠元政府,凭借出色的才能屡获升迁。1358年,他被升为延平路(今福建南平市和沙金两溪中下游及尤溪流域等地)战区司令,形成了自己的势力。陈友谅曾两次来抢他的地盘,都被他打得落荒而逃,他也因此成为福建之王。

鄱阳湖之战结束后,朱元璋开始琢磨陈友定的福建。他派大将胡深和猛将朱亮祖去进攻陈友定。1365年农历六月,两人来到建宁城下。面对着城高墙厚的建宁城,朱亮祖和胡深发动了总攻。当时天降大雨,三米外不见人影,加上建宁城守军顽强抵抗,两人毫无战果。陈有定趁着朱、胡二人疲惫时,命令守将阮德柔反攻,同时派一支部队去攻击胡深的后方,把胡深引到锦江(在今江西,流入赣江)附近,在那里,设下了天罗地网。

胡深明知那支攻击他的部队是诱饵,但他不得不追击,因为建宁城的守军已经发动了反攻。他可不想被"包饺子"。就在他追击到锦江,并祈祷陈友定没有设下埋伏的时候,只听得一声锣响,陈友定那支强悍善战的福建兵团从四面八方冲出。胡深陷在包围圈中,多次突围,多次失败。到最后,胡深的战马跌倒,胡深也被活捉。

胡深是朱元璋的爱将，被捉后，朱元璋派人去和陈友定谈判，想要换回胡深，可陈友定拒绝了谈判，立即将胡深处死。

朱元璋大发雷霆。可发了一通火后，他冷静下来：现在的敌人，不是陈友定，而是张士诚。他要和自己在南中国唯一的劲敌——张士诚开战。

第三章
目标明确，南征北战灭劲敌

对张士诚开战

1365年农历十月，朱元璋完成了向张士诚全面开战的准备。当朱元璋将宣战书投给张士诚时，张士诚正在苏州城中欣赏落日。落日的余晖洒在他脸上，他在一片灿烂中打开了朱元璋的宣战书，只见上面写着："我朱元璋今天就要向你这个反复无常的小人宣战！"

张士诚暴跳如雷。他愤怒的原因倒不是朱元璋说他反复无常，也不是骂他"小人"，而是朱元璋的失礼。早在两年前，张士诚就已经背叛了元帝国，建立了吴王国，自称"吴王"。得知朱元璋也自称"吴王"时，张士诚气得死去活来，认为这是对自己的莫大侮辱。而如今，朱元璋投来的宣战书，居然还不称他张士诚为吴王，这简直就是辱上加辱，就凭这一点，他也要毫不犹豫地应战。

双方同时宣布进入战争状态。朱元璋在发起主动进攻前，认真分析了张士诚和他的王国的优势与劣势，最后得出结论：虽然张士诚有应战的资本，但他也有致命的缺陷。

张士诚应战的资本，就是他所拥有的地盘。当朱元璋在一门心思对付陈友谅的时候，张士诚正偷偷地发展着自己的地盘，不到两年就把疆域扩张了好几倍。张士诚的吴王国，北界到达山东济宁，南界到达浙江绍兴，西界到达汝、颍、濠、泗州，东界濒临大海。整个独立王国纵横达两千余里。这片区域不但广阔，而且富庶。整个南中国最富裕的地区，都属于张士诚。除此以外，张士诚还拥有一支身经百战的强悍兵团，人数多达五十万。

这就是张士诚应战的资本。然而，这资本在朱元璋的眼中简直一文不值，因为张士诚政府有着致命的缺陷，足以让这些资本全部作废。张士诚不是个优秀的自我管理者，他在自己的地盘上大兴土木，建造起最辉煌的宫殿，好像自己已经统一了天下似的；他还附庸风雅，花了大价钱购买名画、古玩；他的歌女和厨子比丞相府的卫队人数还要多，他在饮食上非常讲究，光是做一只麻雀，就需要十几个厨师，耗费两个时辰。

领导人如果表现出了某方面的偏好，下面的人自然会去效仿，无论是好的方面，还是坏的方面。于是，整个吴王国政府大小官员都竞相行奢侈之事。

"近朱者赤，近墨者黑"，张士诚奢侈昏聩，他亲近的手下也不可能是什么品德高尚的人。他最喜欢的三位知识分子分别名叫黄敬夫、蔡文彦、叶德新。他们虽然有读书人的名号，却没有读书人的品质，三人最擅长的就是欺上瞒下，为了满足私欲，无所不用其极，把张士诚的政府搞得乌烟瘴气。被张士诚委以重任的是他的兄弟张士信，此人更是个酒囊饭袋，只知道觅美妇、贪财宝。这四个败类在张士诚身边，张士诚如果不亡，简直没有天理。

双方几乎同时宣战后，朱元璋主动发起了进攻。1365年农历十月下旬，朱元璋命令徐达兵团渡过长江，对张士诚的淮东控制区发动了推进式进攻。仅用了四天，徐达兵团就顺利抵达海安城下。几个时辰后，海安城破。

消息传到苏州时，张士诚和四大败类开会讨论此事。"丞相"张士信说："区区一个海安城不算什么，咱们就当是喂狗了。"其他三人也哈哈大笑着附和说："朱元璋那条瘦狗，会不会撑死啊？"

张士诚也笑起来。他给四大败类和自己打了一剂鸡血，说："没事，让他吃！等他吃饱了，我就要让他全吐出来！"

张士诚比起陈友谅差了十万八千里，也根本不明白朱元璋的战略。在攻陷海安后，徐达兵团经过短暂休整，立即进攻泰州新城（今江苏泰县北）。泰州城被张士诚占据后，进行了翻修和加固，城墙就如铜墙铁壁一般。城内驻扎着一支精锐部队，誓死效忠张士诚，每天都高喊"与城共存亡"。

在徐达兵团的猛烈进攻下，泰州兵团守住了自己的城池，也守住了自己的誓言。但志气不等于实力，朱元璋不停地把预备役派往泰州前线，泰州城岌岌可危。

这时，张士诚开始慌了，命将军王成救援泰州。四大败类积极响应张士诚的命令，要王成马不停蹄支援泰州。然而，王成语重心长地指出："徐达围泰州，是围城打援，如果我们去救，那就正中其奸计了。"

张士诚大怒，四大败类也跟着大怒，王成只好跨上战马，向泰州进发。虽然他已经预料到徐达要围城打援，可仍然中了徐达的埋伏，全军覆没，他本人也被活捉。

四大败类号啕痛哭，责备王成窝囊透顶。这时候，张士诚突然耳鸣起来，仿佛能听到泰州城里士兵的哀号和求救声。可他已派不出更多的救援部队了。在四大败类的馊主意指点下，张士诚开始作秀：他派出了四百艘重型战舰,大张旗鼓地驻泊在长江北岸范蔡港(今江苏沙洲西),然后又以轻型战舰在孤山(今江苏靖江北)附近水域敲锣打鼓地巡弋,这样做的目的,是让朱元璋误判他要进攻长江水寨,如果这样的话,朱元璋肯定会让徐达回防,那么泰州之围自然就会解除。

但朱元璋可不是三岁孩子,他的战略眼光天下无匹,一眼就看穿了张士诚的花招。他命令徐达继续猛攻泰州,对张士诚的舰队采取视而不见的态度。这下,张士诚无计可施了,只能在苏州城念经拜佛,祈祷泰州城能坚持住。但是佛祖没有保佑他,1365年农历闰十月廿六日,泰州失守。

张士诚王国的防御南重北轻——虽然政治中心苏州防守坚固,但淮东地区却防御极弱,中间又隔了条长江,导致南北不能快速呼应。朱元璋也正是看到了他的这一缺点,所以才先打淮东的重镇——泰州,这叫剪其羽翼;第二步则是攻取湖州和杭州,这叫断其两臂;最后才是围攻苏州。

这种战略思路,可谓步步推进、稳扎稳打。假以时日,只要对手无法做出有效应对,就毫无悬念地获得成功。泰州城失守后,徐达兵团乘胜追击,直逼兴化、高邮。此时,张士诚才摸清了朱元璋的阴谋,但是,由于无法快速动员兵团去解救兴化与高邮,他只能剑走偏锋,把一支主力兵团投放到了朱元璋控制区,进攻宜兴、安吉、江阴。

这一招确实起到了一定的作用。朱元璋想不到张士诚会狗急跳墙,但再怎么能蹦跶,也只是条狗而已。他对在高邮城下攻击的徐达兵团发出指令:分出一部分兵力,从长江支援宜兴。当徐达的这支分兵团不疾不徐地赶到宜兴城下时,张士诚兵团正在准备进攻,两支兵团就在宜兴城下展开了野战。结果,张士诚兵团大败。

军事不能脱离政治而孤立存在。只有政治清明,军事才能健康发展,军队才能打胜仗。张士诚的王国政治腐败，军队的脆弱也是注定的。

张士诚在宜兴惨败后，又派了一支部队去解救高邮，可是，当这支部队抵达太仓时，就再也不肯前进了。哪怕张士诚多次催促，这支部队也一动不动。最后，由于强烈的恐惧，这支部队一哄而散，最终消失不见。

那年春节，张士诚在苏州城垂头丧气，而朱元璋在应天城踌躇满志。自从当年看到父母尸体后，在很长一段时间里，他的世界都是黑色的，直到击败了陈友谅，他才第一次看到属于他人生的如钻石般的阳光。那一刻，他变了，他从之前的厌恶人间，变得尤为喜欢这个人间。而其中，他最喜欢的就是张士诚：这是个特别有意思的对手，和他打交道，几乎用不上智慧。

春节刚过，到了1366年正月，张士诚在四大败类的怂恿下，集结了部队水陆并进，其中海军进驻君山（今江苏江阴澄江门外），步兵团和骑兵团则出驮沙（今江苏靖江县境），目标是朱元璋的江阴。这一次，张士诚使出了吃奶的力气。但是，朱元璋那边的官员们都认为张士诚神经错乱了：他不去解救高邮，反而来打江阴，这是不分轻重。

朱元璋却指出：事实上，张士诚根本就解不了高邮之围，他打江阴，也不是为了"围魏救赵"，而是想用江阴换取高邮。因此，对于这次张士诚的进攻，朱元璋表现得很慎重，甚至亲自出马，率军驰援江阴。但是，诡异的事情发生了：张士诚兵团听说朱元璋本尊来了，忽然间吓得魂不附体，水陆两军掉头就跑。朱元璋令舰队追击张士诚的水军，张士诚水军逃跑起来的速度相当慢，很快就被朱元璋舰队追上了。

此时，张士诚决心来一场提升士气的大战。他将后队改为前队，仓促地展开了队形，迎战泰山压顶般的朱元璋舰队。

事实又重新证明了一点：张士诚的陆军不如朱元璋，而水军更是如此。一个时辰后，这场水战没有任何悬念地结束了，张士诚的兵团扔下几百艘战舰的躯壳，狼狈而逃。

1366年农历二月，张士诚在苏州城收到了一个天大的噩耗：徐达攻陷了他的荣誉之城——高邮。张士诚听完后，猛地从椅子上栽了下来。从昏迷中苏醒之后，他缓缓地吐出一个字："哎。"

他的悲伤无人能解，而同时，徐达兵团的进军更让他雪上加霜：1366年农历四月，徐达进抵淮安城下，张士诚政府安置在淮安的守将立即投降。淮安的丧失，导致张士诚在淮东的大门完全敞开。徐达的兵团如暴风一样，一连攻陷了兴化、通州（今江苏南通）、濠州、徐州等地。张士诚的北境至此被彻底击碎，前途一片黑暗。

至此，朱元璋制定的"消灭张士诚"战略，第一阶段完美收官，而达成这一目标，只用了半年。当张士诚在苏州城的宫殿里长吁短叹时，朱元璋没闲着，马上发布了讨张檄文，列举了张士诚的八宗罪：

第一宗罪：张士诚当初贩卖私盐，后来最先造反，四处杀人，还建立了根据地，这是第一条大罪（为民则私贩盐货，行劫于江湖，兵兴则首聚凶徒，负固于海岛，其罪一也）。

第二宗罪：后来，张士诚发现根据地危如累卵，就假装投降元政府，可过了不久就杀了元政府官员，这是第二条大罪（又恐海隅一区，难抗天下全势，诈降于元，坑其参政赵琏，囚其待制孙㧑，其罪二也）。

第三宗罪：再后来，张士诚又占了浙西，擅自称王，这是第三条大罪（厥后掩袭浙西，兵不满万数，地不足千里，僭号改元，其罪三也）。

第四宗罪：张士诚侵犯我的疆域，被我打败后，又去投降元政府，这是第四条大罪（初寇我边，一战而生擒其亲弟，再犯浙省，扬矛直捣于近郊，首尾畏缩，又乃诈降于元，其罪四也）。

第五宗罪：张士诚占了那么富裕的江浙地区，却不向政府交税，这是第五条大罪（占据江浙，钱粮十年不贡，其罪五也）。

第六宗罪：张士诚对元政府阳奉阴违，谋害元政府官员，这是第六条大罪（阳受元朝之诏，阴行假王之令，挟制达丞相，谋害杨左相，其罪六也）。

第七宗罪：张士诚见元王朝已没落，就把元政府在江浙的行政人员一窝端，这是第七条大罪（知元纲已坠，公然害其江浙丞相达识帖木儿、南台大夫普化帖木儿，其罪七也）。

第八宗罪：张士诚引诱我的大将投靠他，又掠夺我的百姓，这是第八条大罪（诱我叛将，劫我边民，其罪八也）。

张士诚听闻这八条罪状，失心疯一般跳起来，叫道："去你的，朱和尚！"

剪除张士诚的胳臂

张士诚在苏州城暴跳如雷时，朱元璋正在应天城冷静地部署灭张第二阶段的行动。这一阶段的计划，是先进攻张士诚的湖州和杭州，然后围攻苏州——朱元璋制定的灭张战略的精髓，是通过扫除张士诚的外围，将其大本营苏州孤立。当然，这种战略只对张士诚有效，如果对手是陈友谅，那朱元璋决不可能制定这样的战略。

张士诚和陈友谅、朱元璋不同，他能力欠佳，能积攒下这么大的家业，全靠运气和对元王朝的反复无常。他此前几乎没有遇到过强敌，和他作对的都是些平庸之辈，如今遇到了劲敌朱元璋，所有的运气都成了梦幻泡影。

1366年农历八月，朱元璋命令徐达兵团开启灭张的第二阶段，徐达兵团二十万人从应天出发，奔赴太湖。为了迷惑张士诚，朱元璋敲锣打鼓，大举宣扬，恨不得让外星人都知道他要进攻苏州。张士诚心急火燎地召集四大败类开会，但是四大败类都没来开会，而是在家中收拾金银细软，准备逃跑。张士诚下令苏州戒严，还把驻守太湖一线的部队调回了苏州，这反而给了徐达一个天大的好机会——趁机扫荡张士诚太湖周边防守薄弱的据点。此时，张士诚才发现自己上了朱元璋的当，急忙命大将李伯升率领一支苏州兵团增援湖州。

张士诚的湖州守将叫张天骐，是一名进攻型的将领，徐达兵团一抵达湖州城下，他立即大开城门，分三路迎击徐达兵团。徐达与之针锋相对，也分三路进攻。双方在湖州城下大战了一天一夜，不分胜负，但随着徐达的后援陆续赶来，张天骐兵力不够，只好下令兵团退入城中。

徐达把湖州团团包围，张天骐马上改变了思路，严防死守，拒不出战。当支援张天骐的李伯升赶到时，看到了徐达黑压压的士兵，不禁吓得魂飞魄散。与此同时，他想到了一个"绝妙"的主意：他趁着夜色，从城东的荻港偷偷地进了湖州城。这真是个奇人——他的目的是来解围，而不是来防守的，可他为了保命，却进了城。

李伯升进入湖州城的第三天，徐达兵团开始对湖州的四座城门发动猛攻。张、李二人抱团取暖、顽强死守。然而，随着朱元璋派到湖州前线的部队越来越多，两人越来越绝望。

张士诚得知李伯升的那支解救兵团成了守卫兵团后，气得七窍生烟。为了拯救自己的左膀右臂，他再次增兵，派出大将吕珍，率领苏州防御部队六万，披星戴月前往援救湖州。

吕珍一直是张士诚阵营中的骁将，曾经在安丰城把刘福通击败，可这一回不知为什么，他的骁勇荡然无存，在抵达距湖州城东还有四十里的旧馆（今吴兴东）时，他下令在此扎营，还筑起了五个寨堡。

这路数，令所有人都看得一头雾水，朱元璋在应天城得到此线报时，也有点蒙。想来想去，他也想不明白吕珍到底要干什么。朱元璋显然多虑了，因为吕珍自己都想不明白要干什么。他可能是想做湖州的守望者，也可能是未卜先知，预测到了张士诚的结局，总之，他就这么在旧馆不动了。

朱元璋想不明白吕珍的意图，也就不再耗费精力来想了，他的目标很明确：快速拿下湖州。吕珍在守望湖州三天后，朱元璋又派出了一支庞大的支援兵团，抵达湖州城下。徐达见有了援军，喜出望外，于是将计就计，在湖州城东迁镇南姑嫂桥连筑十座堡垒，把旧馆与湖州的通道彻底隔绝。也就是说，现在吕珍的增援部队和湖州城里的守军全都成了孤军，只能各玩各的了。

张士诚听说吕珍非但没有救援湖州，反而在旧馆起了炉灶后，不禁暴跳如雷。他派人把四大败类从他们的家里强行带回王宫，要他们立即拿出可行的方案解救湖州。四大败类异口同声地说："如今只有一计，就是您御驾亲征。"

张士诚好久没有打仗了。他的大脑四肢在温柔乡中严重退化。他琢磨了一天一夜，终于鼓起勇气，对四大败类说："我同意。"

1366年农历九月初，张士诚亲率精锐，驰援湖州。出苏州城不久，他突然在苏州郊区停下，下令搞流水席。官兵们大吃大喝，还敲锣打鼓，恨不得让地心生物都知道他要去救援湖州。徐达自然也知道了，如果他不知道，那他就是个聋子。

徐达仍然用老套路——围城打援。有时候，把一个简单的招数用到极致，那这个招数就能成为必杀技，尤其当对手是个饭桶时。张士诚离进化成饭桶还差头发丝般的距离，早有人提醒他，小心徐达在半路上埋伏,可他还是没有戒备。当他的兵团行进到皂林(今浙江桐乡北八里)时,徐达的埋伏部队冲了出来,双方一接触,张士诚自诩天下第一的精锐部队,瞬间就被打得落花流水,仓皇溃逃。

好不容易稳住阵脚的张士诚气急败坏,但是,他非但不检讨自己,反而把怨气撒在了朱元璋身上。由于朱元璋曾经当过和尚,张士诚忽然想到,难道是自己命中注定要被光头克制?于是,他干脆反其道而行之,让自己的士兵把头发全部散开——这支精锐部队,瞬间就成了一群披头散发的跳大神的神棍。

神棍兵团在一天夜里,准备偷袭湖州城外一个被徐达占据的据点,可惜徐达早有防备,将这支神棍兵团打跑了。

披头散发的张士诚开始分析下一步该何去何从。分析了半天,他发现,徐达兵团虽然还围着湖州,却已不再发动大规模的攻城行动,反而将主力陆续投入到吕珍所在的旧馆。自从和朱元璋开战以来,张士诚处处受制,现在,他决定开辟新战场,制定自己的游戏规则,牵着朱元璋的鼻子走。这个新战场,就是水上战场。他把自己的水军全部投入战场,试图冲开一条通往旧馆的活路。可朱元璋的水军在消化了陈友谅的水军后,早已天下无敌。张士诚的水军毫无悬念地被击败逃跑,徐达兵团围追不舍,最终,张士诚的水军被徐达全歼。

张士诚想过自己可能会倒霉,却没有想到自己会倒霉成这副德行。他在深夜里如同猫一样地踱步,发出了一声深沉的叹息。就在他的叹息声中,徐达兵团已将吕珍旧馆兵团的外援全部扫除,吕珍兵团的士兵们因为缺少粮食而变得面黄肌瘦,六万人成批成批地向徐达投降。最后,吕珍眼看就要成为光杆司令了,只好随大溜,跟着投降了徐达。徐达则待他如兄弟,用满脸的春光,欢迎他弃暗投明,然后把他带到湖州城下,让他去劝降张天骐和李伯升。

这是对叛徒最大的侮辱。当吕珍站在湖州城下,看到张天骐和李伯升时,顿时感觉自己浑身刺痒,羞愧得如同一个大姑娘被脱光了衣服扔到大街上。他扭扭捏捏地说了些废话,根本不期待会有任何效果,可奇迹出现了:张天骐和李伯升大开城门,迎接徐达入城。湖州城就这样稀里糊涂地成了朱元璋的囊中之物。张士诚只得往苏州撤退。一路上,天气阴沉,一会儿的工夫就下起了雨夹雪。这不是个好兆头——他在雪水中这样胡思乱想着。1366年农历十一月,朱元璋的另一支兵团顺利地攻陷了杭州,绍兴和嘉兴则不战而降。

第二阶段的战略目标顺利达成,朱元璋两支兵团向着张士诚最后的地盘——苏州挺进。

杭州城被拿下的那天晚上,朱元璋在应天城里欣赏黑夜。在黑夜里,朱元璋看到了一张忧愁的脸,这张脸的主人正是韩林儿。

韩林儿的归宿

自从被朱元璋从安丰迁至滁州后,韩林儿的日子就一直过得不太顺。他和刘福通的一切开销都需要朱元璋亲自批准,有时候朱元璋太忙了,韩林儿就被迫断供,饿得头晕眼花。不过,这种日子很快就会结束。

在1366年最后一个月,朱元璋兵团完成了对张士诚的苏州的包围。在下达总攻命令之前,应天城中出现了一首不知从何处传出的歌谣。歌谣中这么唱道:"眼看羊儿年,便是吴家国(1367年是羊年)……"

朱元璋面无表情地对他的臣子们说:"张士诚的国号也是吴,我的国号也是吴,不知这'吴家国',是他的还是我的?"

掌权之人，身边最不缺的就是马屁精，立即有许多人站出来，向朱元璋奉上了最甜美的马屁："如今张士诚已是夕阳西下，而您正是如日中天的时候，这种事情当然轮不到他了，这歌谣中的'吴家国'显然指的就是您啊。"

朱元璋自满地翘起下巴，整张脸立即成了一轮弯月，可他马上就恢复了平时严肃的样子，训斥臣子们说："你们这群人都该杀！我是韩宋帝国的臣子，帝国皇帝（韩林儿）还在，你们在这儿胡说什么吴家国？"

马屁精们马上跪倒在地，纷纷请罪。只有刘伯温站在那里冷笑，说："什么韩林儿，他不过是你的木偶而已。"

这话是实话，朱元璋听得心里美滋滋的，但他马上把脸板得如同冤死的人一样，指着刘伯温的鼻子大骂："你这话真是大逆不道，要是让皇上听到了，如何是好？"

马屁精们也在心里指责刘伯温说话不经大脑，有些真话是不能说的。刘伯温却在那里神情自若，好像把领导朱元璋的话当成放屁一样。当然，朱元璋的确在放屁。散会后，他把刘伯温和朱升叫到密室中，请两位高人指教。

刘伯温毫不掩饰地说："您现在已是南中国的唯一霸主了，称帝指日可待，留着韩林儿何用？您总不至于拿他当宠物养吧？"

这话说到朱元璋心坎里了。接着，他看向朱升。他不喜欢刘伯温的洞若观火，而喜欢朱升的老实巴交。朱升只好开口说道："称帝这事，还是从长计议吧。我依然主张'高筑墙，广积粮，缓称王'。"

刘伯温抢话说："这话放在几年前还有点道理，但放到现在就成了废话。如果已经具备了一统天下的实力，却仍然在这里扭扭捏捏，就是既想当婊子又想立牌坊。大王您应该马上称帝，建立新政权；至于韩林儿，您自己看着办吧，反正怎么办都行。"

朱元璋其实早就下定决心要办韩林儿了，之所以找刘伯温和朱升来商议，只不过是走个形式，给自己的阴谋找个合理的说法罢了。送走刘伯温和朱升后，他在脑海里搜索着办掉韩林儿的最佳人选。

一个人影从他脑海中浮现——当初朱元璋组建水军时，主动来投奔的廖永忠。廖永忠投靠朱元璋时，朱元璋问他："你想拥有荣华富贵吗？"廖永忠回答："在您身边，就是我此生最大的荣幸。"这种回答，显然是一种谄媚，但朱元璋就喜欢这样的人。当然，廖永忠也不是只靠谄媚立足，在和陈友谅的鄱阳湖之战中，他的表现非常出色，让朱元璋刮目相看。而最让朱元璋看好的一点，是他对自己的忠贞不贰。所以，这种事，最适合让他去做。

朱元璋迅速把廖永忠从苏州前线召回，问他："咱们的事业已经做到了这个份上，东家（韩林儿）还有用吗？"

廖永忠吃了一惊，但很快就明白了朱元璋的意思。他小声地问："是明着干还是暗着来？"

朱元璋皱眉，训斥他道："这种事儿，能明着干吗？！"

廖永忠马上明白这活儿该怎么办了。第二天，他就启程前往滁州，在那里叩见了韩林儿。他的态度，恭敬得让人惊异。他对韩林儿说："如今吴国公已打下了南中国大半江山，只剩下张士诚在苟延残喘，所以，吴国公派我接您去应天，要您主持天下。"

韩林儿马上就产生了一种感觉。这种感觉和他幼时听说老爹韩山童参加革命时的感觉一样：恐惧。实际上，小明王韩林儿多年以来一直生活在恐惧中。他老爹死时，刘福通派人来接他。他当时吓得魂不附体，以为刘福通要杀他。即使后来刘福通把他尊奉为韩宋帝国的皇帝，他每天也依然处在恐惧中，因为他无权无势，只不过是刘福通手上的一枚棋子。但幸运的是，刘福通是个具有高尚灵魂的人，他把韩林儿放到了最尊贵的位置上，让他享受生活。几年前，韩林儿在安丰城中听到张士诚兵团的呐喊，就已经惶惶不可终日。当朱元璋兵团来解救他，他见到朱元璋时，这种恐惧非但没有消解，反而加重了。

被软禁在滁州的三年，韩林儿如身处恐惧的泥潭，每天都在等待死神的降临。他身边的刘福通用尽各种方式安慰他，可非但不能让他释怀，反而让他的焦虑更加严重。当他看到廖永忠跪倒在地时，他感觉廖永忠的后背像是一个坟包。

"噢，"韩林儿对刘福通说，"这就是命运。"

但是刘福通不相信命运，如同秦王朝的陈胜一样，不相信"王侯将相有种"的结论。他知道自己运气已经用完了，但更相信事在人为。刘福通把廖永忠从地上揪起来，冷冰冰地问道："能不去应天吗？"

廖永忠愣了一下，但立刻回答道："不能。"

刘福通悲凉地点了点头，回头对韩林儿说："那咱们上路吧。"

前方没有浩浩荡荡的场面，只有一艘战船。韩林儿立在船头，廖永忠在他身后，刘福通则在船舱中，他的身边围绕着一群全副武装的士兵。

廖永忠看着浩波荡漾，指着远方的迷雾，说："那里就是应天。"

韩林儿问："我们到哪儿了？"

廖永忠回答："快到家了。"

廖永忠话音刚落，就听到船舱中传来惨叫，那是一代英雄豪杰刘福通在人间最后的声音。但是，韩林儿似乎根本没有听到任何声音，又问了句："到哪儿了？"

船停了下来，廖永忠告诉他："瓜步（今江苏六合县南瓜埠）。"

韩林儿转过身，挺直了腰杆，看着廖永忠："来吧。"

廖永忠轻轻地挥了挥手，几个士兵上来，先把韩林儿勒死，然后将他沉入了江中。

据说,韩林儿在失去意识之前,脸上带着淡然的微笑,意味深长地对廖永忠说:"你何必着急?"

不知为什么,廖永忠在回应天的路上,脑海中一直回荡着韩林儿的临终遗言。八年后,他被朱元璋处决,临刑时,那句话像箭一样,射进了他的脑海。他终于恍然大悟,说:"原来如此啊。"

近代学者陈登原一语中的:"瓜步之沉,司马昭之杀曹髦也;永忠之死,司马昭之诛成济也。"

从前,魏帝国的皇帝曹髦因不满司马昭掌握大权,于是动用武力,想要夺回权力,结果反被司马昭的手下成济杀了。事后,司马昭又杀了成济,以掩盖自己攻击曹髦的事实。

廖永忠带回了韩林儿死去的消息,朱元璋听到之后号啕大哭,捶胸顿足地说:"好日子终于到来,您却遭遇了如此不幸,这是上天的意思吗?"

刘伯温站在人群中,撇了撇嘴。朱元璋看着那些大臣跺脚痛哭,知道这是一场闹剧,非常肉麻。可他明白,政治就是一场肉麻的闹剧,非闹不可。

当韩林儿的尸体被江中的鱼啃食时,朱元璋发动了对张士诚的最后一战。而站在张士诚的角度,这就是一场"苏州保卫战"。

消灭张士诚

1367年春节,朱元璋在应天城给死无全尸的韩林儿出殡,气氛热闹异常;而此时,张士诚则在苏州城披散着头发,光着脚丫,读着圣贤之书。苏州城外,遍地烽火,徐达兵团率先发起了攻击,他首先在苏州城外构筑了长围，然后搭起木塔，筑起比苏州城城墙还高的土楼，为的是可以俯瞰苏州城。为了尽快拿下苏州，徐达兵团配备了先进的火器，襄阳炮（一种抛石机）日夜不停地攻击。

张士诚将苏州看作大本营，所以从占据苏州后，就不停地加固苏州城。尽管徐达兵团猛攻了三个月，苏州城却毫发无损。徐达只能采用人海战术，昼夜不停地攻城，损失惨重。

对于徐达的受阻，其实朱元璋早有预料。他相信过程是艰难的，但结果绝对是光明的。于是他给张士诚写了封信，试图劝降他，信中写道：你现在的反抗行为是在逆天而行，不要做没有结果的抵抗，这除了多造伤亡之外，没有任何意义。

张士诚对这封信嗤之以鼻，他在冰凉的浴盆中回忆着从前的荣耀：既然过去那么多次战斗他都能获得胜利，那他相信这次也不例外。铜墙铁壁的苏州城给了他极大的底气，他相信黑暗之后必是光明。他本来想等待光明的到来，可苏州被围三个月后，他改变了想法：他要主动创造光明。

1367年农历七月，在与世隔绝三个月后，苏州已成人间地狱。张士诚从来没有朱元璋那种"广积粮"的意识，所以苏州城中的粮食储存非常少，仅够官兵吃上三个月，到了现在，苏州城里开始出现人吃人的惨剧。张士诚决心突围。1367年农历七月的一天凌晨，阴雨绵绵。他集结了他的禁卫军——"十条龙"进行突围。"十条龙"接近二万人，这支特种部队是张士诚手中最后的牌。但遗憾的是，这张牌在朱元璋看来并不算大，"十条龙"一出城，就和朱元璋的猛将常遇春迎头相撞。双方一经接触，张士诚的"十条龙"立即溃败，发出了排山倒海般的惨呼。

在之后的三个月中，张士诚不停地尝试突围，但都被朱元璋轻松击溃了。到1367年农历十月时，张士诚已再没有力量组织有效的突围了，只能坐以待毙。这时候，朱元璋发出了命令："发动总攻！"

黎明时，天下起了大雨，随后变成了淅淅沥沥的小雨。徐达兵团"总攻"的呐喊声传来时，张士诚彻底卸下了和朱元璋开战以来的沉重包袱。他对妻子刘女士说："我兵败将死，你怎么办？"

刘氏脸上带着颤抖的微笑，看了一眼张士诚，不动声色地说："君勿忧，我必不负君。"说完，这位女中英豪抱起两个幼子，走上高台，让人搬来柴火，命令张士诚的其他小老婆一起登上高台，然后点燃柴火，自焚而死。

张士诚在熊熊火光中，泪水横流。他没有听到一句哭声，也没有听到一句怨言。一个男人要有多大的魅力，才能让他所有的老婆都心甘情愿为他赴死？这是个谜。

他抽出宝剑，横在脖子上，目光呆滞。这时，徐达兵团已突破了外城，正向内城发动猛攻。张士诚心想：这宝剑真凉啊。他身边的忠诚卫士说："我们还有几万人，可以打巷战。长矛对火炮，短刀对长矛，匕首对短刀，赤手空拳对匕首，即使是牙齿也可以成为武器。"

这名忠诚卫士说这话的时候，苏州城里的巷战已经展开。张士诚长叹一声，说："如果我们反抗到底，朱秃子在大怒之下势必屠城，百姓何其无辜。你们投降吧。"

傍晚，雨停了，夕阳出现在空中。张士诚站在他宫殿的楼上，看着远处踏着正步走来的敌人的士兵。他想要跳下去，一死了之。但他最亲密的战友、投降分子李伯升赶来，泪雨滂沱地劝他："不要做傻事。"并且说，"您是英雄，还怕保全不了性命？"

张士诚惨笑一声，整理了一下衣冠，走下楼来。夕阳的余晖下，他解下腰间的宝剑，微笑着面对正小跑而来的徐达。

徐达把他押上船，迅速送往应天。张士诚在船里不吃不喝，连眼都不睁。看守要时不时碰他一下，才知道他是死是活。

张士诚从来没有这样忧郁过，也从来没有这样孤独过。当朱元璋见到他时，发现他已没有任何活人的样子，深感惊讶。张士诚没有看他一眼。可不知为什么，朱元璋离开后，又派了李善长来劝降张士诚。

张士诚使出浑身的力气破口大骂，险些把李善长骂得发了羊癫风。如果张士诚不是绝食，导致力气很小，肯定要揍李善长一顿。

朱元璋气得像爆竹一样爆了起来，下令处死张士诚。在处死他之前，他又下令给张士诚一顿军棍。

张士诚临死前，保持了一种冷漠的贵族气质。这让张士诚自己都惊讶：人的潜力真是无限的，自己的出身那么低贱，却在他最恶心的敌人面前表现出了从不曾有过的气质。

他对朱元璋说的唯一一句话，也是他最后一句话，是："天日照尔不照我。"——老天爷一直在眷顾你，却不眷顾我。其实，这句话应该是陈友谅的台词。只有陈友谅最有资格、最有能力说这句话。

从能力上来说，张士诚根本不是朱元璋的对手，只有陈友谅是。朱元璋击败了他在南中国最后的敌人，地平线清晰了，他要做的事还有很多，离他成为洪武皇帝虽然已经不远，却仍然有许多路要走。

横扫南中国

陈友谅和张士诚相继离开人世，使朱元璋自动升级为南中国的唯一霸主。他将继续奋战，成为名副其实的南中国霸主。消灭张士诚后不久，朱元璋马上将浙东的方国珍纳入了黑名单。

当朱元璋、陈友谅与张士诚为争夺南中国的领导权而打得不可开交时，方国珍也没有闲着，他自认为是个识时务的俊杰：朱元璋和陈友谅争霸时，他先支持朱元璋；发现朱元璋力量不如陈友谅后，又掉头支持陈友谅；朱元璋写信斥责他是叛徒，他想不出站队的最佳方案，于是投降了元王朝。陈友谅认为方国珍没有主见，可朱元璋则认为，方国珍不停地更换主子，这就是他的主见。

朱元璋和张士诚开战后，张士诚向他请求物资支援。方国珍二话不说，派出他的水军，不断地向张士诚的城池运送粮草，只不过这些粮草最终都被朱元璋笑纳了。

朱元璋写信严厉地批评了他，方国珍此时才感觉到恐惧。当张士诚被朱元璋消灭后，他知道自己的大限已到，于是把金银财宝装上战船，决定逃到海上去。可他的逃亡计划还未实施，朱元璋已经先对他下了手。1367年农历九月，朱元璋命令大将朱亮祖进攻方国珍的台州。方国珍之所以能够长久存在，并非缘于他的力量，而是缘于他左右逢源、见风使舵，如今只剩下朱元璋一股力量了，他的缺陷就全部暴露了。

朱亮祖向台州进发时，方国珍向福建的陈友定求救。但是，陈友定拒绝救援反复无常的小人。方国珍只好眼睁睁看着朱亮祖吞吃他的地盘，最后被逼无奈，只好逃往海上。海上的生活很艰苦，方国珍吃不了苦，于是想到最后一招：向朱元璋请降。

朱元璋告诉他："我可以饶你不死，但你必须来应天。"

方国珍已没有谈判的资本，只能放弃他的军队，带着家眷来到了应天城。朱元璋用盛大的宴席庆祝他的归顺，并且阴阳怪气地说："若是你几年前投降我，我这里还有一个爵位等着你，可现在爵位没有了。"

方国珍说："我现在寄人篱下，绝不掺和您王国的任何事，只要您给我口饭吃即可。"

朱元璋说:"饭当然有,不过你一人吃饭肯定寂寞,等我捉到了陈友定,就让他陪你一起吃。"

方国珍眼含热泪,对朱元璋的安排感到极度满意。几年后,他在应天死去。至于陈友定,他是绝不可能和方国珍这样的叛徒一起吃饭的。

1367年农历十月,朱元璋完成了对陈友定发动进攻的准备,讨陈兵团司令叫邓克明,此人本是陈友谅的部将,投降朱元璋后,朱元璋马上委以重任。很多人都不理解朱元璋为何对一个降将如此重视,朱元璋缓缓道出了原因:"此人对陈友定的福建非常熟悉,将来一定会派上用场。"

于是,熟悉福建地理形势的邓克明拍马上阵,从江西界进入福建,直奔陈友定的军事重镇福州。此时朱元璋的其他部队已经将张士诚的残余势力扫除,全部奔赴福建前线。眼见兵临城下,陈友定似乎预见了自己不堪的命运。不过,他是那种"明知不可为而为之"的英雄人物。

朱元璋大军对陈友定的所有地盘完成了战略部署后,派使者去劝降他。朱元璋当然明白陈友定是不可能被招降的,可还是要走一下这个程序。于是,倒霉透顶的使者团出发了,和陈友定见面后,向他提出了朱元璋的诉求。当晚陈友定请使者吃饭,让所有官员陪吃陪喝。宴席到了高潮时,陈友定突然让人宰掉使者,把他们的血倒进那些官员的杯子中,说:"我等都是受元王朝恩惠的人,如果你们不尽心尽力对付朱元璋,我就先宰掉你们,再干掉你们的家人。"

众官员魂不附体地站起来,喝着热血酒,发誓说:"愿和朱贼战斗到底!"

朱元璋得知使者被放血后,咆哮起来:"陈友定不识我仁心,冥顽不灵,我要让他付出代价!"

朱元璋的命令一下，其兵团就开始猛攻福州，福州顷刻就被攻下，接着，他的兵团沿闽江而上，扫荡了陈友定的残余力量，整个福建很快就成了朱元璋的地盘。陈友定在城破之时，服毒自杀，不过没有成功。他被送到应天城和朱元璋面谈。朱元璋仍然希望他能投降，但陈友定告诉他："我生是大元的人，死也是大元的鬼，你就不要废话了。"

朱元璋只好将陈友定杀掉，用他的血来庆祝自己登基。1368年农历正月初四，朱元璋在应天登基称帝，宣布从现在起他就是中国的主人，其他的任何政权，包括还统治着北中国的元政府，全是非法政府。他的国号为"明"（朱元璋本是吴王，按历史，他所建立的王朝应该为"吴"，可能是因为张士诚也自称"吴"，所以他拒绝和这么倒霉的人使用同一个国号。他所建立的国家之所以为"明"，是有丰富的内涵的：日月为明，《周易》上说："日月相推而明生也。"而中国从远古时代开始，就有祭祀"大明"的典礼，祭祀的对象就是太阳和月亮。明是火，象征光明。而朱元璋的"朱"姓又是赤的意思，"朱明"恰好把皇帝的姓和国号连接在一起，浑然一体），他的年号为"洪武"，后人又称他为洪武皇帝。

我们尤其要注意朱元璋的登基诏书：

> 朕惟中国之君，自宋运既终，天命真人于沙漠，入中国为天下主，传及子孙，百有余年，今运亦终。海内土疆，豪杰分争。朕本淮右（即安徽）庶民，荷上天眷顾，祖宗之灵，遂乘逐鹿之秋，致英贤于左右。凡两淮、两浙、江东、江西、湖、湘、汉、沔、闽、广、山东及西南诸郡蛮夷，各处寇攘，屡命大将军与诸将校奋扬威武，四方戡定，民安田里。今文武大臣百司众庶合辞劝进，尊朕为皇帝，以主黔黎。

勉循众请，于吴二年正月四日告祭天地于钟山之阳，即皇帝位于南郊。定有天下之号曰大明，建元洪武。恭诣太庙，追尊四代考妣为皇帝皇后。立大社大稷于京师。册封马氏为皇后，立世子标为皇太子。布告天下，咸使闻知。

这道诏书明白无误地承认：蒙古人所建立的元王朝是中国正统王朝。遗憾的是这个正统王朝已经完蛋，他朱元璋继承了元朝的遗产。

朱元璋明确地指出了以下几点：他本人是天下人的最高祭司，只有他有资格告祭创造了万物的天和地；他是世俗世界的唯一合法君主；他是中华民族的孝子；他通过告祭农业的神灵，宣布自己是人民生计来源的护卫者和施舍者。

当然，这道诏书中有很多假话，比如其中的"四方戡定"就是扯淡，因为除了北中国还在蒙古人手中之外，即使是南中国，也还有四川、广东、广西、云南等地尚未被朱元璋掌控。

不过，两广其实已是枯木，朱元璋称帝四个月后，他的大军进入广东，为元王朝守卫广东的何真投降，广西的军事重镇南宁、梧州也迅速被拿下。现在，朱元璋把目光瞄向了他最大的敌人——北中国的蒙古人。

实际上，朱元璋在未称帝时就已经做好两手准备，一手是平定南中国，另一手则是北伐元王朝。此时，距伟大的英雄人物刘福通举起反抗元王朝的旗帜已过去16年，距朱元璋自己参加红巾军已过去13年，他终于正式面对元王朝。

此时的元王朝，像个患上绝症的老人，卧病在床，气若游丝。

北伐元王朝

朱元璋准备收复北中国时，元王朝中央政府已没有任何力量，北中国的控制权在两个军阀手中，一个是扩廓帖木儿，另一个则是孛罗帖木儿。1367年下半年，朱元璋正在制订收复北中国的计划，他的那些常胜将军则主张采取直奔北京的"斩首行动"。但朱元璋却想到了刘伯温和朱升"广积粮，高筑墙，缓称王"的九字箴言。这九个字已被他举一反三、活学活用。

朱元璋告诫以常遇春、徐达等军人为首的过分自信派："必须稳扎稳打，巩固好每个占领区后才可以开辟下一个战区，绝不能冒进，否则就不符合九字箴言了。"

朱元璋把收复北中国的作战计划分为四个阶段。第一阶段是收复山东；第二阶段是收复河南；第三阶段是拿下北京；最后则是拿下山西和陕西。常遇春等人提出的"直奔北京"的计划也没有错，这种思路是想打击主要敌人，擒贼先擒王，只不过他们是站在军事角度上考虑的；而朱元璋则是站在更宏观的角度上，认为先要获取领土，等消化了这些领土后，再去打击最主要的敌人。

其实，从战术角度来看，朱元璋的这个计划也非常绝妙：先平定山东，这叫"撤了元大都的屏障"；再移兵河南，这叫"毁了元大都的篱笆墙"；然后攻陷潼关而守之，这叫"扼其门槛"。这样，元大都就成了孤岛，不战而下。等到元大都一下，立即向西进军，关陇之地唾手可得。

朱元璋出兵前声称："我是救世主，我现在北伐元政府，是为了国家的复兴，我要'驱逐鞑虏，恢复中华'。"他还说，"我是全人类的解放者，拥有全中国最高尚的情操。所以，我要把蒙元政府扫进历史的垃圾堆里！"

北伐兵团总司令自然是徐达，副司令则是常遇春。1367年农历十一月，徐达的北伐兵团向山东进发，先攻陷了沂州（今山东临沂），然后攻破了元王朝在山东的军事重地益都（今山东青州）。1368年正月，山东战场捷报频传，朱元璋心花怒放，预料到山东已是囊中之物，于是宣布称帝。徐达兵团更是为朱元璋的称帝锦上添花，1368年农历三月初，徐达攻克了元王朝在山东的最后一个据点——东昌，就此宣告山东彻底平定，朱元璋的收复北中国计划的第一阶段圆满结束。

与此同时，朱元璋的大将邓俞进入了河南战场，快速拿下了南阳。徐达兵团也从东边进入了河南，两支大军包围了汴梁。一个月后，汴梁投降。紧接着，徐达兵团直奔洛阳，在洛阳附近与扩廓帖木儿展开了一场空前惨烈的野战，最终取得了胜利，占领了洛阳。

另外一支由大将冯胜率领的兵团绕过洛阳战场，拿下了潼关。至此，朱元璋制订的收复北中国计划的第二阶段胜利结束。朱元璋也许是对接下来的战斗胜券在握，所以拿下河南后，没有立即执行第三阶段进攻北京的计划，反而是去了汴梁，并把汴梁的名字改为"开封"。就在这座崭新的城市中，他和徐达进一步细化了进攻北京的计划。

1368年农历闰七月，徐达兵团25万人自中滦（今河南封丘西南）渡黄河，沿御河（今卫河），经临清、长芦（今河北景县）、通州（今北京通州），向北挺进。徐达兵团一路势如破竹，锐不可当，直逼北京，易如反掌地解放了通州。就在通州失守的夜里，元王朝的皇帝妥欢贴睦尔带着太子、后妃和十万蒙古人悄悄出了北京城，向北出居庸关，逃到了开平。

徐达在通州城待了五天。因为据可靠消息称，北京城内还有至少五万的蒙古精锐。于是徐达就在通州城和北京城之间竖立了栅栏，准备和蒙古兵团打野战。可他等了五天,还是不见任何动静。他试探着派出一支军队到北京城下,发现城上旗帜飘飘、灰尘乱舞,就是不见一人。

徐达得到了消息后,脑海里划过了一道闪电——他叫了起来:"蒙古人肯定跑啦!"

1368年农历八月初二,徐达兵团从通州向北京挺近,一路上没有遇到任何有力的抵抗,顺利兵临北京城下。此时,北京城已是一座不设防的城市,徐达兵团不费吹灰之力,就解放了北京。

统治中国97年的元王朝至此结束。1368年的它,就像是一盏枯灯,没有任何风吹草动,就悄无声息地熄灭了。当人们回忆起这个凭借奔腾的万马建立的王朝时,唯一能想起的只有它苍苍的天、茫茫的旷野和随风摇晃的草原。

后来,逃到开平的妥欢贴睦尔在徐达兵团的追击下向北逃啊逃,一直逃回了他祖先发迹的地方——草原。在这里,他仍然认为自己是元朝的皇帝,但朱元璋已经不承认他和他的政府,改称元为"北元"。

徐达解放北京的消息传到应天时,朱元璋立即下诏改应天为南京、汴梁为北京。第二天,他召集了南京的文武百官,商讨关于建都临濠的问题。大部分人同意了,因为他们之中有许多人是淮西人,而建都临濠,正是他们大显神威的好机会。但由于刘伯温和一批知识分子强烈反对,朱元璋才没有把老家作为首都。这是一种中国人特有的衣锦还乡的思维,任何人只要在外面闯出一点名堂,都会迫不及待想回老家炫耀一番。朱元璋当时已是中国的主人,也没有逃开这种思路。虽然朱元璋没有迁都老家的想法,可还是把临濠设为了中京。

中国历史上奇特的一幕出现了:一国三首都。朱元璋认为,这是自己高度智慧的结晶,因为三角是最牢固的,好像只要他命名了三个都城,形成三角,他的帝国就能青春永驻一样。

这当然不是事实。虽然元王朝已失去了心脏——北京，但并未完全失去力量，朱元璋想要完全控制中国，还有一段路要走。1368年9月，朱元璋命令常遇春进攻保定和真定，又命大将冯胜和汤和拿下了开封南面的怀庆。四个月后，徐达兵团从东面进入了蒙古人控制的山西和陕西，仅用了三个月就清除了蒙古人控制的渭水流域。扩廓帖木儿和徐达多次交战，多次失败，被迫退入甘肃北部。至此，朱元璋牢固地控制了山西和陕西的中心地带。

在对山西和陕西发动军事进攻时，有将领曾对局势表示过担忧。这种论调指出：自天下大乱后，蒙古人的力量在不自觉地向山西和陕西移动，两地的蒙古人的力量迅速茁壮成长，俨然已成为北中国的重心。进攻这两地，要比进攻山东和北京困难得多。可朱元璋却给将领们打气说："人数多有什么用！元王朝的失败，在于所有军事指挥官各自为政、互不救援。山西和陕西虽然是蒙古人新的老巢，然而老巢中的人各怀鬼胎，你们放心地去干吧。"

一切果然如朱元璋所料，当徐达在不停地进攻扩廓帖木儿时，其他蒙古将领却在作壁上观，眼睁睁地看着扩廓帖木儿被打得丢盔卸甲，又眼睁睁地看着徐达掉头过来干掉自己。不能团结合作，是元王朝失败的一大主因。

朱元璋在应天城志得意满、喜笑颜开，即使是1369年农历七月常遇春的病死，也没有给他带来太多忧伤。常遇春是朱元璋最忠诚的将领，身经百战，几乎战无不胜，不过此人最大的问题是喜欢杀俘虏。他去世后，朱元璋的一些文臣仿佛看透了命运般评价说："杀降减寿啊。"

这是赤裸裸的扯淡，将军难免阵前亡，如同猎狗终须山上丧一样。儒家文化不喜战争，所以总想方设法抹黑那些征战沙场的英雄，"杀降减寿"的说法，就是其中一个卑劣手段。

常遇春的死并未让朱元璋停止收复版图的步伐，他让义子李文忠接替常遇春，和徐达一起继续征战。山西和陕西的丢失，让在应昌路（位于北京正北一百公里处）的北元政府失去了西南屏障。1370年，徐达从西安出发攻打扩廓帖木儿，李文忠则从北京出居庸关，攻打北元政府。

李文忠的军事才能和他的傲慢并驾齐驱，朱元璋对此心知肚明，所以特意嘱咐李文忠："打北元政府，千万不可轻敌。"但这次是朱元璋多虑了，蒙古人已经用完自成吉思汗横扫天下以来的全部勇气，纵然成吉思汗复生，也难以挽回族人的败局。

1370年农历三月，当初的元王朝皇帝、现在的北元政府领导人妥欢贴睦尔去世，他的儿子爱猷识里达腊即位，他比老爹还昏庸无能。李文忠趁此良机，以惊人的速度和战术突袭应昌，爱猷识里达腊根本没采取任何抵抗措施撒腿就跑，李文忠大获全胜。

胜利之神笼罩着朱元璋的大明帝国，当李文忠把北元驱赶到沙漠深处时，徐达也在甘肃东部的巩昌捕捉到了扩廓帖木儿的主力，双方展开了激战，扩廓帖木儿用他的无敌骑兵作为冲击主力。徐达先是防守，多次防御成功后突然发动了反攻，扩廓帖木儿的骑兵团惨败，他本人则逃进了沙漠。徐达满心欢喜，可朱元璋却提醒他："如果不能将扩廓帖木儿彻底击败，终将成为大明帝国的祸害。"后来，正如朱元璋所料：扩廓帖木儿成为沙漠的霸主，让明军在北境疲于奔命。

北方已暂时被纳入掌控，朱元璋又把目光瞄向南方。1371年，朱元璋下令三路大军进入明玉珍的四川。明玉珍在前年死掉，他的儿子明昇虽然有老爹的理想，却没有老爹的能力，导致政治局势一片混乱。朱元璋的三路大军一到，明昇立刻宣布投降，四川也被纳入了朱元璋的大明帝国版图。

朱元璋又掉头过来对付逃进沙漠的蒙古人。蒙古人始终是朱元璋的心结，不把他们彻底铲除，他就寝食难安、焦躁不断。

1372年初春，朱元璋动员全部力量，对漠北的蒙古人实施了精准打击。徐达率领15万刚刚完成训练的骑兵，从甘肃玉门关向西北跨越戈壁沙漠，直趋北元政府的中心——哈拉和林。扩廓帖木儿负责哈拉和林的安全保卫工作，徐达的部将前锋蓝玉最先和扩廓帖木儿的巡逻队交火，凭借出色的指挥能力大胜。但很快，两方主力骑兵相遇了。扩廓帖木儿虽然多次败在徐达手下，但这一次，他一雪前耻，把徐达打得灰头土脸，徐达的北伐以失败告终。

另一支北伐兵团由李文忠率领，进入沙漠后就和蒙古人展开了激烈的攻防战。李文忠这回不但没有取得任何胜利，反而损兵折将。唯一有收获的是远征至敦煌的冯胜，他大败蒙古人，把甘肃走廊纳入了朱元璋的大明帝国版图。

1372年两支大军北伐的失利，让朱元璋搁置了对蒙古人赶尽杀绝的念头。他发现如同千百年来中原政权对游牧政权无计可施一样，他对游牧政权也是毫无办法。他所建立的帝国，没有如汉唐般的气势，想要面对无法对付的对手，唯一的办法就是和解。如果不能和解，至少不要爆发全面的冲突。

无论如何，到1372年，朱元璋已经牢固地控制了中国本土，于是他把精力从外转向内，开启了"洪武之治"。

第四章
大明开国，皇帝也搞小动作

安插杨宪

朱元璋仅仅是粗通文墨，他的智慧全部来自多年的社会实践。他当然明白，想要统治如此大的帝国，他是不可能亲力亲为的。他需要一个帮手——历朝历代皇帝的帮手，就是以宰相为首的政府，朱元璋自然也不例外。

大明帝国的第一任宰相，是朱元璋的亲密战友——李善长。李善长自投奔朱元璋以来，始终担任着后勤部长和军师的双重职务。朱元璋能得天下，软件是刘伯温和朱升的九字箴言，硬件则是李善长的组织和动员能力，让朱元璋可以放心大胆地四处征战，而不用担心后院起火。

所以，李善长始终是朱元璋多年来的文臣之首。但让朱元璋大感不解的是：帝国建立后，以前一向顺眼的李善长，忽然就变得不那么可爱了。

文臣之首，李善长当之无愧；谋臣之首和监察官之首，则是刘伯温。李善长是安徽人，刘伯温是浙江人，两人是当时大明帝国两个派系的代表人物。安徽帮最雄壮，文有李善长，武有徐达一干人等；浙江帮实力不如安徽帮，可浙江帮的头目刘伯温，却拥有着监察大权。

这是朱元璋厉害之处：两个派系互相制衡、互相监督，他本人才能安枕无忧。不过，一定要掌握好平衡，否则极容易形成党争。1369年，朱元璋发现，李善长正在破坏这一平衡。

李善长做宰相后，突然变得残忍刻薄，而且试图在政府中树立自己的权威，而不是朱元璋的。他变得难以接受不同的意见，参议李饮冰稍对他专权的行为有所不满，他就下令把李饮冰的双乳割掉，导致李饮冰在刑房内流血至死。朱元璋找他谈话，李善长却鼻孔朝天，好像他是皇帝，而朱元璋是宰相一样。

朱元璋决心敲打一下李善长。一次朝会后，他留下了李善长和刘伯温，闲聊了几句后，就单刀直入地问李善长："中书省的工作很忙吧？"

李善长没有反应过来，回答道："忙死我了。"

朱元璋接口道："那太好了，我准备给你配备个助手，减轻你的负担。"

李善长急了，说："皇上，我可不是这个意思……"

刘伯温在一旁早发现朱元璋脸色已变，他想出来打圆场，可忍住了。他看了看李善长的脸，发现他的脸色也不是那么好看。李善长也去看朱元璋的脸，仿佛看到了死神在朝他狞笑，立即吓得魂不附体。幸好，朱元璋还没打算和他彻底闹翻，待到气氛略缓和后，对他和刘伯温说："我这里有两个人选，你们帮我参谋参谋。"

朱元璋提出的这两个人，分别是杨宪和汪广洋。

李善长听到这两人的名字，马上就不乐意了。杨宪是山西太原人，1356年投奔了朱元璋，因办事干练、智勇兼备，很快就成为朱元璋的亲信。他和刘伯温的关系很好，但与李善长的关系朦胧不明。朱元璋打天下时，杨宪一直充当外交官，出入张士诚和方国珍的政府。当然，外交官只是个幌子，间谍才是杨宪的真实身份，他披着外交官的外衣，获得了大量有价值的情报。朱元璋建国时，并没有给杨宪安排重要职务，直到李善长越来越有脾气后，他才想到把杨宪安插进政府，用特务的技能来监视乃至掣肘李善长。

当然，还有一条最重要的理由：杨宪虽是山西人，却和刘伯温私交甚好，属于浙江帮的头马。用浙江帮的人平衡安徽帮的李善长，体现了朱元璋的缜密心思。

李善长的不高兴溢于言表，他直言不讳地指出："杨宪根本不配做副宰相，他只是个检校。我从来没听过哪个朝代，要一个检校当宰相的。"

检校，是明代顶级特务组织锦衣卫的前身，由朱元璋于1359年设立。这个机构没有固定名称，工作人员被称为"检校"，其实就是特务。特务的前期工作是对敌人进行渗透和侦缉。比如杨宪，就曾多次以外交官的身份，到张士诚和方国珍政府里进行窃取情报的工作。随着朱元璋的敌人越来越少，其政府越来越稳固，朱元璋的"检校"们的工作重心开始转移，南京城中的大小衙门官吏违法犯罪，都逃不过他们的眼睛。

杨宪作为检校中的元老级人物，非常引人注目。他有着强大的观察力和推理能力，往往能够通过微末的小事，抽丝剥茧找出事情的真相。他替朱元璋训练出了一大批优秀的特工，这些特工在朱元璋的统治时期贡献颇丰。

1359年，朱元璋对江西袁州发动进攻前，派了一名检校到袁州侦察。此人回来后，详细汇报了袁州城的情况。朱元璋问他："你有何凭证说你到过袁州？"这名检校回答："袁州守将欧平章门前两个石狮子的尾巴已经被我斩断。"袁州当时守卫森严,更别说守将的家门口,但那个检校居然能轻易地进出袁州城,还能在守将的家门口把石狮子的尾巴斩断,这说明朱元璋的特务们个个身怀绝技,非比寻常。

后来朱元璋攻陷袁州,真就派人去查看那两个石狮子,果然如那名检校所言。除了收集敌人的情报,检校的另一重要工作内容是监视大臣。

大臣钱宰被征编《孟子节文》,罢朝后吟诗道:"四鼓咚咚起着衣,午门朝见尚嫌迟。何时得遂田园乐,睡到人间饭熟时。"第二天,朱元璋就觍着丑脸,笑嘻嘻地对钱先生说:"昨日作的好诗,不过我并没有'嫌'啊,改作'忧'字如何?"钱宰几乎吓得魂不附体,磕头谢罪。

国子祭酒宋讷某天在家独坐生气,面有怒容。第二天朝见时,朱元璋问他:"昨天生什么气?"宋讷大吃一惊,照实说了。朱元璋叫人把检校偷着给他画的像拿来看,将他几乎吓得魂飞天外。

朱元璋对把检校为他侦缉大臣得到的情报拿来敲打大臣的小动作沾沾自喜。1382年,特务机构锦衣卫正式成立后,朱元璋更是骄傲地宣称:"有这些人(检校)在,正如我有恶犬一样,使人害怕。"

现在,他想把杨宪这条巨兽般的恶犬放到李善长身边,李善长岂能同意。但问题是,朱元璋知道李善长的心思,所以才把刘伯温找来。刘伯温对李善长的所作所为也看不惯,况且两人在政见上又属不同派别,不出朱元璋意料,当李善长反对时,刘伯温大力表达了赞同。

李善长气愤地说:"刘伯温和杨宪是一伙的!他当然想让杨宪进中书省。"

朱元璋反问他:"我也同意杨宪进中书省,难道我和杨宪也是一伙的?"

李善长哑口无言。在他闷闷不乐几天后,杨宪乐呵呵地出现在了中书省门口,他向李善长鞠了个特别怪异的躬,说:"宰相大人,你好啊。"

李善长一点都不好,他发誓要把这个特务以最快的速度踢出中书省,他可不管朱元璋怎么想,在他看来,中书省就是他李善长的,再说得大一点,是安徽帮的。作为安徽帮的瓢把子,他绝对不允许有非安徽帮的人在他的地盘撒野。

宰相之争

朱元璋把杨宪安插入中书省,其实是出于对李善长的好意。李善长是他的最佳助手,他不希望李善长在错误的道路上越走越远,到最后无法收拾。安插入杨宪,是敲山震虎,让李善长有所收敛。这是一步对所有人都有利的棋。可惜,天不遂朱元璋愿,杨宪根本没有理解朱元璋的深意,反而把朱元璋的这一行为理解成要他取代李善长。

杨宪开始了对李善长肆无忌惮地进攻。和朱元璋的领导思维一样,杨宪也认为,要想完全控制一个组织,只要做两件事:一是做计划,二是用人。做计划就是立志,在固定的时间内完成应该完成的事。杨宪的计划或者说志向,当然是先干掉李善长,拿到中书省的大权;至于用人,朱元璋曾和杨宪等人探讨过,任何一个组织年深日久后,都会出现老人当道却不做事、年轻人才华横溢却无法上升的情况。此时,既要把年轻人调动上来,又要安排好那些老人,这是一柄宝剑的两面,缺一不可。

杨宪一进入中书省,就马上开启了他的战略:第一,计划在半年内干掉李善长；第二，把那些跟随自己的年富力强的特务的积极性调动起来。至于中书省的那些老人，杨宪认为，他们都属于李善长的阵营，很难在短时间内将他们策反，那么，就不必在这上面耗费精力。他的精力，要用在培植自己的势力上。

副宰相杨宪召集他从前的战友们，其中最有名的是凌说、高见贤和夏煜。凌说和杨宪一样，他投奔朱元璋后，也很快就成为朱元璋的亲信。他最值得大书特书的一件功绩是，在朱元璋派他去侦缉江西南昌的朱文正时，带回了朱文正造反的"确凿无疑"的证据。

高见贤和夏煜也是一个模子刻出来的。他们在投奔朱元璋后，由于脑袋灵光、办事干练，很快成为朱元璋的亲信。他们对杨宪死心塌地，而且身怀绝技，想要搞掉李善长，应该说易如反掌。

杨宪激励他们说："特务出身的人也能做宰相。只要我做了宰相，特务的前途不必说，自然大好。而我们若想有前景，就必须干掉遮蔽我们前途光明的一堵墙，而这堵墙，就是李善长。"

三人被杨宪描绘的前景所激励，被杨宪的仗义打动。他们抱成一团，开始在朱元璋面前指责李善长不配当宰相："首先，李善长这人粗通文墨，不懂儒家知识，只是把韩非的思想拿来充数，从学术上而言，他就是个半瓶子醋；其次，李善长残忍刻薄，对待生命没有慈悲心；最后，李善长在中书省搞一言堂，拒绝倾听他人意见，胸襟不宽广，所以，他不配做宰相。"

朱元璋听到杨宪团队这些话时，忽然感觉脊背发凉，他懊恼地训问杨宪说："我让你去中书省是做什么的，你这个狗腿子可知道？"

杨宪回答："我当然知道，就是调查李善长啊。我上面跟您汇报的，就是调查结果。"

朱元璋气咻咻地再问他："你可知李善长不但是我最器重的第一文

臣，还是我的老乡？"

杨宪回答："知道啊，可问题是……"

"住嘴！"朱元璋暴怒地打断了他的话，然后缓和了一下语气，说道，"李善长的确没有相材，可你难道不知道，他跟随我多年，为我出生入死，昼夜不分地工作，功劳还是有的。我既当了皇帝，那他肯定是宰相，毕竟，用同乡用旧勋是传统。"

杨宪蒙了，他忽然感觉自己像个傻子，被朱元璋肆意耍弄。朱元璋就是要让他无所适从，如此才能更好地利用他。特务的本质，就是被主子利用的。

送走杨宪后，朱元璋叫来李善长，把杨宪参劾他的折子扔到他脚下。李善长才看了几眼，就浑身冒汗。最后，他唯唯诺诺地说："杨宪这小子是想坐我的位置啊。"

朱元璋教训他说："你神经过敏吧，杨宪只是在做他分内的事。再说了……"他又看了李善长一样，眼神中带着一点冷酷，"宰相这个位置，谁不想坐？"

李善长双手一抖，折子掉到地上。他不敢去看朱元璋，但他能感受到朱元璋正死盯着他看。

朱元璋问他："杨宪说的，可有道理？"

李善长只能回答："有点道理。"

朱元璋又问他："你知道我为什么要把杨宪放到中书省吗？"

李善长回答："顶替我！"

朱元璋笑了，说："你是我老乡，又是功臣，我怎么会换掉你呢？"

就像人在溺水时抓到了救命稻草，李善长马上兴奋起来，过度的兴奋让他忽视了朱元璋的最后一句话是"你好自为之"。此时的李善长完全失去了思考能力，他甚至没想想朱元璋到底为什么要把杨宪放进中书省。

宰相的重要职责之一,是帮助皇帝处理问题,而不是制造问题。李善长似乎没有明白自己的角色背后的责任,他依然在中书省大呼小叫,武断地处理各种事情,导致许多人对其侧目而视。杨宪又把这些事统统告诉了朱元璋。

朱元璋长叹一声,对刘伯温说:"李善长老了,什么良好的建议都提不出来。而且他还有个致命的缺陷:心胸不宽广,独断专行。"

这话让刘伯温为之一震,其背后的信息显然是:皇帝对宰相已很不满意。刘伯温在任何时候都能保持独立和冷静思考的能力,他马上意识到朱元璋和他谈这个问题背后的深意。要知道刘伯温是浙江帮的头子,和李善长是死对头。显然,这是朱元璋对李善长已经极度失望的表现。

但刘伯温却说:"李善长是开国元老,威望极高,而且他能调和诸将,做宰相是最合适不过的。换宰相就像是换大厦的柱子,必须是栋梁之材才好,如果用几根小木头捆在一起充当梁柱,即使换上去了,也撑不了多久。"

朱元璋叹了口气,点头说:"偌大一帝国,居然无一个有宰相之才的人。"

刘伯温不说话。朱元璋看着他,突然问道:"你觉得杨宪如何?"

这是个坑。刘伯温和杨宪是一伙的。既然知道是坑,自然不能往里跳,刘伯温实话实说道:"杨宪有当丞相的才能,但没有当丞相的器量。丞相应像水一样清澈,做事要以义理权衡,不能掺杂个人的好恶和恩怨。杨宪做不到这点。"

朱元璋不耐烦道:"说人话。"刘伯温就说道:"杨宪多年在特务部门工作,所以养成了职业习惯——他对任何人都抱着怀疑的态度,因此他做事不可能做到不掺杂个人的好恶和恩怨。"

朱元璋对这个回答很满意，又问刘伯温："汪广洋如何？"

汪广洋是朱元璋的老乡，安徽太平人，他平生有两种能力傲视天下：一是书法，二是智谋。自1355年他开始跟随朱元璋以来，屡出奇策。在刘伯温来之前，他是朱元璋的顶级军师。朱元璋曾说："汪广洋就是我的张良、我的诸葛亮。"

不过，刘伯温却对汪广洋的评价极低："十个汪广洋都不如一个杨宪。"

朱元璋似乎明白了刘伯温的意思：汪广洋没有宰相调和诸臣的能力。他又提到了第三个人："胡惟庸如何？"

从经历来说，胡惟庸最合适做宰相。因为中国古人曾说：宰相必起于州郡，猛将必发于卒伍。也就是说，无论是宰相还是大将军，都应该是从基层一步步爬上来的。在朱元璋的老乡中，胡惟庸在1367年之前是混得最差的。他投奔朱元璋后，只做了一年的朱元璋秘书（帅府奏差），然后就被打发到了地方上。他做过县长秘书、县长、市长助理，在1367年才正式进入中央，当了个掌管礼仪和祭祀的太常卿。朱元璋看上胡惟庸，就是因为胡惟庸在地方多年，熟悉帝国基层，所以每每能提出可操作性极强的建议。

但刘伯温却一针见血地评价胡惟庸说："胡惟庸绝对不行。宰相就是车夫，胡惟庸非但驾不好车，恐怕连辕木都会被他毁掉。"

朱元璋陷入沉思。他已没有宰相人选，只能先让李善长干着，希望杨宪能遏制住他，但这是朱元璋的妄想。很快，中书省风起云涌，远超出了他的控制。

杨宪之死

李善长在中书省是老大，杨宪是老二，还有个老三就是汪广洋。汪广洋智慧超群，正因智慧超群，所以能观察当下而预知未来。朱元璋要他进入中书省的目的，是在杨宪和李善长的博弈中担任一个和稀泥的角色，可汪广洋敏锐地看出，他这块稀泥根本无法调和李善长和杨宪的激烈斗争。

杨宪大踏步前进，攻势凌厉。他才进入中书省三个月，许多人就发现，很多要害部门的长官都变成了曾经的检校。李善长在这种攻势下节节败退，朱元璋开始深深忧虑，担心杨宪把李善长搞掉，从而自己做大。

他多次提点汪广洋，让他和李善长联合以遏制杨宪的进攻。可汪广洋一副愁眉苦脸、无计可施的样子，甚至还暗示朱元璋，他想辞职回家养老。朱元璋大骂他是烂泥扶不上墙。骂人只是情感发泄，对解决问题没有任何实质作用。骂完人，朱元璋又开始寻求对策。找来找去，他找到了刘伯温。

刘伯温虽然不在中书省，却是监察官实际上的老大（御史中丞），中书省的官员都在他的监督弹劾之下。朱元璋把希望寄托在刘伯温身上，可刘伯温向来是秉公办事，尤其不喜欢政治斗争，委婉地拒绝了他。

朱元璋却认为刘伯温在装蒜，因为杨宪和他是穿一条裤子的。于是，他反过来离间杨宪和刘伯温。他对杨宪说："你好朋友刘伯温对你评价不高，认为你不配当宰相。"

杨宪做特务多年，明白刺探和反刺探的精义，他笑呵呵地对朱元璋说："我现在的确不配当宰相，但水是流动的，人是进步的，我将为此而努力进化自己。"

朱元璋平静地笑了笑,丝毫没有因为杨宪的不中计而失望。杨宪走后,朱元璋的心腹问他:"杨宪没有中招?"朱元璋回答:"特务即使中招了,也不会表现出来。"

正如朱元璋所料,杨宪离开朱元璋后就气得七窍生烟。回到家中,杨宪关起门来咬牙切齿,虽然明知这是朱元璋的奸计,可仍无法释怀。在家中烦躁愤怒地待了一天,他跑去找了刘伯温。

他气咻咻地对刘伯温说:"打虎是不是应该亲兄弟一起上?你我二人情同兄弟,可你不帮我也就算了,为何还要在背后拆我的台?!"

刘伯温何其聪明,立即意识到这是朱元璋搞的鬼。他对杨宪说:"圣主乃不世出的人才,他要搞谁、要捧谁,岂是别人三言两语就能干扰的。我的评语根本不算什么,皇上心中有数,你是皇上身边的红人,难道还不了解自己在皇上心目中的地位?"

杨宪当然明白这一点。他对刘伯温说:"有人想挑拨咱俩的关系,这个人要么是李善长,要么就是汪广洋。"

刘伯温不偏好政治斗争,他劝杨宪说:"我们都是为皇上为国家做事,心如果在这上面,那你就会发现,处处都是朋友;如果心不在这上面,你就会发现,到处都是敌人。"

杨宪的心性理解不了这种论调,他一针见血地指出:"就算你不搞政治斗争,别人也会搞,而且专找不搞政治斗争的人来搞。所谓'先下手为强,后下手遭殃',与其等别人来搞你,不如先动手。至于你说的'为皇上为国家做事',这不着急。一旦大权在握,何愁为皇上和国家做不了事?!"

刘伯温说服不了杨宪,也就不再多费口舌了。杨宪竟把刘伯温的沉默当成是认可了他的思想。于是,他开始向汪广洋发动进攻。

杨宪搞政治斗争，还是用的特务那一套：在阴暗处用力。人皆有私，只看别人或者自己是否去挖掘。杨宪动用了他的特务组织，大力挖掘汪广洋的隐私。很快，他有了成果：汪广洋对母亲不孝顺，喜欢和母亲对着干。

在以孝治天下的古代，不孝就是大逆不道。杨宪马上指使他的老部下弹劾汪广洋。朱元璋下令彻查。调查的官员正是杨宪的人，结果，汪广洋罪证确凿——真是比畜生还不如。

汪广洋希望能向朱元璋当面解释：他的不孝是因为母亲总想让他徇私枉法，他是出于正义，才总和母亲吵架。可朱元璋死活不肯见他。这就让汪广洋仅存的一点斗争之心荡然无存，他无论如何都想不明白，为何朱元璋对他如此刻薄。他心想，君王的脸是狗脸，说翻就翻。

事实上，朱元璋不想见他，并非因为他的不孝，而是因为他的无能。朱元璋把汪广洋调入中书省，本想让他做老二，名义上他也是老二。可杨宪一进中书省，他就好像丢掉了脑子一样成了老三，而且对李善长和杨宪的斗争没有起到任何平衡作用。如今，他被杨宪抓住了小辫子，朱元璋除了觉得可惜之外，更是觉得可恨，于是大骂他是饭桶。

朱元璋越想越气，总觉得是汪广洋毁了他设的局，所以在震怒之下，将其削职为民。杨宪痛打落水狗，在朱元璋面前指责汪广洋，认为他没有尽到副宰相的基本职责，导致中书省乱成了一锅粥。虽然杨宪是在说汪广洋，可这恰好是朱元璋的痛点，在被杨宪戳到痛处后，朱元璋又给了已经成为草民的汪广洋一记闷棍："流放海南。"

中书省并没有因为汪广洋的离开而恢复风平浪静，相反，汪广洋被杨宪清除，更让本来还不算太敏感的李善长突然神经过敏。于是，他开始主动进攻杨宪。

在朱元璋眼中，李善长是个交际高手，凭借着个人魅力和权力，牢牢地掌控着安徽帮全部成员的命运。李善长召集安徽帮成员，向他们赤裸裸地传递了这样一条信息："天下是我们安徽帮的天下，怎么可以让杨宪这么个山西人在这里耀武扬威！他此时翅膀未硬，尚且如此，倘若最后真让他拿下了中书省，我们以后还有好日子过吗？"

安徽帮的人异口同声道："干掉他。"

李善长得到手下的全力支持后，跑来找帮派的幕后大佬——朱元璋。他对朱元璋道歉说："从前我有过失，如今咱们安徽帮大难临头，浙江帮的杨宪咄咄逼人，我们必须铲除他。"

朱元璋发了疯似的大笑，他告诉李善长："朝廷中根本就没有什么安徽帮、浙江帮，都是因为你们有被害妄想症，才搞出了假想敌。你和杨宪都是我的臣子，可你现在竟想让我帮你干掉我的臣子，这是什么思路？"

李善长碰了一鼻子灰，却并没有放弃。他收集了杨宪自进入中书省后，绕过各种制度提拔特务的罪证，准备让安徽帮成员向朱元璋告状。

杨宪当然不是善茬，甚至比李善长更过分，他也跑去找朱元璋，对朱元璋说："您身为天下之主，不该有地域之别。什么安徽帮、浙江帮，都是扯淡。您心中应该只有两种人，那就是忠诚于您的人和不忠诚于您的人。"

朱元璋发现局势又不好收拾了，慌忙找来李善长和杨宪两人，对他们说："杨宪说得对，在我心中，没有地域之分，只有忠臣和奸贼之分。你们都是我的忠臣，希望不要让我失望啊。"

没想到，李善长早有准备，他从袖子中抽出一本奏折，向朱元璋悲切地禀告道："皇上啊，杨宪这个人口是心非，把中书省变成了他的小朝廷。我这里有他所提拔的人的名单。您只要看一眼，就会发现，这些人有个共同点——他们全是杨宪当年的同事。他把中书省变成了他的特务部啦!"

杨宪当场石化——没想到自己年年打鸟,今天却被鸟啄了眼。他正欲分辩,朱元璋已让人把李善长的折子拿了上来,当着他的面展开。杨宪偷偷地瞄向朱元璋,只见朱元璋的脸已变成了货真价实的死驴脸,青筋直暴。

杨宪知道,自己完蛋了。

李善长退休

1370年农历七月,杨宪被朱元璋下令诛杀。杨宪是第一个被朱元璋诛杀的功臣,他的死引发了浙江帮内部的惊恐。杨宪从前那些特务手下,要么闭门自守,要么呈递辞职信。朱元璋却用情感挽留他们,希望他们能从杨宪的教训中汲取"为主上分忧"的经验。他暗示这些特务,杨宪之死,不是死于工作成绩不佳,而是死于不在其位却要谋其政。

朱元璋本以为自己替李善长干掉了杨宪,会让李善长心平气和,想不到李善长却在安徽帮中发表言论说:"杨宪是皇上最忠实的走狗,就是这样一条好狗,皇上却说杀就杀了,大家以后要小心啊!"

这时,朱元璋明显感觉到了杨宪之死所带来的消极影响。1370年农历十一月,恰逢徐达北伐凯旋,于是他颁布圣旨说:"诸位都是和我同甘共苦的人,如今有了胜利果实,咱们来分配一下吧。"

此次封爵,朱元璋毫不吝啬,为的就是稳定人心:他封公爵6人,侯爵28人。

中国帝制时代,对外姓的封爵大致有五种,分别是:公、侯、伯、子、男。

此次的公爵6人分别是：李善长（韩国公）、徐达（魏国公）、常遇春儿子常茂（郑国公）、李文忠（曹国公）、邓愈（卫国公）、冯胜（宋国公）。这6人中，除了李善长是文臣之外，其他都是血战沙场、用鲜血为朱元璋开疆拓土的人。

而侯爵28人，则分别是：汤和、唐胜宗、陆仲亨、周德兴、华云龙、顾时、耿炳文、陈德、郭兴、王志、郑遇春、费聚、吴良、吴祯、赵庸、廖永忠、俞通源、华高、杨璟、康茂才儿子康铎、朱亮祖、傅友德、胡美、韩政、黄彬、曹永臣、梅思祖、陆聚。

这一分封，充分体现了朱元璋的高度智慧：无论是大家公认的"安徽帮"还是"浙江帮"，甚至是以廖永忠为首的"巢湖帮"，不分亲疏，全部在案。当然，没有人知道，这其实是一份诛杀名册。

当时被封赏的所有人都回家和家人通宵庆祝，乐不可支，只有刘伯温在家里生着闷气。朱元璋当然知道刘伯温为什么生闷气，他是故意没有给刘伯温封爵的。刘伯温在朱元璋身边策划任何事时，都常常出奇制胜。这并没有问题，如李善长、汪广洋，包括杨宪，都属于智慧超群的智者，可刘伯温有一点和他们不同：他没有对权力的欲望。

多年来的江湖经验告诉朱元璋：一个人如果对权力没有欲望，就不会完全地对主子忠诚，没有欲望的人，不会做任何人的狗，只会做堂堂正正的人。组织领导人最怕的就是这种人，因为任何一个领导人都希望身边的人都是忠诚的鹰犬，而不是洁身自好的人。

最让朱元璋不满意的是，他本来想利用刘伯温牵制中书省里的几个大佬，可惜刘伯温不识抬举，用"无为"来应付他。所以，他故意不给刘伯温封爵。当然，他只是假装不给。很快，他就把流放到海南的汪广洋请回了中央政府，然后对刘伯温说："汪广洋显然是被杨宪谋害的，所以我现在封你二人为伯，你二人可满意？"

汪广洋跪下痛哭流涕地说："皇上万岁万万岁！"

刘伯温也跪下说："谢谢。"

朱元璋让刘伯温站起来，一本正经地对他说："世人都应该明白一个道理，即使你有功，朕不给，也等于没有，只有朕认可了你的功，那才是你的功。"

刘伯温跪下说："臣遵旨。"

朱元璋再让他站起来，欲言又止。等刘伯温走后，他才想起来，他想问刘伯温的是："中书省的李善长为什么越来越不合我的心意了，难道人真的会变吗？"

这种问题，显然不是拥有政治家身份的朱元璋应该问的。政治没有是非，政治人物也没有善恶，只有对错。

李善长在经历了杨宪事件后，越来越感受到政治的残酷，稍不小心就会粉身碎骨。若想让自己永远立于不败之地，唯一的办法，就是牢牢掌握住权力。

李善长本以为自己已经做到了这点，一是因为朱元璋把他的死对头杨宪干掉了；二是因为他以文臣身份得到了顶级的爵位。可朱元璋随即又封刘伯温为伯爵，这又让他的神经敏感起来。他不是斗不过刘伯温，而是打从心底厌恶朱元璋的这些小动作。

封爵不久后，李善长开始试探朱元璋的态度。他不停地把安徽帮的人推荐到重要职位上。朱元璋每次都不假思索地同意。李善长推荐胡惟庸进中书省，朱元璋说："同意。"李善长又推荐汪广洋进中书省，朱元璋说："同意。"李善长又推荐各种安徽帮的人到六部去担任要职，朱元璋像复读机一样不停地说："同意。"

李善长正要高兴，突然听到有人在那里喊道："我不同意！"

他循声望去，果然不出自己所料，声音的主人正是御史中丞——刘伯温。

朱元璋好像是发现了自己犯的大过错一样,惊讶地喊起来说:"哎哟,既然刘爱卿不同意,那么这件事就需要认真讨论了。"

李善长把刘伯温恨入骨髓,但他又不能乱来,因为刘伯温毕竟是百官监察长。当李善长看向朱元璋时,看到了他"犹抱琵琶半遮面"的微笑。于是李善长恍然大悟:"这全是皇上在捣鬼,他和刘伯温是互相不知底细的同谋!"

李善长感觉很累。这种累不是身体上的累,而是心灵上的累。他在中书省做的一切事情,似乎都要经过刘伯温这个关卡。"刘伯温,你算个什么东西!"他内心爆着粗口,"你就是一只狐狸,背后站着的皇上才是老虎。"

"老虎"朱元璋见李善长已经锐气尽失,就把他找来谈话说:"你自从掌管了中书省,就没有一天让我满意过。当初我帮你干掉杨宪,是希望你能改弦易辙,可你现在仍是死不悔改,你要让我怎么办?我好难啊!"

李善长一言不发,他知道自己已经失去了朱元璋的欢心,或者说,朱元璋需要一个新的政府首脑来应对新的情况。他忽然想到了杨宪的结局,不禁吓得浑身抽搐。

朱元璋看到他的样子,问:"你是生病了吗?"

李善长没有反应过来,仍是不发一言。朱元璋又追问了一句:"你生病了吧!"

李善长的眼前仿佛看到夕阳西下、百鸟归巢。他无可奈何地点了点头说:"皇上英明,我生病了。"

朱元璋叹息说:"中书省的工作太沉重了,你一个病号怎么可以担当?不如回家养病吧。"

李善长跪下叩头谢恩。在他叩头时，猛地感觉到大脑一沉，似乎是血压升高，眼前金星乱冒。他强忍着站起来，看到朱元璋在"星辰大海"中遨游。这是李善长政治生涯的终结，并非因为他做错了什么，而是朱元璋找了各种方法，却始终都没有解决中书省的问题，从而连累了他。

1371年正月，李善长向政府辞职，理由是自己生病了，而且病得很重。

朱元璋送走李善长后，经过全方位考量，决定让李善长培养出来的胡惟庸主政中书省，汪广洋担任其助手。被李善长霸占了三年的大明帝国政府首相落入了胡惟庸之手，朱元璋对这步棋很满意。

廖永忠之死

当胡惟庸昂首阔步地走进中书省时，刘伯温辞职了。他的理由是，自己年老又得了很严重的疾病，不能履行监察百官的职责。朱元璋表示同意。一方面，刘伯温的确越老越糊涂了，很多事情已经依仗不了他；另一方面，中书省显然已经归于平静，也不需要刘伯温再做什么了。

刘伯温辞职后，朱元璋继续着他治理天下的大业。对外，他不停地向蒙古人发动实质性的打击；对内，他用各种小动作玩弄群臣于股掌之上，时刻监控着群臣的动向——即使睡觉时，他也有一只眼睛不会闭上。在这种变态般的警惕中，他终于发现了一个潜在的叛徒，这个叛徒就是廖永忠。

大多数人都知道廖永忠不是个省油的灯。杨宪在中书省上蹿下跳时，最先勾结的对象就是廖永忠。按李善长的说法，廖永忠既不属于安徽帮，也不属于浙江帮，而属于巢湖帮。这个帮派成员以水军将领为主，他们紧紧地团结在老大廖永忠的周围，对安徽帮和浙江帮的斗争采取"观虎斗"的策略。不过1370年杨宪进入中书省后，巢湖帮的理念发生了一点改变，廖永忠积极地和杨宪合作，希望能"刚"掉以李善长为首的安徽帮。

廖永忠本来想抱紧安徽帮这棵大树，可李善长和那些陆军将领却特别反感水军，这也是朱元璋自创建水军以来形成的政治特色，由于和陈友谅的水战中出力最多的是巢湖帮的水军，所以朱元璋当时对巢湖帮的成员大肆封赏，从而引起了安徽帮那些陆军将领的嫉妒和反感。

当然，最让安徽帮反感廖永忠的，则是他杀掉了韩林儿——这等于是弑君，不但罪大恶极，而且毫无品德。廖永忠抱不上安徽帮的大腿，就想去抱浙江帮刘伯温的大腿，可刘伯温向来刚正不阿，虽然告诫朱元璋不要把韩林儿当回事，却从没有说过要杀了韩林儿。廖永忠顿时跌入了姥姥不疼、舅舅不爱的尴尬境地，这时候，杨宪雪中送炭，给他带来了温暖，他自然而然地投入了杨宪的怀抱。

杨宪收集汪广洋的私密信息时，廖永忠就命令巢湖帮成员全力支持他，而他本人也亲自上阵，甚至比杨宪还欢腾。朱元璋发现了他的反常举止后，曾经多次警告他："人不可贪，有理想是好事，但有私欲不但是坏事，还会误事。"

人一旦被权力欲望所掌控，就根本不会再去倾听了，廖永忠就是这样。幸好，杨宪被李善长一招绝杀，廖永忠才没有犯更大的错误，不过这也足够让朱元璋对他产生厌恶了，只不过因其功勋巨大，所以并未处置他。

朱元璋认为放他一马，他会洗心革面，想不到朱元璋错看了人性。

1372年，朱元璋命令廖永忠做李文忠的副手，进攻北元的心脏地带。廖永忠心怀怨恨，不听李文忠指挥，导致北伐兵团被蒙古人包围，险些全军覆没。回到南京后，朱元璋当着全体文武百官的面对廖永忠进行严厉斥责。廖永忠口口声声知错，却没有半点愧意。

朱元璋为了拯救他，单独召见了他，气急败坏地问："你这几年到底怎么了？"

廖永忠憋得满脸通红，最终也没有说什么。后来，朱元璋隐约明白了廖永忠变态行为的来源：他被封为了侯爵——但他认为，自己应该被封为公爵才对。为什么他会这样想呢？因为廖永忠当初立下了一件惊天动地的奇功，那就是杀掉了韩林儿。而这件事，大家都假装不知道，众所周知，这是廖永忠在为朱元璋背锅。

朱元璋想明白了这件事，也就想明白了接下来该怎么做。对待那些总把对你的恩情记在心上的人，要么还他以恩情，要么让他永远都不能接受这份恩情。朱元璋思来想去，决定采用后一个办法。

很快，廖永忠在军中的职务被明升暗降，其在政府中的职务也从实权要职变成了名誉性的虚职。而这时，廖永忠的思维走进了一个死胡同，朱元璋越是这样对待他，他就越是愤怒，而且经常在家中的夜宴上满腹牢骚，朱元璋的那些特务轻而易举地得到了他发牢骚的全部内容。

朱元璋痛下决心，开始收网。1374年末，廖永忠的一名家奴突然告发主人，说他祭祖的物件当中有违禁品。朱元璋下令专员进入廖永忠家搜查。

当廖永忠看到搜查人员从他家中搜出了一大批只有皇帝才能使用的祭祖物件时，瞠目结舌。他的智商在飘荡了几年后，此时终于上线了，他明白了这是怎么回事。

朱元璋在朝会上声泪俱下地指责廖永忠对不起他，而且声称很不忍心处决廖永忠。众臣只好顺着皇上的慈悲之心，替廖永忠求情，希望皇上看在他是当初战友的情分上，饶他一命。

朱元璋同意了。退朝后，他去狱中探望廖永忠，单刀直入地问："你可知罪？"

廖永忠原本想解释什么，可看到朱元璋那毫无表情的脸后，释怀地回答："臣已知罪。"

朱元璋被廖永忠这句话搞蒙了，因为廖永忠没有罪，那些违禁品是他安排的。这种迷惑还未解开，他马上眼前一亮，心中猜想：廖永忠肯定还有别的罪，只是我没有发现而已。

他开始诈廖永忠："你知罪？你知何罪？"

廖永忠平静地回答："天下已定，臣岂无罪！"

这八个字，让古往今来为主子打天下的人为之一哭！

换作别人这样说，朱元璋还会叹息几声；可廖永忠这样说，他除了叹息外，心中更是沉重。他对廖永忠说："外界传言，你当初杀了韩林儿，这就是大罪。"

廖永忠大笑："皇上，是不是我杀的，您难道不清楚吗？"

朱元璋满脸的横肉变得僵硬，眼中仿佛要射出钉子："廖永忠，你真是找死！"

廖永忠摇头叹息说："不说这事了，西汉的韩信曾经说过，狡兔死，走狗烹。"

朱元璋冷笑道："这不是韩信说的，这是范蠡说的。你以为你是韩信，我是汉高祖刘邦？"

廖永忠回答："臣是不是韩信，可不敢说；您是不是汉高祖，您自己是知道的。"

朱元璋发火了。他说："徐达、李文忠、冯胜都还在世，你怎么就说我是汉高祖？"

廖永忠平静地回答："汉高祖杀忠臣，也是一个一个杀的。"

朱元璋更加恼火了，还有点气急败坏："如果做臣子的不胡乱搞事，做主子的会愿意杀人吗？你当我们这些做皇帝的是天生杀人狂？"

廖永忠不再说什么，他盯着监牢里最黑暗的角落，屏息静气，像是要学老和尚坐化，把自己活活憋死一样。

朱元璋也不再说什么，当他走出廖永忠的牢房时，太阳高照，南京城到处都是钻石般的阳光。

1375年春天，朱元璋突然想起了在暗无天日大牢中的廖永忠，因温度上升，他浑身冒汗。于是，他突然下令说："把廖永忠关到露天牢房去，让他晒晒太阳。"

在阳光暴晒下，廖永忠在露天的牢房中被晒成了小黑人。狱卒向朱元璋报告："温度太高了，廖永忠每天都中暑。"

朱元璋说："哎呀，你们这群废物，为什么不给他降温？你们用秦淮河最凉的水给他降温啊，千万别热死我的爱卿啊。"

安徽帮的一群功臣纷纷跪倒在地，情感充沛地歌颂朱元璋："皇上真是宅心仁厚，廖永忠本该被处决，可您还是保了他的老命，还注重他的生活质量，我等必永远效忠皇上。"

朱元璋说："我不能杀功臣啊！"

就在廖永忠被热得死去活来时，狱卒们拖来了几百斤水，不停地向他身上猛浇，这让廖永忠想起韩林儿掉进冰冷江水时的情景。他不由得嘟囔起来："这就叫现世报啊。"

狱卒们对朱元璋的命令执行得非常彻底，不但在烈日炎炎的白天用冷水给廖永忠去暑气，就是到了晚上，也会对廖永忠当头浇灌无数桶冷水。这种敬业态度,让廖永忠叹息不已。他想起韩林儿临死前对他说的那句"你何必着急?"又开始嘟囔:"现世报啊,现世报。"

在狱卒们辛勤工作下,廖永忠终于病倒了。朱元璋表现得气愤难当,把那些狱卒全部处死了,并且亲自跑到狱中安抚廖永忠,最后对他说:"你放心,我不杀功臣。你死罪可免,但活罪难逃。"

于是朱元璋下令给廖永忠来四十大棍,再把他敲锣打鼓地送回家去。廖永忠回家后已是半个死人,几天后,一命呜呼。

巢湖帮失去了主心骨,本来就势单力薄的他们纷纷退群。此时的朱元璋在宫中微笑着,现在,只剩下对他忠诚如狗的安徽帮了,想必这是极好的事。

与老百姓同治腐败

廖永忠去世一个月后,刘伯温也在老家浙江去世了,死因据说是得了严重的疾病。后世对此众说纷纭,有人说是胡惟庸毒杀的刘伯温,还有人说是出自朱元璋的指使。无论是哪种说法,刘伯温的死去都意味着浙江帮退出了大明帝国政治中心。

朱元璋在两个功臣接连去世后,流下了几滴眼泪。还未等他从复杂的心绪中走出来,有个愣头青就上书,请求恢复科举制。

到了元王朝后期,科举制被废除,政府对人才的选拔如同一团糨糊。明帝国成立后,刘伯温第一个想到的就是为国家选拔人才,于是恢复了科举制。明帝国的科举是在1370年农历八月由刘伯温亲自主持并恢复的,在科举制实行的第一年,据说刘伯温为政府网罗了很多优秀的人才。

但朱元璋始终不看好这种选拔人才的制度。他多次对官员们说："科举制选拔出来的都是些没有社会经验和政治经验的书呆子，让他们这样的人做父母官，就是在祸害百姓。"

朱元璋还重点指出，大明帝国的官员，无论是高级官员还是地方官员，都应拥有实际工作经验。他对刘伯温说："徐达如果来考试，能过关吗？李善长也不能过关，但他们却是最好的官员。"

刘伯温说："此一时彼一时，太平盛世，怎么可以用乱世识别人才的方式来选拔人才呢？"

刘伯温对此坚持己见，朱元璋只好让步。如果你以为这是朱元璋不了解科举制而表现得无知者无畏，那显然低估了他。朱元璋向来实事求是、与时俱进，他肯定懂得选拔人才的最好方式就是考试制——科举制。那么，他为什么会强烈反对这种制度呢？

这要从科举的内容入手分析。刘伯温所提倡恢复的科举考试其实是元王朝的科举考试，考试科目是朱熹注释的四书（《大学》《中庸》《论语》《孟子》），同时加上五经（《诗经》《尚书》《礼记》《易经》《春秋》）。这几本书都有共同的特点：家国一体、尊重权威。大明帝国刚从元帝国的手中抢到不少利益，许多人的内心深处还留存着这样的顾虑：这个时候考试的内容还是这些理念，明王朝难道要走元王朝的老路？

另外，朱元璋刚刚建国，急切地需要统一思想，更需要全国人民紧紧围绕在他周围，建立一个君主至上的国家。可考试内容中的《孟子》居然有这样的话："民为贵，社稷次之，君为轻。"字面意思是：在一个帝国中，人民是最贵的，其次是国家，最后才是君主。

实际上，孟子的本意，远没有今天的我们想的那样前卫和高尚。他的意思其实是，作为一个君主，必须有这样一个意识：王朝可以变更，君主也可以变更，但唯一不变的就是支撑国家和君主的人民。人民是基础，所以君王一定要重视百姓，要把百姓放在最尊贵的位置上，心里要时刻想着自己的权势地位都来自人民，要为人民服务。

朱元璋对这样的思想并不排斥，他本人就来自底层，而且他很爱自己的子民。他最切齿痛恨的是由孟子的"民本"思想衍生出来的"君臣交易"理论。依照孟子的看法，孔子那套不计利害的"忠君"论，简直比猪还愚笨。孟子说，国君给你一碗饭，你就做一碗饭的事，多一粒米的事都不要做。国君如果给你一顿臭揍，那你就马上离开，但你不要想着让他灭亡，要等着比他更有力量的人来灭他。也就是说，君臣是等价交换的关系。你值得辅佐，我就辅佐；你不值得我辅佐，我就炒你的鱿鱼。不要以为你是手握生杀大权的君王，我就要毫无原则地讨好你，甚至来给你当狗。其实咱们是平等关系，而这种平等关系的思想源泉就是孟子的"民本"思想。朱元璋是从最底层的位置上崛起的，经过艰难困苦才爬上了皇帝这个尊贵的位置，他必须稳固自己的权威，孟子的这些话当然不会得到他的喜欢。

据说，朱元璋在读《孟子》时，像是在读一本咒骂他祖宗十八代的檄文：他怒睁双目，咬牙切齿的声音能传到宫外，当忍耐超过他的底线后，他一跳三丈高，把《孟子》一撕两半，摔到地上，拼命地踩，再拿起来，用牙咬书。最后说："要是这老家伙还活着，我非得砍了他的脑袋！"他命令国子监把摆放的孟子神位一劈两半烧了。多年以后，他还是越想越气，就让人把《孟子》书中那些"邪恶言语"共计85条，统统删掉。

或许正是孟子的这些话刺激到了朱元璋，1373年农历三月，他宣布废除科举制，直到十年后才下令恢复。

但是，废掉科举制后，国家仍然需要人才。于是朱元璋改用荐举制,即中央政府的官员和地方官员都有权力和义务为政府举荐人才。这就为那些任人唯亲的官员提供了一个合法的腐败借口,以至于凡是被举荐的人,都是举荐方的门生故友。

这些人进入政府后,当然要花大力气使出浑身解数报答举荐人,于是造成了贪污腐败盛行。那一刻,朱元璋终于明白了自己的愚蠢,他最大的优点就是自我管理意识极强,肯反省、肯改过。

他的改过方式,是建立残酷的法规,对贪腐行为和不作为的官员采取零容忍的态度。

朱元璋对违法乱纪官员的惩处,简直可以用"凶残"来形容。仓库官员只要贪污二斤大米,就会被判处黥刑以及膑刑(在脸上刺字后挖去膝盖)。凡贪污超过六十两白银的官员立即处死,如果只是简单地处死,那就太小看朱元璋了——他发明了"剥皮楦草"这一刑罚,剥皮楦草是佛教传说里,地狱当中对罪大恶极的灵魂施行的酷刑。朱元璋将这一刑法重现到人间,具体的操作方式是:将剥下的人皮制成鼓或者将里面填入稻草,制成"人皮稻草人",立于衙门口或当地土地庙的门口,用以警告现任官员不要贪赃枉法。

所以,当你穿越到朱元璋时代,恰好看到衙门口有个稻草人时,千万不要过去摆拍,因为那可是用人皮制造的。"剥皮楦草"是人活时剥皮,还是死后再剥皮,历史没有记载,不过按照朱元璋的残忍性格,应该是两者兼而有之。除了"剥皮楦草"外,朱元璋还让五代十国时期的凌迟刑罚还魂,甚至更残忍。在五代十国时期,凌迟只剐八刀,朱元璋认为这太没有工匠精神了,于是将刀数提高到了三千六百刀。行刑者在剐犯人时,如果刀数还没到,犯人就死掉了,那就是行刑者失职。所以朱元璋时代执行凌迟刑罚的刽子手们个个都身怀绝技,能在犯人身上剐下三千六百片肉而不让犯人死掉。

我们说朱元璋对贪腐是零容忍，这绝无虚言。即使官员贪污的数额非常少，也要被处死，而且是凌迟处死：据史料记载，建昌县知县，接受了四百贯钞，被凌迟处死；德安县县丞，收受罗、绢、布共十匹，钞八十贯，知府前往抓他，他居然还拿一把铁叉拒捕，也被凌迟处死；莱阳县丞收赃一百贯，也是凌迟处死。

当然，朱元璋并不是孤军奋战，他还懂得打群众战争，让群众参与进来，这就叫"参与感"。他鼓励百姓实名举报贪官污吏。但凡官员贪污，老百姓只要有证据，甚至只是怀疑，就可以到衙门举报；更有甚者，老百姓可以把他们怀疑是贪官的官员抓起来送到南京，如果有官员阻拦其进京，朱元璋就会诛其九族。

最要命甚至是最搞笑的一点是，朱元璋所确立的这些惩治贪官污吏的法例，居然没有被写进《大明律》，而只是通过他后来编著的《大诰》通告天下。这就是为什么用如此严酷的惩罚措施却无法禁绝贪污的原因：他是一个人在反腐，而不是大明帝国在反腐。

一个最高领导联合最底层的一群人来搞事，要么搞成灾难，要么搞不成事情。中国古代的智者早就说过，不要让老百姓参与政事，只要给他们好处就可（民可使由之，不可使知之）。为什么古代不让老百姓参与政治？因为古代的知识掌握在少数人手中，大部分老百姓的知识水平不够，试问不识字的百姓如何处理国家大事？所以不能让他们参与政治。北宋的文彦博断然说："领导人应该与精英联合治天下，而不是和老百姓联合（与士大夫治天下）。"朱元璋不懂这个道理，所以意料之中地，在严刑峻法下，仍然发生了腐败的案件，而空印案就是其中的代表。

空印案

"空印"不是个和尚,而是"在还没有文字的纸上加盖印章"的意思。这种不成文的官场潜规则,也并非产生于明王朝,早在元帝国时期,各官府于文书都是先盖印,后写内容,此之谓"空印"。

那么,为什么会有"空印"这种官场潜规则出现呢?

元政府规定,年终时各级政府都要向上一级政府缴纳钱财粮食,并且上交账务明细,最后由省一级官员到中央政府报告给户部。户部通过对比考查,只有当确认账目和各地财政部门手中的账目相同时,才算过关。问题是,如果户部发现账目有问题,那相应的负责人就需要重新返回各级政府盖印。古代的交通非常不发达,如果返回各级政府盖章,会浪费大量的时间乃至人力物力。所以,许多官员不约而同地达成了共识:上交账目报表之前,先准备另一份加盖了各级政府印章的空白报表,一旦报表不合格须返工,相关人员也不用原路返回,在京城即可重新制作一份。

朱元璋建国后,这一潜规则仍然盛行,许多官员也从未想过这种方式有什么不对的地方。这就是风俗移人,如果所有人都认可一件事并且为之行动,天长日久之后,错误的事情也会渐渐成为正确的事情。可他们的运气实在不好,遇到了朱元璋。1375年底,朱元璋突然对这一潜规则暴怒。事实上,这已经不是他第一次发现"空印"的问题了。早在两年前,他和中书省的宰相们就谈论过这件事,胡惟庸以"行之久不见害"为由,肯定了空印的存在。朱元璋当时虽然不高兴,却没有发作。但到了1375年底时,他的心境已与两年前大大不同。他发现官员的贪污腐败越来越重,他觉得自己九五之尊的权威受到了轻视。他决心借这件事光复权威,让他的官员们知道:他不是病猫,而是老虎。

他对即将倒霉的那群官员下发旨意:"国家如果交到你们手上,是迟早要灭亡的。你们互相袒护、共同贪污,我现在就要弄死你们给天下百姓看看。"

圣旨在上午时下达,到了晚上,就有涉及234个州、1171个县的大小官员全被定罪,陆续被处死。整个帝国残阳如血,好像是被血洗过一样。朱元璋站在南京城的城墙上,欣赏这千年一见的美景。胡惟庸在他身边浑身战栗。朱元璋问胡惟庸:"自建国以来,我杀的人少不少?"

胡惟庸回答:"不少。"

朱元璋反问:"那为什么还有人前仆后继地违法乱纪?"

胡惟庸没话说。数以千计被杀掉的官员中,有许多都是好官,他们根本没有违法乱纪。在他们看来,"空印"规则虽然还没有被写入国家法律,却已是不成文的法律。他们哪里会想到,朱元璋不按常理出牌,说杀就杀。

朱元璋见胡惟庸没有说话,又问他:"你读过《道德经》吗?"

胡惟庸回答:"粗通。"

朱元璋说:"我几年前读时,对此一知半解,现在却对里面的一句话很有感触,那就是'民不畏死,奈何以死惧之'。我杀了那么多贪官污吏,用了那么多严酷的刑罚,终于发现,严刑重罚杜绝不了官员犯罪的问题。"

胡惟庸发现了皇上这一想法的可贵,正要拍马屁,可朱元璋话锋一转道:"可如果不杀,就更麻烦了。杀,固然不能根绝其犯罪,但至少能减少他们的犯罪,你说是吧?!"

胡惟庸只好说:"是的,您永远都是对的。"

领导必须永远都是对的,但这只是理想状态。空印案发生一个月后,浙江宁海有个叫郑士利的人认为领导朱元璋大错特错了。他向朱元璋上书千言，从四个方面为那些被诛杀的官员申辩。

朱元璋说："这些官员准备借空印为非作歹。"对此，郑士利辩解："官方其他文书只需要在纸上盖印章，可钱粮文书不但要在纸面加盖印章，还有骑缝印，如果有官员想在钱粮文书上搞鬼，整个骑缝印根本就无法删除，大家一看就知道是钱粮文书，钱粮文书怎么能为非作歹？"

郑士利又指出："钱粮文书中的数字，必经县、府、省、户部，一级一级向上汇总复核，直到户部方才能确定最后数字，如果不加盖印章，一旦数字有错，必须返回去重新来过，这是降低行政效率的表现。所以，'空印'其实是权宜之计，并没有犯罪。"

"第三，"郑士利说，"中央政府此前并没有明文禁止使用空印，法无禁止，就不是罪。"这句话背后的意思是，朱元璋杀人其实是违法的。

最后，郑士利不无痛心地说："中央政府得到一个好官员并非易事，如此杀掉，让人可惜。"

郑士利申辩的每一条都合情合理，可当朱元璋发现郑士利的哥哥也是这次空印案的受害者后，顿时暴跳如雷。更让他气愤的是，在中央各部官员都对其行为噤若寒蝉时，竟然跳出了这样一个小人物，他深感权威已被冒犯。为了警告那些官员，他把郑士利捉到南京处决。

南京的空气顿时变得紧张敏感，大半年过去后，朱元璋发现官员们已经老实不少，突然，他灵机一动，邀请官员们对他处理过的空印案发表批评意见。

他以为没有人会犯傻，这是典型的"引蛇出洞"的小动作。可惜，有人仗着一股"浩然正气"，真就上书批评他的残暴。

这个傻子，就是山西平遥的官员叶伯巨。叶伯巨写文章的发散力特别强大，他从空印案谈起，认为皇上朱元璋处理空印案，引起了一个极端的恶果，那就是：皇帝过分信赖严刑重罚的力量，导致当时的许多知识分子都认为，自己最大的幸运就是没有被招去给皇帝供职。天下大部分想为国出力的人都没有安全感，因为朱元璋的发怒无迹可循。叶伯巨还大胆地指出："皇上只要求官员对您诚实，而诚实的标准却藏在您的喜怒当中。许多官员很怕被您剥皮，所以根本不作为，您的官员不是优秀的为民服务的官员，而是一群不作为的听话的奴才。"

朱元璋看到叶伯巨的上书后，如同踩到炸药一样跳了起来。他命人把叶伯巨押解到南京，送进大牢，活活饿死了他。

不过，他虽然愤怒于叶伯巨的无礼，却对他提出的另外一个问题很是重视，这个问题就是：分封制。

朱元璋式分封制

中国人常讲"读史可以明智"，其实这是扯淡，至少是片面的。因为每个人的心性、智商以及经历不同，所以即使读到同一件历史事件，得出的结论也不会完全相同。朱元璋虽然只是粗通文墨，但和大多数中国古代的皇帝一样，喜欢历史，更喜欢用历史指导自己的实践。

1370年，朱元璋就通过一份诏书明确地指出："治天下之道，必建藩屏，上卫国家，下安生民。"所谓"藩屏"就是在中国失传多年的分封制。朱元璋将其注入新的灵魂，让其"诈尸"。

分封制辉煌于西周王朝。西周王朝建立后，王朝灵魂人物姬旦（周公）大肆分封功臣和亲戚到遥远之地为诸侯，这就是中国分封制的开端。不过，这种制度的产生，是西周领导人迫不得已而为之的。一方面，西周王朝是靠许多商王朝诸侯的力量完成了逆袭，取代了商王朝，他不能取缔那些诸侯，因此只能分封；另一方面，西周王朝当时力量薄弱，亟须到各处进行军事殖民，所以又分封了许多亲戚到各地去。西周之后，到了东周时，分封制就暴露了它的致命缺陷：所有诸侯都不听周王号令，各自为政，让中国陷入了几百年混乱战争状态（春秋和战国）。

秦帝国诞生后，领导人嬴政和李斯正是看到了分封制的这个缺陷，所以采取了中央集权制，把分封制扔进了历史的垃圾桶里。不过，当项羽建立西楚王国后，又把分封制捞了上来，刘邦建汉后，反复思量秦帝国迅速灭亡的原因，最终也决定采用分封制——当然，是"一国两制"，分封制和郡县制并驾齐驱。

到了西汉景帝时期，封国强大，最终爆发了威胁到中央的七国之乱。七国之乱被平定后，汉政府开始循序渐进地取消分封制。在西晋王朝建立后，皇帝司马炎抽风似的又把分封制拿出来用，最终造成了致其王朝灭亡的八王之乱。西晋之后的统一王朝，诸如隋、唐、宋、元，都清醒地意识到：分封制是历史垃圾，是一个威胁王朝稳定的杀手，绝不能再让它复燃。可到了朱元璋时代，它的阴魂又回来了。

朱元璋先后三次分封他的二十多个子孙到各地为藩王。第一次封王发生在1370年，除了太子朱标外，朱元璋一口气把其余的九个儿子全部封为藩王：二子朱樉封为秦王，三子朱棡封为晋王，四子朱棣封为燕王，五子朱橚封为吴王，六子朱桢封为楚王，七子朱榑封为齐王，八子朱梓封为潭王，九子朱杞封为赵王，十子朱檀封为鲁王。除这九个儿子外，还有他的侄孙朱守谦（1373年被废）封为靖江王。

这次封王，受到了刘伯温和另一位刘伯温的老乡——宋濂的激烈反对，但这种反对是无效的。第二次封王发生在1378年，由于朱元璋的雄性激素分泌过剩，在短短的几年中，他又有了五个儿子，这五个儿子也被他打包封王。第三次封王发生在1391年，朱元璋这次共封了十个儿子。

朱元璋罔顾历史教训，非要封王，在不知就里的人眼中，他就像是个白痴，但这其实是他的小动作，同时也是他玩得最好的小动作。

在朱元璋之前的开国皇帝，只有一个刘邦和他相似：没有任何背景，全靠自己的努力和人格魅力，团结了一大批冒险分子取得了天下。这种白手起家的人，当然值得我们钦佩，可往往，他们也会被那些共同走过来的战友轻视。跟随朱元璋打天下的那些功勋都知道他们的皇上是什么货色：做过和尚，当过小偷，用阴谋诡计搞定他的对手。不太准确地说，他们是看着朱元璋从一个和尚混到今天的九五之尊的，正如你跟随一个人多年，就会对他了如指掌，如今虽然成了皇帝，但你作为他的下属，依然难免会在内心深处轻视他。

朱元璋正是这个被功臣们在内心深处轻视的人，人一旦对他人有了轻视之心，就会在其面前变得骄纵；骄纵过久，就会产生反叛之心，这是朱元璋最恐惧的。所以，一方面，他封赏那些功臣，又靠严刑峻罚杀鸡儆猴、敲山震虎；另一方面，则用分封儿孙的办法，震慑和防范那些功臣。

他以为这是最好的稳定国家的方式，可叶伯巨却指出：分封制被历朝历代的统治者废除，不是没有道理。现在恢复分封制，等于是自我了断。朱元璋大怒道："宋和元的灭亡，就是因为在危难时期没有藩国辅助。你只看到分封制的弊端，却没有看到它的优点，可以说是根本不会读书！"

朱元璋说叶伯巨不会读书，可他也没有会读到哪里去。不过，在某个深夜，他还是想到了叶伯巨的话。于是他爬起床，书写藩王家训，这些内容后来被命名为《宗藩昭鉴录》和《祖训录》。

根据这两本资料的内容，我们大致可以看出朱元璋对分封制的警惕。他对藩王们详细到复杂的规定，也充分证明了这点。

首先，各亲王每年食禄一万石（可以养活450名士兵），每位亲王都有自己的王府，并设有王府官员。王府官员法理上由中央政府派遣，但后来许多亲王已有了自己招纳王府官员的资格。朱元璋为防止亲王图谋不轨，特意从翰林院选择了两位翰林陪伴亲王读书，两人的官职分别是王府的左长史和右长史，其实就是皇帝的间谍。

其次，亲王有资格设置卫队，卫队士兵数量不能多于一万九千人，而且这些卫队士兵在法理上都隶属于兵部，但实际上，这些士兵却归亲王统率。不过，他们和亲王并非主仆关系，因为亲王靠着那点食禄，根本就养不活他们。他们的薪水是从兵部支出，任何人都明白：他们的老板不是亲王，而是中央。

再其次，亲王可以监督地方官员，同样地，地方官员也可以监督亲王，双方互相制约。任何一个强大的组织都必须有行政组织，而亲王没有行政权，就无法建立行政组织，若要搞事几乎不可能。

最后，亲王也是互相制约的。比如后来造反成功的燕王朱棣，他的封地左右有两个势力和他差不多大的藩王——宁王和晋王。朱棣后来造反成功，其运气成分占了很大一部分：宁王和晋王虽然没有帮他，却也没有阻止他。

同时，朱元璋还规定，亲王不得擅自离开封地，无论是出于什么理由，否则就要判其重罪。这等于是把亲王们拴在了一棵树上。

朱元璋搞的这个分封制，初衷是好的，不过正如叶伯巨所说，一是财政问题，这些亲王可不是光棍，他们还有子孙，按照朱元璋的制度设计，这些子孙都要靠国家圈养，这可是一大笔财政支出；二则是突发事件，比如燕王朱棣，由于后来他和蒙古人交战，常常统兵数十万，这些兵虽然不是他的，可如果他趁着和蒙古人交战时，指挥这样一支兵团南下，那可就大事不妙了。

叶伯巨的担忧，在几十年后成为现实。不过，朱元璋耍的所有小动作都收效极强，而分封制也不例外。在整个明王朝276年的历史中，分封制可谓从一而终，但造反的亲王却只有不到五位，这五位中，也只有一个朱棣成功了。

朱元璋的皇帝生涯，几乎是日理万机，时常是按下了葫芦起了瓢——当他正沾沾自喜于这些小动作完美无缺时，更大的麻烦发生了，令他险些措手不及。

第五章
疑心深重，诛杀功臣

胡惟庸是个什么玩意儿

1379年正月，朱元璋心情舒畅，因为他听说全国各地都出现了"神迹"：山东方面报告说，当地出现了一只麒麟，和《春秋》所记载孔子遇到的那只高度相似，这预示着大明即将迎来盛世；陕西方面则报告说，天空中突然出现了仙女，散落下五彩鲜花；即使是未收复的云南地区，也有密探送信说，当地下起了鹅毛大雪，雪被风一路吹着，落入了南京秦淮河，术士说这是云南回归朝廷的征兆。

朱元璋兴奋地下令嘉奖了这些地区的行政长官。之后，让人惊奇的一幕发生了：大明帝国各地纷纷发来关于"神迹"的报告，中书省的官员们都忙着审读这些奏章，几乎累个半死。中书省的一把手胡惟庸觉得这些事情太过荒诞，于是劝说朱元璋不要再理会这些奏章。

一听这话，朱元璋脸色一沉，冷冷地说道："全国各地都有神迹出现，只有京师重地没有，你这个中书省的长官难道就不觉得寒碜吗？"

胡惟庸没有听出这句话的深意，倒不是听不懂，而是根本没用心去听。他手头还有很多事情要做，懒得去细想朱元璋这句阴阳怪气的话。

他觉得自己埋头做事，要比用笑脸去奉承朱元璋有意义得多。

走出皇宫时，胡惟庸仰头看到了南京城的天空。天灰蒙蒙的，景象如同末日，他不禁深深地吸了口气，浑身发冷。胡惟庸不知道，朱元璋正在无人注意的角落盯着他的背影。

胡惟庸对朱元璋的态度越来越轻慢，朱元璋对胡惟庸也越来越不满。当然，冰冻三尺非一日之寒，朱元璋和胡惟庸之间的矛盾，其实早已有之。

胡惟庸在朱元璋的功臣中并不出色，尤其和名震天下的李善长、徐达等人相比，他的功劳几乎可以忽略不计。但朱元璋对胡惟庸有着与生俱来的偏爱，因为胡惟庸略有残疾：他的两个肩膀一高一低，走起路来像鸭子，正和朱元璋的"残疾脸"相得益彰，这就叫"物以类聚"。朱元璋一开始很喜欢他，就把他放在身边，担任着可有可无的秘书角色。

刘伯温还活着时，早就对胡惟庸的人品和能力进行过判定，说："他是一匹烈马，固然有奔腾之力，却也有着不服管的毛病。"民间有一种说法：胡惟庸在向上爬的过程中，因受到刘伯温明里暗里的阻挠，所以将其毒死。这件事是否为真，历史上没有定论，但刘伯温在老家去世后，朱元璋曾意味深长地对胡惟庸说过这样一段话："人君深居高位，恐阻隔聪明，有过失却不能晓得，要想弥补这一疏漏，就必须有献替之臣、忠谏之士常处左右，以拾遗补阙为职志。当然了，人君能受谏与不能受谏也很重要……举大器者，不可以独运；居大业者，不能以独成。总之，贤臣是少不了的，人君只有广览兼听，博达群情，才能够实现天下大治啊！"

朱元璋说出这段话的时候，胡惟庸已经独擅中书省。这段话可能是想提醒当时的胡惟庸：你胡惟庸的职责是给君主保驾护航，我允许你提出各种意见；但是我却得知，你经常欺上瞒下，还做了无数见不得人的勾当。

胡惟庸大概是听明白了这句话，急忙向朱元璋保证："我在中书省所做的一切，都是在为领导您分忧。"

朱元璋只好明示他："徐达曾向我报告，说你提拔你喜欢的人、排斥你不喜欢的人，这件事可是真的？"

胡惟庸马上痛哭流涕、嗓音嘶哑地说："我和徐达将军之间没有任何矛盾，他虽在中书省挂名为宰相，却长年在外征战，怎么会知道我干了什么？一定是有人在徐达将军面前搬弄是非。"

"闭嘴！"朱元璋一针见血地指出了他的小算盘，"徐达揭发你的行为之后，你还想用金钱收买他的心腹，这件事总不会是假的吧？"

胡惟庸马上狡辩："这是对我的诬陷！徐达的心腹又没有收下我的银子，怎么可以说是我收买他呢？"

朱元璋险些被噎了个跟头，他只能拿出慈父般的口吻对胡惟庸说："小胡，你要好自为之啊，大家都盯着你呢，你应该拿出宰相应有的风度哇！"

朱元璋的这段话，险些让胡惟庸感动得痛哭流涕，不过他马上意识到：这是朱元璋的政治手段。毕竟在他的人生字典里，政治中不存在温情，如果有，那一定是阴谋。

胡惟庸猜对了。朱元璋和他谈话之后不久，就有个叫吴伯宗的状元郎突然实名检举了胡惟庸，说他徇私枉法，专横跋扈，还罗列了无数事例作为证据，分析得头头是道。

但是，这封检举信并没有直接送到朱元璋手中，而是送到了胡惟庸在监察部的同党手中。胡惟庸认为，一个愣头青肯定没有这种胆量来指控当朝宰相，其背后一定有人指使。可吴伯宗一口咬定是他自己的主意，他这是替天行道。

胡惟庸虽然不相信他说的话，但苦于找不出证据，只好把吴伯宗发配到朱元璋的老家凤阳，让他去看护朱元璋祖先的陵墓。他本以为吴伯宗受此打击后会消停一些，可吴伯宗还是通过某个隐秘的渠道，把检举信送到了朱元璋面前。

胡惟庸对这件事大感奇怪：整个中央政府的要害部门都是他的人，他不明白吴伯宗是怎么把检举信投递到朱元璋那里的；更让他感到奇怪的是，朱元璋并没有讯问他，只是把吴伯宗召回南京，要胡惟庸给他安排个职务。胡惟庸只好照办——给了吴伯宗一个冷板凳坐。

朱元璋也没有深入追究这件事，只是对胡惟庸说："天下不能只有一种声音，要允许不同的声音存在，而且这些不同的声音才是我们最应该重视的。"

胡惟庸噘着嘴在那里听着。他不认为朱元璋这句话包含着多么高的政治智慧，更没有意识到这句话其实是在敲打他。所以，他无动于衷。

朱元璋看到他那副德行，心里凉了半截，不由得连连暗叹。之后有一天，他突然问胡惟庸："你可知元朝的官员为何该杀？"

胡惟庸被问住了。这个问题已是老生常谈，而且答案不言而喻：如果元朝官员不该杀，那岂不是意味着朱元璋建立的明帝国是伪政权？但朱元璋想表达的不是这个意思，他接着说："在我少年时，安徽境内曾发生过一场瘟疫，我的父母、兄弟都在那场瘟疫中去世。但那场瘟疫本可以避免，最后却蔓延至整个安徽境内，全因为官员的瞒报，才有了那场大灾难。你说，那些官员该杀不该杀？"

胡惟庸听得云里雾里，直到朱元璋抛出问题，他才被拉回到现实世界，急忙回答朱元璋的问题："该杀。"

朱元璋追问道："为何该杀？"

胡惟庸一个激灵，顿时明白过来：朱元璋是在指责他欺上瞒下！他此时才意识到,朱元璋迂回曲折地讲了个故事,原来是在敲打他。他虽然发现了,却依旧不改,也正如朱元璋评价的那样:"错了不让说,说了又不做,做了又做错。"

很多反对胡惟庸的大臣都在暗地里气咻咻地说:"他胡惟庸是个什么玩意儿啊!"

没有人能回答这个问题,直到1379年,全国各地上报神迹之时,连朱元璋都回答不了这个问题了。胡惟庸到底是个什么玩意儿?是宰相?是忠臣?还是想和皇权抗衡的野心家?

当然,这一切的答案,很快就会水落石出。

占城朝贡事件

那天,胡惟庸从皇宫回到家中,时间正是正午,南京城灿烂的阳光毫不吝啬地铺洒进他的府中。胡惟庸的丞相府辉煌壮丽,占地面积广大,有一种夸张的说法:阳光从他家东墙进入,要走很长时间才能晒到西墙。庭院中还有两棵香樟树,一棵活着,一棵刚死。仆人把刚死那棵的枯枝败叶胡乱地扔到旁边的井里,这就导致他家的水中有股难闻的烂香樟叶味。

胡惟庸记得,几天前他就命人收拾过那棵死树;可现在看来,他的命令似乎并没有被立即执行。他马上叫来丞相府的管家,指着树喝问他:"这是什么情况?!"

管家赶紧解释:"因为最近全国各地都有神迹出现,所以上面下令,不得擅动任何植物。"

胡惟庸"咦"了一声,心想:我怎么不知道?不过很快,他就把这件事抛到一边去了，因为自己还有更重要的事要做。这件事，自然就是和朱元璋暗地里进行博弈。

朱元璋毕竟是皇帝，在博弈方面自然略胜一筹。早在1376年，朱元璋就发现了胡惟庸和辞职在家的李善长勾勾搭搭，还和李善长建立了亲家关系（李善长的弟弟李存义的儿子，是胡惟庸的侄女婿），于是，朱元璋开始由外向内围剿胡惟庸的中书省。他下令废除地方上的行省制（每个省的军政长官对中书省负责），设立承宣布政使司、都指挥使司和提刑按察使司，分别担负行中书省的不同职责。这三个部门互相牵制，虽然仍对中央的中书省负责，却避免了地方权力集中，也避免了地方权力向中央中书省集中的弊端。

胡惟庸马上发起反击。他积极招揽被朱元璋惩罚过的吉安侯陆仲亨与平凉侯费聚，让他们各自发挥自己的特长，暗地里招兵买马、训练士卒。当然，胡惟庸还没有胆大包天到要起兵造反的地步，他唯一所想的，只是希望能在和朱元璋的博弈中多一些筹码。

朱元璋发现了胡惟庸的小把戏后，再出杀招：1377年，他命闲居在家的李善长复出，同时让其文武双全的干儿子李文忠与之共议军国重事。"凡中书省、都督府、御史台悉总之，议事允当，然后奏闻行之。"

胡惟庸一脸不高兴。朱元璋却告诉他："我并非针对你的中书省，你看，掌管军队的都督府和掌管监察的御史台，我都动了。至于李善长和李文忠，他们只是担任了临时职务，你大可不必焦虑。"

但胡惟庸不可能不焦虑，这明显是把中书省的权力砍了一大截！他立刻展开了积极的反攻，命令自己在各要害部门的嫡系人马不停地向朱元璋上奏章，声称："中书省若无权力，还叫什么中书省？那干脆废除它算了！"

不料，朱元璋大喜过望。1378年，他干脆发布了一道圣旨："以后军机要事，可不必送到中书省。"这对胡惟庸来说是一个巨大的打击，他找不到反击的方法，只能每天待在中书省的办公室生闷气。他的同僚汪广洋比他还要颓废，整日酗酒。胡惟庸虽然仍坚持不懈地和朱元璋对抗着，但眼见前景暗淡。

整个中书省弥漫着一股颓废的氛围，这种气氛一直持续到1379年阴历九月，也就是全国各地开始上报神迹的九个月后。这个时候，发生了"占城朝贡"事件。

当时的占城，是今越南中南部的一个小国，国家的特产是占城稻。朱元璋建立大明帝国后，占城是第一批和大明帝国结交的西南国家之一。1379年阴历九月，占城使节团来到了南京向大明帝国朝贡。按照惯例，皇帝要亲自现身，对他们进行恩赐。

不过，大明帝国的皇帝可不是随随便便就能见到的。各国使者抵达之后，首先要通知帝国政府，也就是以胡惟庸为代表的中书省。换作平时，胡惟庸肯定会把这件事办得漂漂亮亮。可在1379年，他正被朱元璋打压得心情烦躁，于是，他在见到占城使者后，并没有按照规定去向朱元璋报告，而是敷衍了对方，然后就回家睡觉了。

胡惟庸一个人去睡大觉也就罢了，谁知道汪广洋也喝醉去睡大觉了。帝国两个政府高官的行为，让人感觉世界上根本就没有占城使者这回事。不巧的是，占城使者在南京城闲逛时，被朱元璋的特务发现了。占城人的长相不同于中国人，被特务一眼认出，打探到具体信息后，马上就汇报给了朱元璋。

朱元璋勃然大怒，第二天上朝时，就说了占城使者的事。胡惟庸和汪广洋马上下跪，但没有请罪，这惹得朱元璋更加怒不可遏，斥责胡、汪二人："你们把中书省当成了自家的吗？这样大的外交事件，居然敢不通知皇帝!"

胡惟庸这才意识到问题的严重性。朱元璋顺势又给他安上了莫须有的罪名,认定胡惟庸和汪广洋私吞了占城使者带来的占城稻。其实,占城稻固然好吃,却还没被富可敌国的胡惟庸放在眼里。

胡惟庸发现朱元璋气疯了,慌忙使出了多年来推卸责任的全部智慧,说:"接待外国使臣的所有事宜,都是由汪广洋负责的,我以为他做好了。"

朱元璋转头便呵斥汪广洋:"你个酒鬼,是何居心?!"

汪广洋差点把早上喝的酒全吐出来。他急中生智,又把责任踢回给胡惟庸,说:"胡大人先接见了占城使者,后来的事情,我根本就不知道啊!"

胡惟庸这才发现,汪广洋根本就不是什么酒鬼,而是"形醉意不醉"的高手。于是,他又把责任踢给了主管外交事宜的礼部。礼部负责人可不想背这个黑锅,当堂否认道:"中书省所谓关于占城使者的文件,我们根本就没有收到过啊。"

朱元璋叫起来:"啊哈,胡惟庸,你还有何话说?"

胡惟庸叩头如捣蒜地说:"皇上啊,这几年您不断地剥夺中书省的各种权力,我现在都不知道中书省还能干什么,所以才不敢擅权上报;想着让汪广洋上报给礼部,可汪广洋最近要给他的小妾陈氏过生日,所以没有时间理会这件事。"

汪广洋听到了胡惟庸的话,脸色大变,正要辩解,朱元璋已开始质问他:"你的什么小妾?"

汪广洋凄惨地叫了一声——原来他的小妾陈氏乃罪犯之女,按照当时的法规,像汪广洋这种级别的官员是不能娶罪犯之女的。

朱元璋感觉到事有蹊跷,下令将汪广洋免职入狱,将胡惟庸留任查看。几天后,汪广洋娶罪犯之女的罪状出炉了,朱元璋一是愤怒汪广洋不能制衡胡惟庸,搞得中书省乌烟瘴气;二是觉得汪广洋有辱大臣之体,于是下令将其发配海南,准备过一段时间再下处决令。占城朝贡事件导致了数百人被朱元璋诛杀,胡惟庸虽然侥幸逃出生天,但无论是他还是朱元璋都知道,留给他的时间不多了。

即使是胡惟庸自己都搞不明白:朱元璋为何会放过自己,而干掉了汪广洋?汪广洋在去往海南的路上想了一路,也没有想明白这件事。不过,这一切已经不重要了。

在隆重地送走了占城使者后,朱元璋特意把胡惟庸叫到面前说:"时间过得好快啊,你都跟随我多少年了?"

胡惟庸愣愣地看着朱元璋,想了想,说:"好像有十年了,皇上。"

朱元璋说:"今年年初的那些神迹,你还记得吗?"

胡惟庸又是愣愣的,不知道怎么回答。不过就在电光石火间,他突然想到尸骨未寒的汪广洋,还有自己家中的那口井。

那口井正等着出现神迹——胡惟庸对此深信不疑。

神秘的胡家井

胡惟庸站在自家庭院中的那口井旁,探头向里面张望,望见自己那颗西瓜一样的大头,与井水反射出的亮光交相辉映。这就是宋人朱熹说过的"天地万物皆有阴阳",即使在井中,也有阴阳之分。现在,朱元璋在阳处,他胡惟庸显然在阴处。

阴阳理论思考结束,胡惟庸志得意满地把脑袋从井口收回,对站在身边的御史大夫陈宁说:"我始终相信理学对阴阳的解释,万物皆有阴阳，而阴阳也可以调换。一般来说，皇上是阳，臣子是阴；但皇上当中也有阴，臣子当中也有阳。"

陈宁是胡惟庸的忠实信徒，借着胡惟庸的提拔一路平步青云，见主子有如此高论，当然拍手叫好，于是陈宁对胡惟庸说："多年来，皇上对您可谓信赖有加，只不过最近的这段日子，好像有点……"

胡惟庸对陈宁欲言又止的行为很是讨厌，他让陈宁有话直说。陈宁就说道："长此以往，您可能会变成第二个李善长，或者是第二个汪广洋。"

胡惟庸让陈宁看那口井，问他："你看见了什么？"只见井水波澜不惊，犹如枯守孤灯的老妇。陈宁当然看不出什么，胡惟庸就单刀直入地说："阴阳变异了！"

陈宁大吃一惊，胡惟庸接着解释道："你不要多想，我只是想让九五之尊屈临寒舍，我来做主人，皇上做客人。"

胡惟庸话音未落，井中突然"咕咚"响了一下，好像有一只史前野兽在里面打了个嗝。

春节后不久，还未出正月，胡惟庸就在一次朝会中，郑重其事地对朱元璋说："臣家中的那口古井最近突然出现了神迹，泉水变成了美酒，请皇上大驾光临，前去观看品尝！"

众臣憋住了笑，只有朱元璋表现得气定神闲，甚至平静得吓人。他缓缓地对胡惟庸说："这一天，朕足足等了一年！这一年来，全国各地都有神迹，只有京师没有，如今终于有了，朕肯定是要去看看的。"

朱元璋当然不是傻子。和胡惟庸一样，他也经常在后宫的一口井旁驻足，偶尔会探头向井中观看。他看到的景象和胡惟庸看到的没有区别，不过，他对井水的解释和胡惟庸却大相径庭。

朱元璋觉得，万物皆有阴阳，井里当然也是。不过，井中的阴阳虽然变异，最终却仍各居其位。比如，做皇帝的虽然是阳，但有时候必须阴——多年来，他对中书省的迁就即是这种"阴"，可皇上绝不能在阴处待得太久，最终还是会回到刚强的"阳"，也就是领导的位置上。

"做领导的，尤其是做皇帝的，要懂得阴阳管理。"这是朱元璋经常在内心深处和自己说的话，三番五次地说，不厌其烦地说，"阴阳管理就是阴阳平衡，平衡就是唯一的'道'。"

他记得自己曾和李善长说过这样的话："我之所以让你管理中书省，是因为你能调和诸臣的矛盾，这就是平衡。政治场中，讲是非就容易走极端，只有讲和谐才是正道。"

李善长把这段话铭记在心，可铭记是一回事，能否做到，就又是另外一回事了。后来朱元璋发现，李善长固然能调和诸臣，但在权力面前，仍然呈现了他人性之中贪心的弱点。之后，朱元璋又对杨宪说过这样的话，对汪广洋说过这样的话，对正请他去喝井中酒的胡惟庸也说过这样的话，可让他大失所望的是，这些人全是些糨糊脑袋。

在朱元璋看来，管理的秘诀就是两个字：赏和罚。赏要赏那些处于劣势中的人，罚要罚那些处于优势中的人，让劣势向上提，让优势向下降，最终达到平衡。当然，赏罚也需要高超的技术。比如罚，李善长吆五喝六有点不服管，他罚李善长的手段，不是给他减薪，而是高调地让杨宪进入中书省，这对于李善长而言，就是一种伤筋动骨的罚；比如赏，胡惟庸这个人能力超群，李善长却看不上他，导致他根本没有升迁的可能，朱元璋赏的办法就是提升胡惟庸的权力，让胡惟庸感受到白日飞升般的快感，让他对自己感恩戴德，倾尽全力做一条好狗。

可这一招并非百试百灵，有时候也会出差错。因为要做到这种平衡，就必须时时刻刻关注这些人的一举一动，在最关键的时刻祭出赏罚利器，时间早了不行，时间晚了更不行。

每当想到要管理一个团队，尤其是中书省这样的精英团队，朱元璋就觉得头昏脑涨，表情马上变得更加狰狞。最终，他想到了一个办法：釜底抽薪，让这个困扰他多年的团队失去力量，于是才有了后来的各种举措。最后，他几乎把中书省变成了个门面般的存在。

朱元璋凭借自己犀利的眼光，一眼看出胡惟庸和李善长、杨宪、汪广洋几个人的不同。另外，几个人虽然都有权力欲望，但李善长知进退，在皇权的警告面前肯让步；杨宪虽没有李善长这种智慧，却力量弱小，不足以构成威胁；至于汪广洋，他根本就是个见风使舵的奸臣，不足为虑。只有胡惟庸，既有李善长的能力，又有杨宪的一往无前，唯独缺少汪广洋的阴柔——胡惟庸过于刚了，阳气太旺，阴气不足，导致"阴阳不和"。

对于胡惟庸，朱元璋还有一丝念想，希望他能如李善长那样知难而退，或者如汪广洋那样装疯卖傻，但胡惟庸总是让他失望，他进逼得越紧，胡惟庸进取得就越快。

"只有一个办法，"朱元璋对自己说，"以刚克刚。"

1380年正月的最后一天，朱元璋大张旗鼓地从皇宫出发，去胡惟庸府上喝井水——按胡惟庸的说法，是喝"酒"。

当他和卫队走到南京城中的西华门时，突然停了下来。他不是发现了什么异常，而是在等一个人。但是这个人此时此刻并没有按照事先的约定出现，这让他很是恼火。

他的卫队正疑惑皇上为什么走着走着突然停下且东张西望时，守卫西华门的太监云奇突然不知从哪里冲了出来。他拉住朱元璋座下马的缰绳，用手指着胡惟庸家，发出"咿咿呀呀"的一通怪叫。

朱元璋呵斥他道："大胆！赶快让开，我要去胡丞相家喝酒！"

云奇拼命摇头，恨不得把自己的那颗头摇晃下来。朱元璋曾严格规定，明王朝的太监不能读书识字，云奇不识字，这很正常；可朱元璋并没有规定太监不能说话啊，云奇现在居然一句话都不说，净瞎比画。

朱元璋觉得云奇在搞什么行为艺术，于是下令卫队把这个倒霉的太监按倒在地，一顿乱揍。云奇被揍得奄奄一息，却还用手指着胡惟庸家的方向，这让朱元璋顿时警惕起来。

他登上了西华门的城楼，向胡惟庸家望去，看到了胡惟庸府上庭院中的两棵香樟树。他眯眼细看，看到了那口胡惟庸号称可以出酒的老井。看上去，一切都很正常。但越是正常，就越证明不正常。

朱元璋从城楼上下来后，抱起已经死掉的云奇，号啕大哭起来。护卫们丈二和尚摸不着头脑，但谁也不敢过问。朱元璋就这样抱着一具尸体，哭得比当年瘟疫之下死了爹妈还伤心；等到眼泪都哭得干涸了，朱元璋才跳上马背，返回皇宫。很快，皇宫中就有传言，说皇上本来要去胡惟庸家喝酒，但被太监云奇阻止了。云奇为什么阻拦他呢？因为他发现胡惟庸在家中准备好了刀斧手，这些刀斧手都是杀猪（朱）的。

胡惟庸很快就听到了这样的流言，他恐惧得一言不发，浑身发冷。他知道，这样的"故事"能出现，目的就是要制造一起"事故"。胡惟庸当然明白，编故事的人是朱元璋，而事故的主角，毋庸置疑就是他胡惟庸。

收网行动

胡惟庸决心殊死一搏。他计划分两步走，第一步是和朱元璋面谈，大家开诚布公，把所有的事情都放到桌面上，敞开了谈；如果朱元璋仍然不愿放过自己，那就走第二步。

他的同党陈宁弱弱地问了句："第二步是啥？"

胡惟庸想了半天，茫然地回了句："我也不知道。"

从前想见朱元璋，胡惟庸是畅行无阻，只要他有需要，朱元璋永远会站在他面前；不过到了1380年正月时，胡惟庸发现，这条"绿色通道"被无情地关闭了。他托尽了宫中的各种关系，低三下四到亘古未见的地步，但仍然没能见成朱元璋。

现在，世界上最远的距离不是从南京到蒙古，而是他想见朱元璋却见不到。不过，胡惟庸并没有放弃，他开始用中书省长官的名义向朱元璋提出见面的要求。在这件事上，他有高度自信，坚信朱元璋绝对会见他。因为朱元璋这样的人就喜欢看别人痛苦地哀求自己，如同老猫玩弄老鼠一样，乐在其中，等玩腻了之后，再一口吃掉。

胡惟庸的想法是正确的。朱元璋果然同意和他见面，于是君臣二人见面了。

那天见面时，朱元璋站在一个小鱼缸前，手里拿了个捞鱼的小网，在鱼缸里捞来捞去。胡惟庸进来后站了许久，朱元璋才"惊讶"地发现了他，好像他是凭空冒出来的一样。朱元璋脸上挂起了高贵的微笑，向胡惟庸打了个招呼，并且招呼他到鱼缸这里来，然后用小网捞起一条鱼。那条鱼在网中拼命地蹦跶，竭尽全力地张大嘴巴——这很像现在的胡惟庸。

朱元璋看着那条鱼，淡淡地说："你看这条鱼，刚才在水里左冲右撞，对其他鱼傲慢无礼。可现在，你看看它，它就要死了。世上有很多人都像这条鱼一样，错把自己当成高人一等的主宰，其实离开鱼缸后，不过是一条烂鱼罢了。"

胡惟庸不知从哪里来的勇气，居然敢接朱元璋的话，他说："鱼缸中如果没有鱼，那还要鱼缸干什么，当尿壶吗？皇上创造了鱼缸和渔网，就应该好好对待鱼缸中的鱼，不能因为鱼犯了点错就把它捞出来，让它窒息死掉。"

朱元璋想不到胡惟庸此时还敢妄自尊大，不禁发怒道："不服从的鱼，要它何用？"话音一落，朱元璋就把那条鱼狠狠地摔到地上，还踩了一脚。

胡惟庸没有去看那条死鱼，他不用看都知道，那条鱼的死相一定惨不忍睹。他转了话题说："皇上那天要去我家喝酒，怎么没有去呢？"

朱元璋看了看他，说："临时有事。"

胡惟庸看到朱元璋又用网捞起了一条鱼，鱼一出水面，就开始蹦跶。他开始恐惧，恐惧得要命，又由于恐惧而产生了莫大的勇气。他盯住朱元璋，一字一句地说："您临时有事，也不必造谣说我家中有伏兵啊。"

朱元璋的手一沉，网掉入鱼缸。那条鱼获得了自由，摇头摆尾地游动。但它还没有高兴太久，朱元璋又重新拿起了渔网，把它从鱼缸中捞了起来。这一回，他没有给胡惟庸看那条鱼，而是直接将它摔到了地上。

多么痛的鱼，多么痛的领悟啊。胡惟庸至此终于绝望：朱元璋铁了心要将他干掉，即使是西天佛祖来说情，也没有用。

谈到佛祖，胡惟庸脑海中突然冒出个救命妙招，这个妙招源于朱元璋的宗教信仰。朱元璋年轻时做过和尚，功成名就后认为这一切都是佛祖的保佑，所以大肆兴建寺院，鼓励大家出家为僧。但是，朱元璋不但信仰佛教，还信仰道教，常常把江湖上传闻的高僧大德请到宫中，和他们畅谈人类的终极话题。

多年来，胡惟庸曾无数次在朱元璋身边安插这样的高僧，又无数次被朱元璋拔除。不过，他还是得到了一个重要信息：朱元璋因成功太易，一直担心这会透支自己后半生的福报，所以寄希望于信仰来寻求心理上的安慰。

当胡惟庸想到这里时，他想到了一个妙计。他暗示朱元璋："几年前有个道士曾对我说，您的一生中需要水。"

胡惟庸提到的那个道士，朱元璋想了很久，也没有想起到底是谁，后来隐约想到：大概有这样一个人，但已经被自己处死了。对胡惟庸的这个小把戏，他干脆顺着他的意思玩下去。他问胡惟庸："我缺水和你有关吗？"

胡惟庸说："我姓胡啊。胡，就是湖水啊。"

朱元璋大笑，顺手就把鱼缸推翻在地，然后指着地上蹦跳的鱼说："你看，鱼没有了水才不能活。我不仅仅是要杀几条鱼，我是要把整个鱼缸废掉。"

胡惟庸眼前一黑，只感觉属于他的一切都飘浮在空中，所有的东西都生出双手来，在向他告别。

那一天，他不知是怎么回的家，整个人像是灵魂出窍了一样。直到他看见以陈宁为首的多年来培植的人马站在家中时，才从虚幻中醒过神来。他下意识地抬了抬手，示意他们坐下。

陈宁让众人坐下，自己却不说话，全场鸦雀无声。等了许久后，胡惟庸眯着眼好像睡着了。陈宁这才留下一个叫涂节的人，让其他人散了。

涂节是陈宁的搭档，也是胡惟庸的死党之一，在胡惟庸党羽眼中，涂节对胡惟庸是忠心耿耿，随时肯为他两肋插刀的人。三人静坐着，房间里的空气很沉重，灰色的风从门缝吹进来，三人同时打了个哆嗦。

涂节先开口了，他试探性地问胡惟庸："计将安出？"

胡惟庸看了他一眼，没有说话。陈宁接口说："皇上这是要对咱们赶尽杀绝啊。"

涂节打开了话匣子:"皇上这是卸磨杀驴,从前刘伯温在时,咱们安徽帮和浙江帮斗得热火朝天,皇上是今天拉这个打那个,明天又拉那个打这个。如今浙江帮完蛋了,只剩下咱们安徽帮,皇上当然要干掉咱们了。"

陈宁对这种空话毫无兴趣,他希望听到的是更实质的、可操作的方案。不过,他自己也没什么主意,他也从来不在胡惟庸面前表现出多高的智慧,而只让胡惟庸看到自己的忠诚。

"大人,您说怎么干,我就怎么干。"陈宁卷起袖子,看上去每块肌肉都充满了力量。

涂节也跟着起哄,而且比陈宁更悲壮:"大人,我愿意充当你的先锋,就是脑袋粉碎,也决不退缩。"

胡惟庸还沉浸在忧伤中,说:"有时候,你不玩命地争取一下,都不知道什么叫绝望。"

对于这些缴械投降的话,涂节坚决不同意,他说:"大人,如果和皇上谈合作不行,干脆就来硬的。咱们好歹经营了多年,在城外调动一支军队还是可以的,采用突袭的方式,直奔皇宫。"

胡惟庸瞪起眼睛,训斥他:"你是不是疯了,这是造反啊!"

陈宁补刀道:"大人这么多年来培植自己势力的行为,和造反有啥区别?如今调动军队是临门一脚,这一脚不踢出去,之前的努力就都白费了。"

胡惟庸深吸了口气,茫然中,他眼前突然一黑,但不是晕倒,而是突然冷静了下来。人一冷静下来,头脑就清晰了很多。

他分析说:"皇上现在肯定是要对咱们收网了,而且必然早有准备。如果我们现在起兵造反,不正好中了他的奸计?我觉得还是此心不动,随机而动吧。"

陈宁睁着一双大而无神的眼睛,不知该如何接话了。人家已经把菜板子准备好,刀也磨好了,可猪不想着反击,反而躺到菜板上,说什么"此心不动,随机而动"。这可真是一头蠢猪。

涂节的一双老鼠眼,滴溜溜地转个不停,他在胡惟庸的话中感觉到了失败的阴影。但是胡惟庸如果失败,可不是他一个人的失败,他涂节也要跟着陪葬。

他知道前途在哪里,就如同老鼠永远知道食物在哪里一样。

"飙车"事件

朱元璋对胡惟庸身上的网越收越紧,连近年来一向反应迟钝的李善长都意识到了。作为胡惟庸的亲家,李善长原本有义务帮助胡惟庸渡过难关。但李善长并没有这样做,因为他太了解朱元璋了,只要被他盯上,就很难有逃脱的机会。

所以当胡惟庸以亲家的身份来拜访他时,他佯装拉肚子。他让家人告诉胡惟庸:"我现在是腹泻重症患者,不能见客。"胡惟庸此时才相信世界上真有"人情冷暖"这回事,不过他一定要见到李善长,因为他要和李善长说的事,不仅仅对他本人重要,对李善长也同样重要。

他让人给李善长透露信息说:"亲家,可还记得你为何能重新被起用?"

李善长当然记得,朱元璋想削中书省的大权,因此才将李善长和李文忠强行插入了中书省。胡惟庸的意思是:你的任务就是干掉中书省,如果中书省的长官——我胡惟庸——没了,你觉得自己逃得过"狡兔死、走狗烹"的下场吗?

李善长听懂了胡惟庸话里的意思,对此不以为然。但他最终还是和胡惟庸见面了,倒并非被他的话说动,而是看在双方是亲家的情分上。

胡惟庸一见到他,就单刀直入地问:"你还想如当年一样'被退休'吗?"。

李善长装出对权力漠不关心的样子说:"这次如果不是皇上三番五次要我回来,我才不回来呢。"

胡惟庸一语戳破他伪装出的嘴脸:"皇上的圣旨上午到,你激动得中午连饭都没有吃,就跑回了京城,这怎么说?"

李善长憋得满脸通红,胡子也抖动起来。胡惟庸又提醒他:"皇上现在是咬住我不放了,如果我被干掉了,那安徽帮离土崩瓦解也不远了,你这个创始人也跟着完蛋。况且,你我是亲家,即使你说咱俩没有勾勾搭搭,你认为皇上能信吗?"

这番话触到了李善长的痛点,自从朱元璋开始咬住胡惟庸后,他就不停地寻觅对策。他本来以为胡惟庸本人可以搞定这些事,但随着朱元璋的网收得越来越紧,他知道,胡惟庸大势已去。后来,他干脆寄托于奇迹,希望皇上某天早上醒来,突然变得敦厚善良,放胡惟庸一马。在这种自欺欺人的自我暗示下,李善长每天都过得很不错,如同生活在一个封闭的富贵屋中。此时却被胡惟庸这个傻子踢开了窗子,惨烈的现实之光照进来,李善长感觉到这光要将他熔化了。

他只好问胡惟庸:"我能为你做什么?"

胡惟庸说:"如今只有你和李文忠最受皇上器重,你去向皇上说情,求他放过我。"

李善长闭目沉思许久,问胡惟庸:"条件呢?"

胡惟庸一愣:"什么条件?"

李善长用一根手指敲击桌面："想让皇上放过你，你总得出点条件吧。"

胡惟庸想了想，伸出一根手指："一年的赋税。"

李善长"嚯"了一声，惊异道："你好有钱，看来这几年收成不错啊。"

胡惟庸有点脸红，李善长却说："皇上要的不是这个，他想看到的，是你主动辞职。"

胡惟庸腾地站了起来："不可能！"

李善长无奈地摇了摇头，也站起来说："那我也没有办法了。"

胡惟庸许久不说话。他不是对权力有多大的欲望，而是已经和权力融为一体，他就是权力，权力就是他，让他放弃权力等于让他放弃生命。

空气渐渐凝固，胡惟庸终于打破了这沉默，说："那我考虑一下吧。"

李善长说："尽快决定，时间不等人，皇上更不会等你！"

胡惟庸走在回家的路上，心情极度复杂。他一会儿觉得告老还乡也不错，一会儿又觉得如果告老还乡还不如去死。在这种纠结的状态中，他突然问了自己这样一个问题："我为什么会走到这步田地？！"

他明明和朱元璋的关系很好，而且长期以来，朱元璋对他似乎也很信任。他在中书省拉帮结派的行为早已有之，为什么朱元璋之前不对他动手，而是忍受了他这么些年？难道这是朱元璋的诡计，要他灭亡前，先让他疯狂？难道朱元璋早就知道他胡惟庸不是好鸟，之所以没有提前搞他，只是因为时机未到？那么这个"时机"又是什么？

当胡惟庸想到这里，脑海中浮现出他经常召开同党会议的情景：人山人海，比大臣上朝时还要热闹。他不禁打了个冷战：朱元璋这个老贼，是让我引出对他不忠的人，然后一网打尽啊。搞来搞去，我胡惟庸只不过是个药引子！

倘若真是这样，那他唯一的生路也只能是如李善长所说，辞职回家。至于发动军事政变，那简直就是天真无邪的孩子的想法。皇宫重地，戒备森严，禁卫军中没有一个人是他胡惟庸的人，发动军事政变根本就不可能。

他突然释怀了——对权力释怀了。他决心用几天时间好好思考一下，到底是权力重要，还是老命重要。他觉得自己肯定能得出最佳答案，如果不出差错的话，一年后的今天，他大概在老家喝茶遛狗，美女如云、财宝如山，过着神仙般的日子。

他很高兴，在轿中还笑了一下。

结果，他没有机会做出任何决断，意外发生了——他的儿子在一次京城飙车比赛中死了。

大明帝国初年的南京城有很多娱乐项目，官二代们的娱乐项目除了一些普通的吃喝嫖赌外，还有一个引人入胜的项目，那就是飙车。

官二代们会挑选最好的马匹和最好的马车，用最好的车夫来驾马。胡惟庸的儿子小胡就特别喜爱这项运动。他们经常利用父母或是自己的权力封锁一条街，然后也不需要自己动手，只要用鞭子抽打车夫，让他驾车飞奔即可。不过在胡惟庸焦头烂额的那段时间的某天，小胡的车夫没有把控好车子，导致翻车，小胡被车子砸到，当场死亡。

京城地方官急忙封锁消息，然后通知胡惟庸。胡惟庸泪眼婆娑地来到现场，看到儿子被砸成肉饼的尸体，痛不欲生。他一扭头，突然发现车夫居然没死，当场下令将车夫格杀。

换作平时，这是一件小得不能再小的事：宰相的儿子死了，宰相杀个车夫，和呼吸一样正常。可现在情况不同了，朱元璋一直盯着胡惟庸,终于找到了这个借口,于是他马上下令,让胡惟庸解释这件事:按照律法,胡惟庸在杀车夫之前应该先上报有关部门,但胡惟庸没有。

胡惟庸还没有反应过来,调查员就已登门,控制了胡家上下,讯问胡惟庸。胡惟庸正处于丧子之痛中,懒得搭理审讯官。审讯官很恼火,回报朱元璋说:"胡惟庸桀骜不驯,不尊重皇帝的使者。"

朱元璋暴跳如雷,下令彻查飙车事件,重点调查对象自然是胡惟庸。胡惟庸从丧子之痛中略醒转后,也没觉得这件事有多严重,大不了写个检查也就是了。

可他的生命已进入了倒计时,他儿子的死只不过是阎罗王发出的请帖,请帖已到,他不能拒收。检查还没有写完,一个让他五雷轰顶的消息传来:涂节背叛了他,在朱元璋面前告他谋反!

胡惟庸之死

涂节对胡惟庸的背叛,源自他对胡惟庸的失望。他始终认为胡惟庸应该发动军事政变,可胡惟庸却瞻前顾后,迟迟不动。身为领导,在危急时刻必须斩钉截铁,绝不能坐以待毙。但是涂节不知道,并不是每个人都想、都有能力造反。

涂节向朱元璋告发胡惟庸要谋反时,朱元璋根本没有听完,就兴奋地大叫一声:"啊哈,赶紧给我拿下!"

胡惟庸就这样稀里糊涂地被拿下了,一百余人被其牵连,全部投入大牢。起初,胡惟庸还在监狱中大喊冤枉,但等他喊得声嘶力竭后,猛然间平静下来。他好像突然看破了红尘,忘却了多年来为权力、为国政付出的操劳和痛苦。他的内心一片宁静,所有世俗的杂声全部离他远去，耳边传来的只有监狱中臭虫的呼吸，还有他自己眨眼时发出的"嘎吱"的声音。

一千多年前，大秦帝国的宰相李斯被推上斩首台时，曾对他的儿子说，"我多想出东门去遛狗啊。"这是一种失去权力后，在生命将尽时的醒悟与遗憾。大明帝国的宰相胡惟庸却没有这种醒悟和遗憾，他有的只是一种莫名其妙的连他本人都感到不寒而栗的平静。

朱元璋在深宫中，抚摸着自己那张下巴凸出的怪脸，也感觉到了莫名其妙的平静，他仿佛身处于宇宙中还没有产生时间的地方，一切都停滞了。为了证明他仍然拥有权力、证明他的帝国真实存在，他下令："把胡惟庸带来。"

立即有人回复他："遵旨。"

他又突然下令："不用了。"

马上有人回复他："遵旨。"

朱元璋很满意，他的权力还在，胡惟庸也还在，只不过是在他所建立的大牢中。当胡惟庸在大牢中大脑一片空白时，朱元璋的脑子却开始了飞速运转，他一直想不明白一件事，那就是，他的权力到底是从哪里来的。

开始时，他认为自己的权力是从兵强马壮中来的；后来，他则认为自己的权力是从兄弟们的支持下来的；再后来，他认为自己的权力是从天下百姓中来的；不过现在，他隐隐约约地觉得，权力来自天意，而天意在民心，权力来自民心，更来自天意。

想明白这个问题后，他才想通，为什么他可以轻易地干掉胡惟庸，而不是被胡惟庸干掉。因为胡惟庸的权力不是来自天意，而是来自他。

想到这里，朱元璋伸了个懒腰，然后下令："带胡惟庸来见我。"

下面的人马上回答他："遵旨。"

但他马上改变了主意,说:"带我去见胡惟庸。"

下面的人立即回答他:"遵旨。"

他来到了阴森的牢房——但这里不是刑部大牢,而是即将成立的锦衣卫的大牢。在朱元璋的设想下,锦衣卫直接受命于皇帝,而这大牢就是皇帝在政府之外行使无限权力的法外之地。

胡惟庸住的是单间,虽然异常黑暗,可朱元璋还是仅凭肉眼就看到了身穿白囚服的胡惟庸。他已老得不成样子,好像一天就老了一千岁,比水里和陆地上任何一种动物都要苍老。

朱元璋让人拿了个小凳子,就在铁栏杆后面坐了下来。但是,胡惟庸没有理他。朱元璋坐了一会儿,觉得很无聊,就让人把陈宁也带来。在胡惟庸面前,朱元璋让陈宁揭发胡惟庸的谋反罪状。陈宁止不住地大笑,并且重点指出:"如果我们真谋反,现在坐在牢房里的应该是你吧。"

朱元璋觉得陈宁这人油嘴滑舌很讨厌,下令把他的嘴巴缝起来,然后要他交代谋反的情况。陈宁当然交代不出了,于是朱元璋转头对胡惟庸说:"这人藐视皇权,凌迟处死吧。"

胡惟庸一句话也不说,表现得相当平静,平静得让朱元璋暴跳如雷。朱元璋在监狱里待了一会儿,觉得很扫兴,悻悻而走。

第二天,他在朝会上宣布胡惟庸等人谋反,立即处死,并抄家。正当众臣还未从惊讶中醒转时,他又宣布:"废除中书省。"

自秦始皇嬴政统一中国后,就和李斯琢磨出了一套中央集权的治理模式。在这个模式中,皇帝是国家的象征,也是国家的代表,更是国家的第一人,而皇帝之下还设置政府,政府的首脑就是丞相。丞相的主要责任是帮助皇帝处理国家大事,为国家设计各种治理模式,同时管理着具体的政府部门(如隋唐时设立的吏、户、礼、兵、刑、工)。历朝历代的皇帝对宰相这个政府首脑是又爱又恨：一方面，宰相如果想谋权，简直易如反掌，因为他手中的权力可以让任何政府部门的主管领导言听计从；另一方面，皇帝和政府部门的分级领导见面的机会很少，唯一能接触的政府部门领导只有丞相。所以，在皇帝看来，这个丞相的人选是重中之重。

但无论皇帝和丞相闹成了什么样，即使有皇帝想过和试过废掉丞相，却从来没有如朱元璋这样胆大包天，直接废掉丞相的权力源泉——中书省。这等于什么？等于一个国家把自己的政府给干掉了！

朱元璋也许是心累了，自从他称帝以来，中书省的宰相没有一个让他省心的，他把大部分精力都耗费在这上面，这让他感到痛苦。他废掉中书省，是一件开天辟地的大事。任何人做出的任何一件大事，背后可能都有其非做不可的理由。朱元璋废掉中书省就是证明。

中书省被废掉后，中书省的权力被平均分配到了六部（吏、户、礼、兵、刑、工），六部直接向朱元璋负责。朱元璋现在的职务不但是皇帝，而且还是六部领导小组的组长。为了抓住全部的权力，朱元璋真是脑洞大开，让人叹为观止。

可过了不久，朱元璋忽然发现事情不对：六部本来递交给中书省的文件，现在全部堆积到了朱组长的案头，朱组长连睡觉的时间都没有了。他又燃烧脑细胞，想出了另一个主意：找几个秘书来替自己工作。

这几个秘书组成了秘书班子，他们虽然级别极低，但由于接近权力魔杖皇帝，很快就变得举足轻重。明王朝后来的特产——内阁——即将诞生，内阁第一秘书被称为首辅，虽然没有宰相的头衔，却有着宰相的权力，如果皇帝懈怠了，那内阁首辅就成了权倾朝野的实质宰相。

胡惟庸案一开始只是1380年一个很平常的案件，而且并未牵连无辜，比如胡惟庸的亲家李善长，朱元璋只是把他叫来训斥一番，就不了了了之。胡惟庸事件真正成为明初的大案，还要等许久，久到许多人都认为这件事就这么过去了。可有些睿智之人却从宋濂身上看到，胡惟庸案只是刚开始。

宋濂是和刘伯温齐名的饱学智慧之士，一直担任着朱元璋的秘书工作，朱元璋建国后，宋濂靠着深厚的儒学功底，成了朱元璋太子朱标的首席教师。

胡惟庸案爆发时，朱元璋从胡惟庸的党羽中揪出了宋濂的亲戚，而当时宋濂已退休在家。朱元璋却一口咬定宋濂和胡惟庸谋反有关。在太子朱标的苦苦哀求下，朱元璋才勉强放了宋濂一条生路，将其发配到了偏远的南方。宋濂年纪一大把，根本无力抵达发配地，无奈地死在半路。

朱元璋对任何人都绝不宽恕的态度，众臣早有见识，可还是想不明白：为何连一个糟老头子宋濂也不放过？或许只有一个原因：当时牵连进来的人实在太少，特别喜欢杀人的朱元璋还没有尽兴。所以，不管是宋濂还是其他人，只要是和胡惟庸有瓜葛的，全部都要杀掉。

这预示着，血腥的大风暴即将来临了。只不过，这场大风暴还在地平线下面。但该来的，肯定要来。

朱亮祖案

朱亮祖是第一个被朱元璋亲手处死的明代功臣，所谓亲手处死，就是朱元璋亲眼看着朱亮祖被活活打死。朱亮祖原本是元王朝的义军首领，曾多次击败朱元璋和他的战友，最终被朱元璋活捉，选择了投降。

1370年，朱亮祖被封永嘉侯，被赐予了丹书铁券，这玩意儿是最高级的政治待遇，只要不犯大错，丹书铁券能保当事人一辈子平安无事。问题是，这玩意儿的解释权没有写入法典，而是在皇帝手中。如果皇帝说你该死，那么丹书铁券就成了一块废铁。

朱亮祖在1379年被派到了广州，成为了当地的第一军政官。从此他的厄运与广州紧紧相联。

当时广州的行政长官是道同，道同是蒙古人，蒙古人的溃败太过迅速，使得许多在南方的蒙古人根本没来得及北逃，都留在了当地。朱元璋建立明帝国后，将一些蒙古官员纳入行政系统，成为大明帝国的中下层官员，道同就是这类人中的一个。

道同是个"一根筋"，在广州执法时，刚直不阿，常常得罪当地的权贵。于是这些权贵联合起来，向朱亮祖控告蒙古人道同。朱亮祖大概是那种忘恩负义的人，虽然他当年也隶属元王朝，但现在却当了新王朝的永嘉侯，所以对前朝的蒙古人道同极端轻视。

道同也不是好惹的，具有蒙古人神挡杀神、佛挡杀佛的气质，所以他和朱亮祖的矛盾渐渐白热化。某次，道同捉了一批违法乱纪的权贵，刚关进监狱，就被朱亮祖释放了，因为这批违法乱纪的权贵中，有朱亮祖的大舅子。

道同对此怒不可遏，但他又想不到好办法对付朱亮祖，只能把希望寄托在南京城中的皇帝朱元璋身上。他给朱元璋上奏折，如实汇报了朱亮祖在广东的违法乱纪行为。他以为这奏折只要一上去，朱亮祖非倒霉不可。可先倒霉的却是他。

道同的奏折刚刚发出，朱亮祖和他儿子朱暹就抢先下手，命人写了一道指控道同的奏折，快马加鞭地送到南京。朱元璋收到朱亮祖的奏折后，大发雷霆，认为蒙古人冥顽不灵，下令将道同在广州就地处决。道同冤死后不久，他的奏折也抵达了南京，这是朱亮祖的失误，他没有来得及把道同的奏折半路拦截。

朱元璋拿到道同的奏折后，气得鼻子都歪了。他还是能分得清谁是谁非的，想不到身为侯爵的朱亮祖居然是个地痞无赖。当然，他的大臣和朱亮祖也是一丘之貉，只不过朱亮祖最先暴露而已。

实际上，朱亮祖包庇犯罪分子的行为，充其量属于刑事犯罪，与胡惟庸的政治犯罪有天壤之别。若是换作别人，只不过申斥一番也就罢了。可朱元璋坚决不允，原因有二：第一，朱元璋经历过腐败的元朝，最痛恨的就是官员徇私舞弊的行为；第二，他中了朱亮祖的奸计错杀了道同，这让他觉得朱亮祖把他当成了白痴。

朱元璋的鼻子还没有彻底正过来，就下圣旨令朱亮祖、朱暹父子进京面圣。朱亮祖好像预感到大事不妙，特意把丹书铁券揣到南京。

朱元璋就当着众大臣的面，把道同指控朱亮祖的罪行让人一一读出。每念一条罪行，朱亮祖、朱暹的后背就会中一鞭子，鲜血淋漓。罪状还没有读完，朱暹已经身亡，朱亮祖虽然比儿子老了很多，却有一股硬气在，他忍受着剧痛，对朱元璋说："臣有丹书铁券。"

朱元璋咆哮道："你要是无罪，丹书铁券就有用；你若犯了罪，丹书铁券就没用。"

朱亮祖也被活活用鞭子抽死，在场的大臣吓得冷汗直冒。整个朝堂如同得了一场瘟疫，而朱元璋就是那个瘟神，好像没有人可以躲过他。可朱元璋自己却常常在夜深人静时沉思这样一件事：为什么在严刑峻法下，仍然有官员作恶？他们是真的不怕死，还是心存侥幸？事实证明，人人都怕死。那么，作恶的官员就是心存侥幸。可他们为什么就认为作恶不会被人知呢？

到底是人性的扭曲还是道德的沦丧？到底是制度的问题还是人的良知泯灭了？

这个问题的答案，朱元璋永远都无法得到。因为中华帝国两千年来都是自上而下的政治：皇帝和中央政府高高在上，发布各种政令，然后向全国各地一股脑地铺展开去。这就说明，中华帝国的根本权力在中央，地方上只有执行命令的权力，而无其他任何权力。当地方有事时，地方官第一时间想到的，不是赶紧宣布进入紧急状态，而是为了让皇帝安心，要么欺瞒，要么拖着。直到把小事拖成大事，然后再装模作样地把大事风风光光办掉。

朱元璋在惩治腐败上还算能发动群众，懂得让最底层的人向上反馈，可这也只是心血来潮的一时举措而已，根本不会写入制度中。因为没有完善的制度，所以地方官员只需要对上面负责，根本不会顾忌下面人的想法。相反，为了保证自己的权力，他们会千方百计堵下面人的嘴，下面的人自然就没有机会向上面的上面报告真实情况。这就导致看似一片和谐的帝国，其实如同堵塞的下水道，从下到上的通道被堵死了，真实的信息全掌握在少数人手中，看似平静，却是一潭死水。在这种情况下，皇帝手下永远都是一群"狗官"，他们听信朱亮祖这种人的一面之词，对事态的发展置之不理，等皇帝得知真实情况时，局势已经恶化了。

朱元璋为什么要把朱亮祖活活打死，就是因为他不能阻止这种情况的发生，也找不到切实有效的办法，只能通过残酷地杀人来震慑百官，当然也是发泄怒气。所以，当时的大明帝国就上气不接下气，苟延残喘，只靠着民族的忍辱负重和吃苦耐劳，支撑着这座破败的大厦不倒。该贪污的贪污，该欺上瞒下的欺上瞒下，没有人为皇帝和中央政府分忧，因为你的忧虑，根本到达不了皇帝和中央政府那里！

这一点，朱元璋永远都不会明白，这不是因为他的智慧不够，而是这种制度对于统治者而言，太有效果、太实惠了，他潜意识里拒绝思考里面存在的问题。

抽死朱亮祖后，53岁的朱元璋和众臣讨论，怎样才能让功臣们遵守国家法律。他觉得现在的大明帝国，人民是好的，只有那些功臣不太好。有人就敏锐地提醒他，国家还未完成彻底统一，在这种时候让他们循规蹈矩，不是什么好思路。

朱元璋思索了半天，也没想好怎么处理功臣。在某次宴会上，他看到李文忠、蓝玉等高级将领大碗喝酒、大口吃肉，还划拳猜令，场面极度和谐。不过就在这和谐背后，朱元璋产生了一股隐忧：文官集团的胡惟庸才死没多久，武官们就没有感到一点不安吗？前几天被活活抽死的朱亮祖，骨头还未腐烂呢，这些人就忘了？

当然没有忘。他们之所以没有表现出担心的样子，是因为他们跋扈地认为：皇上拿自己没办法！

死因成谜的李文忠

在朱元璋的亲戚中，有两个人最能打仗，而且不是一般的能打：一个是他的侄子朱文正，另外一个就是他的外甥李文忠。朱文正当初守江西南昌，迫使陈友谅在鄱阳湖和朱元璋决战；而李文忠在军事上的贡献更大于朱文正。

李文忠很早就跟随朱元璋了，朱元璋在滁州崭露头角后不久，李文忠就投靠于他。之后，在各大战役中，都有李文忠的身影，他凭借出色的军事才能和对朱元璋毫无私心的忠诚，以火箭般的速度飞升。朱元璋建立明帝国后，北伐元王朝的战役开始，李文忠又在北方战场屡立奇功，朱元璋甚至说，李文忠之功不在北伐军总司令徐达之下。

李文忠不但在军事方面才华横溢，在政治方面也是独具慧根：朱元璋在和中书省的几个宰相斗智斗勇时，李文忠就多次提出把他弄进中书省，让他去摆平那些个宰相。朱元璋起初觉得中书省已经乱成一锅粥了，再让李文忠进去，中书省非鸡飞狗跳不可。直到胡惟庸案爆发的两年前，他才终于同意李文忠和李善长同时进入中书省担任要职，其职能相当于宰相。

可李文忠向来自诩的政治才能还没来得及展露，胡惟庸就被朱元璋干掉了。当时担任帝国军事部门大都督府一把手的李文忠认为属于他的政治时代终于来临了，就迫不及待地向朱元璋请求由来他兼任中书省左丞相。

朱元璋让他不要胡思乱想，因为他觉得中书省是个不祥之地，决心不要了。废掉中书省后，李文忠还没有反应过来，紧接着他的大都督府也被废除。朱元璋将大都督府分为五部分，称为"五军都督府"。每一府都有一名长官，直接对皇帝负责。

李文忠的权力瞬间被削弱了，这让他极不舒服。不过舅甥关系还算融洽，李文忠依然受到朱元璋信重。当时，全国各地已开始出现官逼民反的叛乱，李文忠还亲自带队跑到甘肃洮州去削平了少数民族的造反。

1382年，李文忠凯旋后，朱元璋还特意找他谈话，说："为了稳固老朱家的江山，朕想设置特务机构锦衣卫。"李文忠对朱元璋说："您废中书省、大都督府和御史台，如今又要设置锦衣卫，不知天下人怎么想？"

朱元璋很生气地说："你不觉得有些狗官就是不老实吗？正经的国家机构怎么能搞得定他们。我设置锦衣卫，就是希望用非常手段来处理非常之官，让他们老老实实为人民服务。"

李文忠当然明白锦衣卫是个什么组织——它是独立于政府之外的直属皇帝的组织，它可以绕过国家法律，直接对犯罪嫌疑人进行审讯、判决和处决。这种机构，如果掌控在好人手中还好；但如果被坏人利用，那将是灾难。

于是他自告奋勇地推荐自己说："我愿意当这个负责人，为您分忧解难。"

朱元璋摆手说："你误会了。你干了一辈子打打杀杀的工作，也累了，该歇歇了。我有个好工作给你——你去国立大学（国子监）当校长吧。"

李文忠恨不得骂娘，但皇上可是他娘的兄弟，这种娘还是骂不得的。李文忠很不开心地走后，朱元璋陷入沉思：对于李文忠，他是心怀感激的，如同对徐达、常遇春这些为他出生入死的将军一样，他视李文忠为大明的支柱。不过和对徐达、常遇春等战将的态度不同，李文忠让他有种说不清的焦虑感。

李文忠是武将中的政治天才，也是政治天才中的无敌战将，这样文武双全的人，朱元璋对其心怀忌惮。所以他把李文忠安排到一个大学校长的位置上，其实是想让他安享晚年。问题是，李文忠此时才四十多岁，离晚年还早着呢。

他在皇宫中胡思乱想时，李文忠回到自己家中，也开始胡思乱想。想来想去，他就想到了"飞鸟尽，良弓藏"这样的句子。不过，他的性格让他从不会杞人忧天，所以只想了一会儿，就跑去读书了，他要为下一个职务——国子监一把手——预习功课。

李文忠在家里温习功课时，朱元璋迎来了一位从遥远的大西南来的客人，她就是贵州宣慰使奢香夫人。朱元璋在建国后就开始觊觎控制着云南的蒙古人，而若要进入云南，有一条捷径就是贵州。所以在解放贵州后，朱元璋千方百计维护着与贵州人的关系。

奢香夫人是当地土著，朱元璋派去的官员飞扬跋扈，瞧不起当地土著，时时刻刻想着逼反奢香夫人，然后通过镇压她来获得丰厚的回报。可奢香夫人有高度的政治智慧，她并没有中计，而是亲自跑来南京面见朱元璋，说出她和明帝国官员的矛盾。

朱元璋告诉她："朕可以为你出这一口气，干掉那个官员，但你能为我做什么？"

奢香夫人回答："我愿意为您发展交通，促进贵州和中原地区的联系。"

朱元璋想了想，没有立刻回答。后来他去国子监转悠，遇到李文忠，把这件事说给他听了，并且问他："用一个帝国的官员换一条进入贵州的路，合适吗？"

李文忠不假思索地回答："如果是狗官，合适；如果是清官，不合适。"

朱元璋说："我看这个官员八成是狗官。"

这次聊天后，朱元璋对奢香夫人说："我答应你的条件。"

奢香夫人回到贵州后，发现那名官员真的不见了，不知是朱元璋把他宰了还是把他调走了。奢香夫人为了兑现诺言，开始在贵州各个交通要道修建驿站，这就是闻名中国的"龙场九驿"——龙场驿、陆广驿、谷里驿、水西驿、奢香驿、金鸡驿、阁雅驿、归化驿和毕节驿。

龙场驿在1508年迎来了一位戴罪的驿站负责人，他后来在此创建了一门学说，最著名的观点就是"知行合一"，后人追溯这门学说为"阳明心学"。这个人就是王阳明。

无论是朱元璋还是李文忠，当然不会预料到因为自己的一个决定，而导致了一代宗师的出现。李文忠在国子监待得越来越无聊，奢香夫人离开南京不久，李文忠居然生了病。

朱元璋派淮安侯华中（淮安侯华云龙死后，儿子华中袭爵）来照顾李文忠，这是一种很奇怪的行为，李文忠不明白为什么朱元璋还要特意找个人来照顾自己。

李文忠得病的那段时间，朱元璋总是派人来询问，听到李文忠病情加重，就脸色平静；听到李文忠好转，依然脸色平静。

1384年阴历三月，南京城时隔多年下了场小雪。李文忠卧病良久，心情烦闷，因此想去雪中散步，散散心。可他走着走着，突然吐出一口老血，倒地而亡。

朱元璋听到消息后，号啕大哭，哭得特别舒畅，好像把多少年积累在心里的沉重一泻而尽。等他哭完了，突然对锦衣卫下令说："李文忠死得很蹊跷，你们给我彻查华中。"

华中在锦衣卫"苦口婆心"的审问下，终于说出实情：他在李文忠的药里又添加了一种药，后人称为毒药。

朱元璋痛苦地流下眼泪，下令废掉华中的爵位，将其发配到边远山区，又把诊治过李文忠的七个医生全部处决。

这件稀里糊涂的李文忠暴死案，就以朱元璋快速破案而结束，没有人知道李文忠到底是怎么死的。

说朱元璋杀了李文忠，缺乏证据和动机，因为李文忠已经被他剥夺了全部权力；说他没有杀李文忠，那他之后处理此事的手段又为何给人一种杀人灭口的感觉？朱元璋是不是担心，李文忠虽被剥夺了全部权力，可影响力还在，生怕他威胁到太子朱标的位置？

真是迷雾重重的李文忠案啊！

一封实名举报信

1385年正月,受气温反复的影响,朱元璋得了一次小感冒,喷嚏不断。后来感冒渐渐好转,但仍然时不时打喷嚏。按照民间的说法,没啥事打喷嚏,说明有人在念叨你。

朱元璋对这种解释不以为然,毕竟念叨他的人实在太多了。被他杀死的那些人肯定在另外一个世界念叨他的坏;天下百姓呢,肯定在念叨他的好。但是,随着他的喷嚏打得越来越多,而且症状越来越严重,他改变了之前的想法,他觉得国家的某个地方一定有什么冤情,他之所以打喷嚏,是百姓在向他伸冤。

果然如他所料,有个太监偷偷告诉他:"按察使司(北京地区公检法部门)官员赵全德、布政使司(经济部门)的官员李彧和户部侍郎(民政部副部长)郭桓等人,徇私舞弊、侵吞官粮。"

朱元璋对这种贪污行为向来高度敏感,听闻此事,他马上做了两件事:第一,他停止了打喷嚏;第二,他下令审讯那个告密的太监。

告密的太监本想在朱元璋面前邀功,想不到反而把自己搭了进去。在严刑拷打下,他终于说出实情:这么多年来,政府官员始终和他保持着密切的联系,他偶尔会给他们提供一些宫内的消息。这让朱元璋气得七窍生烟:"我千防万防,想不到身边居然出了内鬼。"

杀掉那个太监后,朱元璋颁布命令:从今以后,内臣(太监)不得干政。这是朱元璋对太监采取的最严的措施,但遗憾的是,他的这条命令并没有发挥作用。在他死后不久,他的儿子朱棣造反成功了,而朱棣的成功正是源于南京城内无数太监给他投递信息。为了报答这些太监,朱棣大力重用他们,为明代"宦官之祸"的发生埋下了伏笔。

1385年初的朱元璋可没有想到,他的帝国后来会被太监主导。大明帝国几乎就是间接亡于他看管最严的太监手下，太监成了朱元璋的"黑天鹅"。

朱元璋当时最关心的其实还是太监的告密内容，正当他准备展开秘密调查时，监察官员余敏突然上书，实名举报郭桓利用职权，勾结六部众多官员贪污。在这封实名举报的信中，余敏将郭桓为首的贪污官员群体之罪状列举如下：

一、侵吞江苏太平、镇江等府的赋税；

二、侵吞浙西的秋粮：应上缴450万石，户部却只有200万石的记录；

三、征收赋税时，巧立名目、中饱私囊，比如陆运交通税、水运交通税、仓库税、装卸税、拜佛税等。

余敏同时还指出，以郭桓为首的贪污集团为了增加粮食的重量，居然在粮食中掺水，导致整个仓库的粮食统统变质无法食用。这种"创造力"把朱元璋气得死去活来。

他说："一个官员如果把这种投机取巧的聪明，用到'亲民'上，那该多好！为什么这些人专干坏事，却没有良知呢？"

太监的告密和余敏的实名举报，让朱元璋发现郭桓这个人不简单：他既能和北京方面的布政使司勾结，又能侵吞江苏浙西的粮食，这足以说明，其他地方的布政使司也干净不到哪里去。

他决心要以郭桓这件案子，血洗官场。

于是朱元璋开始重新审视郭桓这个人。郭桓是户部侍郎，主管税收。在1380年前，税收的重头工作放在中书省，因为六部是归中书省管的。但在胡惟庸被杀后，中书省被废除，税收这项权力就给到了户部。人人都知道，管钱的部门肥得流油，俗话说"有钱能使鬼推磨"，户部就渐渐成了地方官员争相献媚的一个中央部门。

郭桓私下能和各个地方的布政使司建立友好的关系，发动大家一起搞贪污，原因就在于此。朱元璋审视到这里时，他突然明白了一点：只要权力在哪里，哪里就是贪污腐败的重灾区。只要权力能被分配，就永远不能避免这种恶果。

根据余敏的举报，朱元璋发现：整个六部，甚至在监察部门中恐怕都有郭桓的同党，所以，他不想让大理寺的人来审查此案，而是让他在1381年建立的用于监控大理寺的审刑司来负责此案。

审刑司主管吴庸觉得荣华富贵在向他招手，在接到朱元璋的命令后，他感动得痛哭流涕，在朱元璋面前拍着胸脯说："我一定会把这个案子办好、办大，办成本朝第一大案！"

这当然符合朱元璋的心意，于是，郭桓案正式开办。

吴庸曾在锦衣卫短暂任职，通晓如何把小案办成大案，把轻案办成重案，而且不会留下任何冤枉他人的痕迹。他的办案方式也很简单：抓住主犯，用酷刑逼迫主犯牵连出他人，再用酷刑让主犯牵连出的人再牵连出他人。这就很像是"瘟疫"：一个传两个，两个传四个，四个就能传染十六个，只要审讯官不宣布审讯结束，案子就永远不会结束。

吴庸敏锐地察觉到，朱元璋特别喜欢把一件小案办成大案，然后集中力量搞大案，牵扯进来的人越多，朱元璋就越高兴。

揣摩完毕圣意后，吴庸就开始了他的审讯工作。他轻而易举地撬开了郭桓的嘴巴，通过郭桓之口，江苏按察使司被牵扯进来，同时涉案的还有礼部尚书、刑部尚书、兵部侍郎、工部侍郎等各部级领导。

在给朱元璋的报告中，吴庸认定，这些人合谋贪污的粮食多达240余万石。他在报告之前询问过户部人员，这个数字差不多是大明帝国一年粮食财政收入的十分之一。用今天的算法，240万石约等于7亿人民币。

朱元璋瞠目结舌。他简直不敢相信，在这么多年残酷的反腐之下，竟然还有人敢如此大胆。不过他忽然又想到一个更可怕的问题：一个江苏地区的布政使司就能给郭桓提供240万石的贪污巨款，那帝国有12个布政使司，这就是2400万石，这已超出大明帝国一年在粮食上的全部财政收入了！

吴庸对朱元璋如此大开的脑洞叹为观止。如果按照朱元璋的思路，这个案件肯定会走向扩大化，因为240万石的粮食绝不可能全部来自地方上的布政使司。布政使司的粮食从哪里来？一定是从市一级来，市一级则从县一级来。那么，以此类推，朱元璋如果真要采取没有边界的扩大化，恐怕连乡里的妇联主任都会被牵连进来。

朱元璋对吴庸说："好好地办，严厉地办，该杀的杀，不该杀的，只要和本案有关，也杀。"

吴庸乐不可支地开始执行，最先倒霉的肯定是郭桓，他与朋友礼部尚书赵瑁等高级官员被执行了"弃市"（在人众集聚的闹市，对犯人执行死刑，以示为大众所弃的刑罚），六部的侍郎以下官员也几乎全部被处死。这样一来，1384年的明帝国六部，竟只剩下了一个尚书、两个侍郎，至多还有个办事员，其他人全部被朱元璋和吴庸送入地狱。

这还没有结束，而只是刚刚开始。

追赃：消灭富户

在搞定了中央级别的官员后，朱元璋和吴庸开始把目光瞄准地方，布政使司——全国12个布政使司，在劫难逃。

郭桓案结束后不久，朱元璋向全国发布《大诰》。在《大诰》中，朱元璋把他的想法说给了天下人听：英明的君主在惩治贪污腐败案时，必然追求除恶务尽，也就是要寻找到贪污腐败的源头。郭桓案是贪污受贿，那就必须追查到赃款的来龙去脉。从中央六部长官到各布政使司的长官（布政使），再到各府的长官（知府），再到各州的长官（知州），再到各县的长官（知县），再到属民，只有这样一路追查下去，才能找到腐败的源头，才能从根子上斩断腐败，让滋生腐败的土壤不再出现。腐败的人固然可恨，但行贿的人更可恨，所以都要一视同仁：杀。

吴庸担任追赃小组组长，从六部长官开始，一直追查到地方布政使，布政使司只好按照吴庸提供的数字拿出钱来。但不是每个布政使都有钱，所以布政使又去其所管辖的知府那里要钱，知府就去知州那里要钱，知州又去知县那里要钱，知县只好搜刮百姓，可百姓也没有钱，而且该交的税粮都已经交完了，凭什么又让他们交？于是，百姓开始暴动。

吴庸一看形势马上就要不受控制，急忙改变了策略，不允许知县搜刮百姓，而是去搜刮当地的富户。因为很少有富户不给知县行贿的，所以他们此时也是有口难辩，只好咬着牙砸锅卖铁给上面送钱，希望能渡过这个难关。

在经过了两个多月的"追赃"后，大明帝国境内大部分富户全部破产。但他们最多只是破产而已，并未失去性命；那些官员可就倒霉了，好不容易把吴庸索要的钱物送上来，却还是被吴庸缉拿归案。

朱元璋对吴庸下令："凡是官员，一经查实和郭桓案有关，立即处决。"

为了震慑官员，朱元璋把凌迟、枭首、族诛、弃市等刑罚用了个遍，甚至还恢复了刖足、斩趾、去膝、阉割等早被废除的酷刑，同时又发明了断手、剁指、挑筋等前所未有的酷刑。

幸亏郭桓死得早，否则他肯定会被这些遭遇如此残酷刑罚的人痛恨，生吞活剥。吴庸无疑是能力超群的，仅仅通过一个郭桓，在短短的几个月里，让三万余人被牵连进来，悲惨死去。这不禁让我们怀疑：有时候，人的命运真不是掌握在自己手中的，而是冥冥之中注定的。

吴庸一开始在地方上杀官时，朱元璋还很兴奋，觉得吴庸办事效率很高；而且，随着追回的赃款越来越多，朱元璋竟然还有点懊悔，当初自己为什么没有更加重用吴庸？可随着时间的推移，死的人越来越多，朱元璋就觉得有点不舒服了。

当然，他不舒服的不是死了多少官——他是中国历史上唯一和官员有仇的皇帝，杀多少官，他都不会介意的。他觉得不舒服的是：怎么会有这么多官员参与了这件贪污案？！

是制度的问题还是人性的问题？

朱元璋没办法回答。

随着人头堆积得越来越多，他烦躁起来，询问吴庸："这些人临死前都说了什么，有没有对自己所做的事感到懊悔？"

吴庸是法官，不是心理专家，自然不会关心这些人的心理问题，他痛快地回答朱元璋："这些人上刑场时全都吓得尿了裤子，一句话都说不出来。"

朱元璋感到很遗憾，他告诉吴庸："要给那些悔过的人机会，至少让他们临死前留下懊悔的遗言。"

吴庸把下一批处决名单交给朱元璋时，附带了一份文件。文件是这批被处决的官员的悔过书，上面只有三个字：我错了。

朱元璋很高兴，但很快就又不高兴了，因为据吴庸所说，案子应该已经查到根上，再也没有漏网之鱼了。

朱元璋追问吴庸："你确定吗？好像还有很多官员呢！"

吴庸委婉地告诉他，再追查下去，恐怕整个大明帝国的官员都会死掉。

其实朝堂已经为之一空了。中央六部的官员加在一起还不到25人，他们集体上书朱元璋："停止吧，够了，如果再这样下去，那就真变成人人自危的瘟疫了。"

朱元璋清点了赃款，发现比之前预估的还要多很多，他很满意，于是下令停止郭桓案的追查。整个帝国的官员终于松了一口气。

为了防止以后类似的事情发生，朱元璋把记账的数字"一二三……"变成了"壹贰叁……"，一直沿用至今。当然，这不是他的发明，而是唐朝时候武则天的发明。郭桓案在短时间内的确起到了对贪污犯的震慑作用，可即使连始作俑者朱元璋都知道，这并不能长久。在他眼中，所有的官员都是隐藏的贪污腐败分子，甚至是谋反分子。

只有在这种把自己和官员对立起来的时候，他才会想起在郭桓案爆发前去世的徐达。徐达是他最有能力、最忠诚的战友。多年以来，徐达就像是他的影子，永远和他在一起。不过就在1384年初，徐达撒手人寰，空留朱元璋一人。

长期以来，徐达的死和李文忠的死都是个谜，有人认为是朱元璋导致了二人的死亡。徐达长年为朱元璋征战，功勋盖世，在朱元璋的政治圈中有着超凡的影响力。但是，徐达有自知之明，他很少过问朝堂之事，只专注于对外战争，这也让他规避了不少麻烦。

可问题是，在朱元璋的政治思维中，不是刻意规避就能证明自己是好人的，你的影响力才是你是好人还是坏人的关键。徐达的影响力太大，所以他极有可能是个潜伏的坏蛋。

据野史记载，当时徐达后背长了个疮，医生严正警告他，绝对不能吃蒸鹅。徐达同意了，而且还和朱元璋谈起此事，但朱元璋认为医生在胡说八道，因为蒸鹅和疮没有直接的关系。

徐达就和朱元璋说："还是听医生的话吧。我还想多活几年，为皇上您效劳呢。"

朱元璋拍着徐达的后背说："没啥事可以让你做的了，云南已被收复，蒙古人又退出了塞外，帝国欣欣向荣，你现在要做的事，就是好好养病。"

徐达感叹起来："我常常午夜梦回，想到当初咱们打天下时的那些战友，他们可都是咱们亲密无间的好朋友啊。"

朱元璋却冷汗直冒："的确。"

第二天，朱元璋就派人给徐达送来一只蒸鹅，并且让使者看着徐达亲口吃下。徐达以为朱元璋是神经错乱了，对使者说："我不能吃蒸鹅，皇上是知道的。"

使者坚定不移地说："皇上知道啊，所以才派我来送蒸鹅。"

徐达说："这就奇怪了，我不能吃蒸鹅，他却非要送蒸鹅给我吃。"

使者抽出宝剑，对徐达说："你是真糊涂还是假糊涂？"

徐达只好说："我是假装糊涂。"说完，他流着眼泪吃下蒸鹅，然后一命呜呼。

这个故事可能是假的。因为朱元璋杀人，向来是明刀明枪，绝不搞这种小把戏。在郭桓案中，他杀人的思路就是逮住一个杀一个，说你有罪，你就有罪，不搞那些虚的。

朱元璋对徐达的情感，要远比对其他的战友强烈，所以在徐达死后，朱元璋总会想起徐达，尤其在郭桓案爆发后，他对徐达更加思念，觉得如果所有的官员都能如徐达一样，那他的大明江山将屹立千万年而不倒。

当中央六部的人集体上书，指控吴庸扩大郭桓案、滥杀无辜时，朱元璋嗅到了官员们的恐惧和逆反心理。他觉得这么多年来,自己应该为这些官员做一点好事了。于是他把吴庸叫来,告诉他:"你把事情搞砸了。"

吴庸吓得魂不附体,知道自己成了替罪羊,最后稀里糊涂地被朱元璋处决了。

官员们感动得拥抱在一起,感谢上天赐给他们一个如此伟大的领导人。但回到家中后,他们却对着家人说:"皇上是真王八蛋,居然卸磨杀驴。"第二天,这些官员和平时一样抱着家人痛哭,让家人们烧香拜佛,保佑他们下朝后能平安归来。

朱元璋喜欢这种官员们战战兢兢的日子,人只有在恐惧下才能变得老实,只有在恐惧下才能催发智慧和良知,为他的朱家江山尽心尽力服务。用仁义对待官员,就是把主动权交给了官员;用残酷对待他们,主动权才会掌握在自己手中。

他经常教育他的太子朱标:"你不需要别人敬爱你,只需要别人怕你。别人一旦怕你,他的灵魂就掌控在你手中了。"

这种奇异的思路,可能正是他喜欢发动"大清洗"的源头。

胡惟庸案的"二次传播"

郭桓案发生两年后,1386年,林贤案爆发。这是胡惟庸案的延伸,或者说是"二次传播",也是朱元璋诸次"大清洗"中理由最不充分的一个。林贤案的爆破点很小,牵扯进的人却多达一万余人。人们的关注点逐渐从名不见经传的林贤,转移到被屠杀的一万余人身上,没有人确切知道这件案子是怎么爆发的,又是如何和胡惟庸扯上关系的。林贤案结束后,朱元璋才像个说书人一样站出来,用《大诰三编》解读了林贤案的来龙去脉。

大明帝国的臣子们只好相信朱元璋说的是事实。我们现在就来看看,在朱元璋口中,这个案件是如何发生的吧。

据朱元璋的描述,建国之初,他就想灭掉日本人,可胡惟庸不同意,并且给出了不能灭日本的理由:大明朝刚刚建立,蒙古人还在北疆乱折腾,日本离大明太远,劳师远征太耗国力;如果刚建国就去灭日本,容易让邻国对我们产生警惕,这对国际关系不利。

总之,胡惟庸的理由让朱元璋回心转意了。朱元璋于是把日本纳入了"不征之国"的名单中,这份名单中的国家如下:日本、朝鲜、大小琉球、安南(今越南)、真腊(今柬埔寨)、暹罗(今泰国)、苏门答腊(今属印尼)、爪哇(今属印尼)、渤尼(今文莱)、西洋顼理(今印度),以及占城、湓亨、白花、三佛齐四个国家。

倘若我们认真分析这份"不征之国"名单就会发现,这15个国家都和海洋相邻,要么是岛国,要么是半岛国。它说明了一点:陆地强国大明对海洋没有兴趣,对岛国和半岛国自然更没有兴趣。所以,这个"不征之国"名单其实是在告诉这些蛮夷:我放过你,但你必须成为我的"卫星国"。

其他14国很好说话,因为成为中国的"卫星国"后有大大的实惠。但朱元璋派使者去日本,令日本做明帝国的卫星国时,发生了点意外。

这个意外就是,日本人把朱元璋使者团团长的脑袋给砍了。

当时日本正值南北分裂时代,斩杀朱元璋使者的是南朝的怀良亲王。即使日本是统一的,在正常人的思维中,一个弹丸岛国也不敢和强大的大明帝国作对啊。

朱元璋听说使者团团长被日本人砍了脑袋的消息后,简直难以置信。但这就是真的，日本人敢这么做，这和它本身的力量无关，而和大明的力量有关。

唐宋时代，日本人把中国当成"天朝之国"，处处模仿、处处学习、处处恭敬，像个孙子一样小心翼翼地侍奉着庞大的中华帝国。但蒙古人灭宋后，日本人如丧失了精神支柱，觉得他们的爷爷中华帝国已死，后来忽必烈两次征日，因受台风影响而失败，这让日本在悲痛中突然神经过敏般产生了新的认知：蒙古人能灭亡中国（南宋帝国），却不能灭亡我日本，这就足以说明我们日本比中国强。于是，日本开始有了轻视中国之心。

这种轻视是致命的，日本在明王朝中后期开始不停地对中国进行军事挑衅，再到后来的甲午海战、侵华战争，全是这种轻视不断积累的结果。所以当朱元璋派使者到日本，让他们做卫星国时，日本人何止是瞧不起朱元璋，其实已经是瞧不起中国了。

朱元璋让日本做卫星国，除了扬国威外，还希望日本帮他解决一个问题，即倭寇问题。倭寇问题从元王朝后期就出现了，一群在日本内战中失败的武士集结起来，对中国东南沿海部分城市进行袭扰。由于他们来去如风，中国政府始终无法将他们一股脑地歼灭。朱元璋为此大伤脑筋：本以为日本能俯首称臣，同时帮助他对付倭寇，想不到，日本人根本不搭理他。

朱元璋在气急败坏之下，下达了封锁令：不允许本国一块木板出海。他希望用闭关的方式消解倭寇的危害，但如你所知，后来的历史证明，越是闭关，越是完蛋。

正是在这种背景下，林贤案渐渐在朱元璋的描述中浮出水面。林贤本是宁波防御倭寇的司令，当胡惟庸还在中书省大行其道时，林贤到南京述职，胡惟庸发现了林贤的核心价值：常常和日本人打交道。于是，他决心拉拢林贤，让他替自己办事。问题是，林贤是个只忠于皇帝的傻子，对朝廷忠心不贰。胡惟庸多次请他吃饭聊天，林贤只是官话官说，绝无一丝和胡惟庸产生私下交情的意思。

但很快，胡惟庸就发现了林贤人性中的弱点：好大喜功。天下事，千变万化，但再怎么变也离不开人的心。胡惟庸既然看穿了林贤的心，那么接下来的事就好办了。他给林贤设置陷阱，说："据可靠消息，有几条日本商船要经过你的防地。你假装不知它是商船，将它当成是倭寇的抢劫船，然后拿下它，再向政府报告抗倭大捷，如此必是大功一件。"

林贤半信半疑，回宁波几天后，果然有人来报告说："沿海发现了几艘日本人的船只。"林贤大叫一声："啊哈！我成名的机会来了，胡公诚不欺我。"

他一声令下，政府军全部出动，不管三七二十一就把那几艘日本商船烧成了灰烬。林贤几乎是同一时间向中央政府上了抗倭大捷的报告。另外，他也给胡惟庸写了封私信，向胡惟庸表示感谢。

胡惟庸回信说："不要客气，好戏还在后头。"

林贤正在纳闷胡惟庸所说的"好戏"是什么时，好戏来了：他因误烧商船而被撤职。

林贤惊闻此信，险些没晕过去。张皇失措之下，他急忙给胡惟庸写信，向胡惟庸求助。胡惟庸对林贤说："你的事就是我老胡的事，若想以后能光宗耀祖，只须听我的安排。"

林贤现在别无他法，只能把全部希望寄托在胡惟庸身上。在胡惟庸的运作下，林贤被发配到日本。三年后，胡惟庸偷偷把林贤从日本召回，向他透露了一个天大的计划：向日本借兵，里应外合，干掉朱元璋，成立"胡林联盟帝国"。

林贤不知是脑子不好，还是对功名利禄渴望导致神经错乱，居然同意了胡惟庸的计划。林贤凭借他曾经"宁波抗倭司令"的身份，以及在日本待了三年的经历，很快就把胡惟庸的计划落实到位：日本同意给他400名善于使用忍术的士兵，并派出一个装扮成高僧的超级刺客如瑶，偷偷潜入中国本土。

　　胡惟庸请这些日本兵吃饭，日本当时正发生着特别严重的呼吸道传染疾病，他们除了戴着忍者特有的面具外，还戴了两层口罩，所以不能吃饭。胡惟庸在饭桌上把他的计划详细地说给了林贤听：他会请朱元璋来观看他家能涌出美酒的井，等朱元璋来观看时，400名忍者就全部冲出，把朱元璋剁成肉泥。

　　漂洋过海来中国的日本忍者们，根本听不懂胡惟庸说了什么。但林贤和和尚如瑶听明白了，他们磨刀霍霍，对即将到来的新世界产生了无限向往。

　　可惜，朱元璋并没有来赏胡惟庸家的井，而不久后，胡惟庸就被朱元璋干掉了。林贤和那些日本忍者仿佛成了孤儿，只能隐藏在民间。但他们的斗志却没有消散，林贤仍然等待着成功刺杀朱元璋，把胡惟庸的灵位放到龙椅上的那一天。

　　等这个机会等得太苦了，那些忍者来到中国后就开始水土不服，不停地拉肚子，又担心暴露身份，所以不敢去医治。等到1386年时，他们已经拉得不成人样，连走路的力气都没有，根本拿不了刀枪。

　　而最有意志力的是林贤和如瑶大和尚，两人每天都在计划着如何杀掉朱元璋。由于他们经常产生分歧，所以总是大吵大嚷，搞得四邻五舍都听到了他们的谈话。

　　朱元璋的特务们很快得到消息，将林贤捉拿归案；而传说中善忍术的如瑶大和尚则变成了院子里的一棵树，躲过了这次灾难。林贤被捕后，没多久就在严刑拷打下招认：是胡惟庸多年前布下了这盘"借兵日本"的大棋。

朱元璋开始发起大范围的调查，发现有很多官员都和这件事有关，于是前后逮捕了一万余人，将他们处决。林贤案完全结束了，而胡惟庸案则只是暂时结束。

朱元璋所讲述的林贤案，生动有趣、通俗易懂。这也让很多大臣明白了一件事：胡惟庸这人真是阴魂不散，死了这么多年，居然还能让人给他陪葬，可见真是恶人不死啊。朱元璋将胡惟庸的罪名定性为"私通日本"。之后，他一方面继续扩大打击面，一方面则又对日本无可奈何。所以，他干脆以胡惟庸通日为借口，彻底和日本断绝往来。

林贤案后不久，就有人质疑：胡惟庸向日本借兵的时候，日本是不是快穷死了，竟然只借了400兵？

朱元璋对这种质疑没有给出解答，只是把质疑的人扔到监狱，很快就将其处决。众人马上发现，只要一提林贤案就会倒霉，所以也就没有人再谈论这个案子了。就这样朱元璋用"创作小说"的方式，又清洗了一万余人。这一万余人之所以会死，是因为朱元璋觉得他们很不老实。

"不老实"，就是罪证。

但是，不老实的人实在太多了，林贤案爆发四年后，胡惟庸案发生了"第三次传播"——李善长案爆发了。

李善长被捉

对"胡惟庸案"的清算只是表面上消停了，其实暗地里一直在偷偷摸摸地进行。朱元璋当年封的那些侯爵，被胡惟庸案牵连，已经死得差不多了。凡是被朱元璋盯上的人，肯定就会被他以胡惟庸案为借口诛杀。林贤案结束不久，朱元璋又把他岳父胡美给宰了。

胡美因为在朱元璋和陈友谅的水战中表现不凡，后来朱元璋为了拉近二人的关系，就娶了他的女儿当小老婆。建国后，朱元璋可能是"爱屋及乌"，越发喜欢胡美，不但封他为侯爵，还赏赐他丹书铁券。胡美这种双重身份（功臣与国丈）让很多功臣都羡慕不已，而胡美也是自鸣得意，走起路来常常感觉像在腾云驾雾。

可林贤案结案不久，胡美突然被朱元璋下令缉拿，关入大牢，不久后又下令将他这个老岳父处死。在后来公布的胡美的罪状中，朱元璋明确提到一点：胡美常常出入后宫和女儿交流别人不知的信息，说明两人可能在图谋不轨。

胡美和女儿只是谈几句话，朱元璋都会认为两人在图谋不轨，这种心态已达丧心病狂的地步。在朱元璋眼中，似乎所有人都想谋害他，但幸运的是，这些忘恩负义的敌人都被他提前发现并扼杀在了襁褓中。

有人认为，朱元璋有被害妄想症的倾向，但这不是事实。从朱元璋参加革命以来，做的每一件事对他而言都是有意义的。他绝不是情绪失控的动物，而是一头理性十足的野兽。

朱野兽通过胡惟庸案干掉了两拨潜在的敌人后，心里还是不安。他似乎一天不杀几个人，就感觉特别空虚似的。这种空虚感导致他心绪烦乱。可很快，老天爷就把一个叫丁斌的人送到了他面前，让他再度施展出"屠杀神技"。

1390年，被林贤案波及的一批侥幸未死的轻量级官员从南京陆续被发配到了南方蛮荒之地，这批官员之中就有丁斌。丁斌在十年前本是胡惟庸的一个亲信，后来离开胡惟庸投靠李善长麾下，侥幸躲过了朱元璋的第一次诛杀。但躲得了初一，躲不过十五，受林贤案影响，丁斌被发配到了偏远之地。

他实在是个扫把星。如果他认命了，李善长说不定还能安享晚年，但想不到他突然向李善长求情，希望李善长能救救他。李善长也是倒霉催的，赋闲在家多年，从没有向朱元璋求过情，这一次居然鬼使神差地向朱元璋求情，希望能放过丁斌。

朱元璋一查丁斌的档案，狂喜地叫道："啊哈，真是老天爷送我的礼物！"

于是，他下令突击刑讯丁斌。丁斌和大多数被朱元璋刑讯过的官员一样，其血肉之躯根本架不住严刑拷打，被迫招供。供词上说，他求李善长拯救自己，这是托关系走后门，良心大大地坏掉了。

朱元璋拿到审讯结果后，大为不满，对审讯官说："这小子当初是胡惟庸的人，胡惟庸曾勾结日本人，你明白我的意思吗？"

审讯官"政治觉悟"非常高，马上明白了皇上想要什么，于是再次拷打丁斌。丁斌被拷打得死去活来，只好请审讯官提示他：如何才能死得痛快点。

审讯官就告诉他："你当初在胡惟庸那里有没有发现什么蛛丝马迹？"

丁斌老老实实地说："没有啊。"

审讯官暴喝道："用刑！"

丁斌急忙说："有！有……有发现！胡惟庸勾结日本人。"

审讯官提醒他："你不要说一些我们已经知道的，你要说出我们不知道的。"

丁斌只好老实地问："你们想让我说什么啊？"

审讯官其实也不知道，不过他们是受过特殊训练的人，隐约明白皇上喜欢什么：如今整个帝国的官员，能杀的人已经没几个了——除了李善长。

于是审讯官就问丁斌:"李善长是否曾和胡惟庸勾结?"

丁斌哭笑不得地说:"这个,是真没有啊。"

审讯官从火堆里抽出红得发紫的烙铁。丁斌急忙发挥想象力说:"李善长的弟弟李存义多次出入胡惟庸府,两人关起门来聊天,一聊就是半天。"

审讯官把丁斌的供词交给朱元璋,朱元璋惊呼道:"让我猜对了,胡惟庸果然和李善长有不可告人的目的。"

他下令:"逮捕李存义,严刑审讯,这一次不要让他走脱。"

早在朱元璋说出"这一次不要让他走脱"前,也就是1385年(林贤案的前一年),有人就告发李存义和胡惟庸有着密切的联系。当时朱元璋看在李善长的面子上,把告密人处决了,并没有为难李存义。可让朱元璋大为恼火的是,他帮了李善长这么大的忙,李善长却连个"谢"字都没说。

如今回想起这段做好事没得好报的情景,朱元璋仍然感到愤愤不平,如今终于抓住了李存义的小辫子,于是他决心要把李存义干掉。

李存义被捉,受到一番严刑拷打后,不但承认自己和胡惟庸关系密切,而且同时招供出了他老哥李善长另外一件事:就在前段时间,李善长要装修房子,就向汤和借了500名士兵。而这件事的主要负责人,正是李存义的儿子。

朱元璋下令捉拿李存义的儿子,还没来得及拷打他,他就承认了一切。朱元璋又把汤和叫来,汤和急忙颤抖着对朱元璋说:"这件事,我早就告诉过您了啊。"

朱元璋向他使眼色,说:"是吗,我怎么不记得?"

汤和只好拍着脑门说:"哎哟,想起来了,我确实没有告诉过您,是我记错了。"

朱元璋冷冷地笑道："你记错了，但李善长肯定没有记错。"

于是他下令："捉拿李善长！"

此时的李善长已经77岁，老得平时连喘气都费劲，但当缉拿人员冲进他的家中时，他就像个年轻小伙子一样，从床上一跃而起，然后跟着缉拿人员就去见朱元璋。

他的家人们知道他这次是有去无回了，哭天抢地地问他："您有没有临终遗言？"

李善长眉开眼笑地说："没有，反正你们也用不着。"

这句话如同天启，李家上下都明白：很快，他们将随老李头一起去见阎王爷。

李善长见到朱元璋时，保持着特别客气的微笑，看上去非常虚伪。朱元璋也保持着高贵的微笑，以一种幸灾乐祸的口吻说："瞧瞧，瞧瞧，这是谁来了？"

李善长大笑，说："皇上，我终究还是没逃过去啊。"

朱元璋点了点头，认真地对李善长说："你说点什么吧。"

李善长不再笑了，他的表情变得很严肃，像回忆往事一样诉说着："当初我跟随你时，就知道你不是个好人。可当时天下大乱，就需要你这样的恶棍，去扫灭另外那些坏蛋。你建国后给我们分果果，看似毫不吝啬，其实我早就知道，凡是被分了果果的人，都进入了你的黑名单。你之所以极度敏感，是因为你极度自卑，这就导致你会猜忌所有人，你对任何人都不放心。你从来没有战友，只有棋子，我们所有人都是你的棋子，你这辈子只想做一件事，那就是稳住你的朱家江山，为了完成这件事，所有人都是你猎杀的目标。"

朱元璋没有生气，反而鼓掌叫好。他让李善长接着说。

但李善长此时只说了一句话："我有罪。"

朱元璋"哦"了一声，问他："什么罪？"

李善长回答："你说我有什么罪，我就有什么罪。"

朱元璋假装很生气："老李，你怎么能这么说话，真伤我的心。如果你没有罪，我怎么会缉拿你？"

说完，就把一份李存义的供词扔给李善长。

李善长笑了笑，将供词拿起来翻开。他根本不相信李存义的供词是真的，即使是真的，也是被审讯人员严刑拷打出来的。他之所以拿起来看，只是想看看，审讯人员的想象力到底有多丰富。

按照李存义的供词所说，胡惟庸当初要造反时，希望能够得到亲家李善长的帮助，于是就让李存义去游说李善长。当时，李善长知道后大惊，说："这可是灭九族的勾当啊！"过了不久，胡惟庸又派李善长的老友去劝说，提出事成之后封其为王，李善长仍然不同意，可是心却动了。后来，胡惟庸亲自出马，李善长还是不同意，可心已动了大半。但李善长虽然心动，却始终没有行动，只是对胡惟庸说了这样一句话："等我死后，你们想怎么干就怎么干吧。"

李善长在看这段供词时，几乎憋不住自己的笑。朱元璋一直盯着他，发现他因为想笑而憋红了脸，脸上挂不住了。他问李善长："你笑什么？是觉得这份供词很可笑吗？"

李善长终于笑出声来说："太可笑了！这供词编得太没有脑子了，它说胡惟庸造反事成之后封我为王，我现在可是公爵，和王爵又有啥区别？另外，它说我心动，但我是不是心动，只要没有付诸行动，谁人能看得出来？李存义又不是神仙，他看得出来个鬼啊？！"

朱元璋连连点头说："你说得对，这个审讯官，啊不，这个李存义说话不经大脑，该杀。"

李善长也点头说:"我们都该杀。不过我还是想劳烦皇上您一下,告诉我,为何我该杀!"

朱元璋一本正经起来,说:"我的妈呀,你是不是脑子不好?胡惟庸谋反,你有参与啊。即使你没有参与,也是知情不报。这些就足够了。"

李善长冷冷地问:"还有吗?"

朱元璋一拍大腿说:"有啊。当初胡惟庸毒杀刘伯温,这件事你知道吧?"

李善长险些跳起来抽朱元璋一个嘴巴。刘伯温的死因,至今还是个谜。刘伯温死后,朱元璋派特务暗中调查过许久,也没有查到任何和胡惟庸有关的信息。而且,朱元璋当时对刘伯温的态度很冷淡,刘伯温是死是活,朱元璋似乎从未在意过。可是这个时候,朱元璋竟然翻出这本旧账,这可真是"欲加之罪,何患无辞"!

这下他不知道该怎么接朱元璋的话了,朱元璋却把话题延伸了下去:"老李啊,你是自我开国以来的文臣之首,虽然已退休多年,可你的朋友、故吏遍布全国。我当然知道你没有和胡惟庸一起谋反,你都这么大年纪了,还谋反什么啊?谁会七十多岁了,还去创业的?"

李善长认为朱元璋说得很好,忽然叹息着问:"那能留我一条命吗?"

朱元璋不说话。

李善长再问:"能否保全我的家族?"

朱元璋还是不说话。

李善长懂了,只不过这种懂,太残酷了!

不久后,被关押在监狱中的李善长突然得到一条消息:星象学家观察天象,发现星象有变,于是占卜了一卦。卦象显示,要移大臣。

朱元璋叹息说："看来这是天意啊，我不能违抗天意。"

于是，李善长和他的家族全被诛杀。这一次被牵连进来的人又是一万余人，胡惟庸案正式结束，前后十年的时间，朱元璋用"胡惟庸"这个幌子，陆陆续续干掉了三万余人。

胡惟庸对朱元璋的"贡献"，是其他任何人都不能比的。

解缙的一封信

李善长被诛杀后不久，一个叫王国用的中级官员向朱元璋上了一道奏疏，名为《论韩国公冤事状》，韩国公就是李善长，这道奏疏的名字大意是"关于李善长是冤枉一事的分析"。但这道奏疏并非王国用所写，而是由大才子解缙主笔。解缙是朱棣时代的风流人物，但在朱元璋的时代，他还没有发出万丈光芒。可就是这道奏疏，让他一举成名，被朱元璋加以重视，终成一代名臣。

解缙这篇奏疏的大意是说：李善长老得都上气不接下气了，怎么可能造反？人造反的目的是为了当皇帝，他都一大把年纪了，还能当几天的皇帝？李善长现在所享受的待遇，和皇帝有什么区别？他为何要放着好日子不过，冒险去重新创业？这和人情不符啊。自从打天下以来，李善长和皇上您始终是穿一条裤子的，他与您同出一心，出万死以得天下，他做丞相，您做皇帝，正是各得其所。所以，他根本不可能有谋反的心。

最后，解缙指出：杀李善长和杀别人的影响有大不同，李善长是文臣之首，是千万文臣的偶像，您把文臣的偶像干掉了，以后还有谁肯为您尽心出力？您看似杀了一个李善长，其实杀的是天下文臣的心啊！

朱元璋看了这道奏疏后，没有像王国用意料中的那样咆哮如雷。他淡淡地问："这是谁写的？"

王国用如实相告："解缙。"

朱元璋又淡淡地说了句："稍作惩罚吧。"

解缙就此被解职，但也只是被解职而已。王国用发现了朱元璋内心最深处的秘密：他当然知道李善长是被冤枉的，但要干掉李善长，就必须说他谋反。

然而，也许是解缙的这道奏疏起了作用，朱元璋把监狱中李善长的长子李祺释放了。很多人都认为，李祺之所以被赦免，是因为他的夫人是朱元璋的长女。但是，像朱元璋这样六亲不认的人，他绝不会因为女儿就对李祺网开一面。更大的可能是，朱元璋虽然杀了李善长，却心怀愧疚，为了保留李善长的血脉，所以赦免了李祺一家三口。

即使是最恶的人，内心深处也有良知，只不过出现的次数很少而已。

解缙说朱元璋干掉的不是一个李善长，而是天下读书人的心，这句话是惊醒不了朱元璋的。朱元璋杀人，就如游戏一般。和当初的胡惟庸案、林贤案一样，李善长案也牵连进了许多功臣，这些人全成了朱元璋屠刀下的鱼肉。

比如吉安侯陆仲亨，他在朱元璋消灭陈友谅的战争中功勋卓著，被封侯后仍然为朱元璋东征西讨，累了个半死。胡惟庸在中书省时，陆仲亨和他往来甚密。在胡惟庸案爆发后，陆仲亨险些被牵连，但可能当时正需要用到他，所以朱元璋放过了他；在林贤案爆发后，陆仲亨吓得心胆欲裂，不过朱元璋还是没有动他。

陆仲亨因这两件事，渐渐得了抑郁症，整日闷闷不乐。人心情不佳时就容易愤怒，所以陆仲亨对家奴们不是打就是骂。家奴们发现，无论自己怎么努力，都伺候不好这个老爷。正值李善长案爆发，家奴们想到了一个永不会挨打受骂的办法：告发陆仲亨当初与胡惟庸谋反。

朱元璋得到告密信后，失声叫道："我早就知道他有问题，自我起兵时他就跟随我，乃是我心腹，后来又被我封为侯爵，可他身居如此高位，却一点都不高兴，而且整日摆着张苦大仇深的脸（此我初起时腹心股肱也。其居贵位而无雍和之色，默默然各带忧容）！"

这简直太魔幻了，明明是朱元璋不停地用屠刀把陆仲亨逼成了苦瓜脸，可他现在又倒打一耙，而且只凭"整日不太高兴"，就下令将陆仲亨处决，因权力而导致的病态，是多么恐怖！

和胡惟庸关系密切的陆仲亨难逃厄运，另一个被胡惟庸当成兄弟的平凉侯费聚，当然也不可能幸免。费聚曾在明帝国平定云南之战中立下了汗马功劳，胡惟庸案爆发时，他和陆仲亨躲过了；林贤案时，他也侥幸躲过了；但到了李善长案，他就再也无法躲过了。陆仲亨的家奴不但告发了主子陆仲亨，还把费聚也牵扯了进来。费聚和大多数人一样，大喊冤枉；朱元璋也和处理大多数人时一样，让他闭嘴去死。

费聚被搞得神经错乱，他问朱元璋："我为啥要造反啊？"

朱元璋被问住了。不过，他有超人的记忆力和胡编的本事。他说："当初咱们和张士诚打仗，你违抗过我一次圣旨，我斥责过你，之后你就怀恨在心，所以要谋反。"

这回，费聚可就不再神经错乱，而是精神失常了。这件事太久远太久远，费聚早就忘记了，连是不是发生过他都没印象了。但朱元璋却还记得，而且张口就来。

陆仲亨和费聚还不算是最倒霉的，最倒霉的是南雄侯赵庸。1390年，他和燕王朱棣出塞攻打蒙古人。在取得胜利后，赵庸回南京，迎接他的，不是敲锣打鼓的仪仗队，而是朱元璋的特务们。赵庸还没有反应过来，就被归入了胡惟庸团伙，很快就被处死。赵庸临死前抱怨说："老子我如果真是胡惟庸的同党，那可真能潜伏的，整整潜伏了十年啊。"

除了上面几个功臣外，荥阳侯郑遇春、宜春侯黄彬、河南侯陆聚、延安侯唐胜宗也以各种吊诡的借口，被朱元璋诛杀。

李善长案在一片血腥中结束了，胡惟庸案在十年的时间里反复三次，也终于结束了。不过，朱元璋的"大清洗"还没有结束。所有人都看出来了：只要这个老屠夫还活着，大清洗就永不可能结束。

"发疯"的朱元璋

在中国帝制时代，皇帝是和士大夫共治天下的。士大夫是读书人，常年和文字、思想打交道，文字是他们的立身之本。遇到仁慈的皇帝，士大夫其乐无穷；但遇到如朱元璋这样的皇帝，士大夫就如坠地狱。

朱元璋出身贫苦，和当时的读书人阶层有着天壤之别。这就在无形中让朱元璋有了自卑感，这种自卑感是因为，中国古代的皇帝总希望自己能够占据权力、知识和思想的顶端，他既是权力最高者，当然也希望自己是思想宗师。把政统（权力）和道统（思想）合二为一，是每个皇帝内心深处的最大愿望。

然而朱元璋做不到这点，他只能拥有其一，因为他的知识水准和思想境界太低下了。在这种情况下，换作别的英明的皇帝，可能还要谦虚地向知识分子学习，但朱元璋的性格，使他不但不向这些人学习，反而还要打压他们。

在朱元璋看来，任何一个知识分子都可能凭借其掌握的知识和思想,在无声无息中讥讽他,骂人不带脏字地让他中招。把知识分子当成仇人,这是朱元璋最可怜也是最可恨的地方。

据说,朱元璋对知识分子的警惕和厌恶,始于一次闲谈。他和几个战友在谈到张士诚时,说张士诚这个名字起得很好。有人就告诉他:张士诚原来不叫张士诚,这个名字是他手下的一群知识分子给他改的。

朱元璋赞叹说:"还是知识分子厉害,他这个名字不错。"

那个人又告诉他:"知识分子这是在骂他呢!《孟子》里有这么一句话:'士,诚小人也。'"——古文没有标点,这句话也可以这样读:"士诚,小人也。"

朱元璋惊骇地叫起来:"我的妈呀,这群知识分子好阴险啊,我以后要小心!"

这句话可不是说着玩玩的——朱元璋真就上心了。他这一上心,"文字狱"就开始上演。

所谓文字狱,直白而言就是因文字而产生的罪,统治者由于神经过分敏感,看到某些文字时就会把它和自己的经历、特点、缺陷等强拉硬扯上关系,最后认定写下这些文字的人是在讥讽甚至诅咒自己。文字狱之所以会产生,一方面当然是因为统治者的变态,另一方面也和统治者的"想象力"有关。

据史料记载,从1384年到1396年,在这13年中发生了不下20余起文字狱事件。因文字狱而遭到屠杀和株连的人,虽没有胡惟庸案中被处决的人多,但数字也是相当可观。

朱元璋当过和尚,还做过盗贼(小偷小摸),这段经历让他特别在意,所以特别忌讳别人提起这些事。于是他只要一看到"生(僧)""光""秃""则"等字或谐音的字,就马上心跳加速,因为这些字在他看来,都是在骂他当过和尚;"则"则被视为骂他做过贼。

在这种思维定式下，文字狱开始令人啼笑皆非地不断上演。

关于骂他是秃驴的，有这样一些事：常州府学教育部门官员蒋镇所作的《正旦贺表》中有"睿性生智"几个字，被朱元璋下令处斩，因为"生"与"僧"同，这被视为骂他当过秃驴；还有人所作的《正旦贺表》中有"取法象魏"几个字，因为"取法"与"去发"读音相近而被斩；台州训导林云所作的《谢东宫赐宴笺》中有"体乾法坤，藻饰太平"几个字，因为"法坤"与"发髡"读音相近而被斩。

至于骂他是做过贼的，就更加不胜枚举了：

浙江府学教授林元亮所作的《谢增俸表》中有"作则垂宪"几个字，"则"与"贼"音同，被斩；北平府学训导赵伯宁所作的《长寿表》中有"垂子孙而作则"几个字，被斩；福州府学训导林伯璟所作的《贺冬表》中有"仪则天下"几个字，被斩；桂林府学训导蒋质所作的《正旦贺表》中有"建中作则"几个字，被斩……

"则"这个字是一个转折词，在文章诗词中不能缺失，这就导致触犯这个禁忌的人特别多，朱元璋杀起来也特别爽。

还有的文字狱，是朱元璋觉得在讽刺他的执政。金事陈养浩作诗道："城南有安妇，夜夜哭征夫。"朱元璋看后，叫起来："如今四海升平，你居然说有怨妇哭当兵的丈夫，杀！"有个和尚作诗道："新筑西园小草堂，热时无处可乘凉。"朱元璋看后，也叫起来，丝毫没有看在曾经是同行的面子上饶过他，他说："这是抨击我刑法太严苛啊，杀！"兖州知府卢熊错把"兖"写成"衮"，朱元璋看了，说："这是想让我滚啊，杀！"

那么，如果没有"则""光"这些透露朱元璋人生经历的字，是不是就没有问题了呢？

也不是。曾经有个知识分子作贺表，表中称赞朱元璋的治理是"天下有道"，祝愿朱元璋"万寿无疆"。不料，朱元璋却大怒道："这个人良心大大地坏掉了！"

其他人根本没有看出来这八个字有什么不怀好意。朱元璋说："'道'就是'盗'，'无疆'就是诅咒我失去疆土。"有人为此人辩解说："您曾经下过旨：表文不许杜撰，务必出自经典。'天下有道'是孔子在《论语》中说的，'万寿无疆'则出自《诗经》。"

朱元璋那天心情很好，就认可了对方的解释。但不是每个人都有上面这位知识分子的运气的。明初文坛泰斗高启曾写过一篇《上梁文》，内容是关于苏州府衙的，而苏州府衙恰好建在张士诚王府的废墟旁，这篇文章中有"虎踞龙蟠"等套话，朱元璋知道后，咆哮道："这是想让已经死掉的张士诚称帝吗？高启很怀念张士诚啊！"就这样，高启被腰斩了。

朱元璋在文字狱上发起了疯：管你是不是我的臣子，即使你不是我的臣子，我也要把你捉拿归案。朝鲜国王曾向朱元璋进表笺，内文有"犯上"字样，引得朱元璋又一次大发雷霆，令朝鲜国王把撰写此文的作者押送到南京，然后发配到云南。

文字狱过于泛滥和恐怖，把当时的知识分子吓得要死。曾有个叫邓伯言的读书人经推荐入京应试，廷试中，他写了一句诗："鳌足立四极，钟山蟠一龙。"朱元璋看后特别喜欢，当庭吟诵，激动之下还把桌子拍得直响。然而邓伯言已是魂不附体，跪在阶下，竟然被吓得昏死过去。

李善长还活着时，有个读书人帮他撰写露布（公布文书），朱元璋读后感觉他写得特别好，马上派使者召他入宫。而使者以为朱元璋是捉拿此读书人的，所以给他戴上枷戴，押入皇宫。这个读书人在来之前，也认为自己必死无疑，已把遗书写好，想不到见到朱元璋后，才发现朱元璋是要重用他。悲喜交加下，他险些中风。

朱元璋大兴文字狱的行为，本质上是对知识分子的极端仇恨和轻视。所以他的文字狱并不是针对文字本身，而是针对写出这些文字的知识分子。有些知识分子看透了朱元璋的阴狠，所以拒不入朝。朱元璋对待这种人也是毫不手软。教育部门的官员许存仁曾要告老还乡，朱元璋认为他是瞧不起自己，于是将其逮捕入狱，许存仁最终被狱卒折磨而死。大知识分子夏伯启叔侄，拒绝听从朱元璋的召唤，而且当着使者的面咬断手指，以立誓永不当官，朱元璋像疯狗一样，下令枭没其全家。

朱元璋不但用文字狱大力清洗知识分子，同时还改变了知识分子约定俗成的观念。中国自古以来的知识分子，全是"话痨"。在上书皇帝时，他们为了炫耀知识和学问，常常引经据典，东拉西扯，堆砌辞藻。朱元璋是个"极简主义者"，他一贯的宗旨就是：若无必要，勿增实体。孔子说，辞达而已。这说明一件事情，如果能用十个字，就不要用十一个。

但"铺张"是中国古代知识分子的"潜规则"，虽然并没有人具体提出，他们自己却在多年的进化中形成了这种"传统"。某次，刑部的官员茹太素上万言书，在他读了6000多字后，朱元璋依然没有搞明白这个家伙到底要说什么，于是他下令把茹太素打了一顿屁股，要他回家修改。第二天，茹太素一瘸一拐地又来了，等读了16000字后，才终于谈到核心问题。他建议了五件事，其中四件可行。

朱元璋立即命有关部门执行，然后严肃地对茹太素说："就这五件事，五百字就已经足够说明白了，你非要搞出17000字，我又不会按照字数给你稿酬。你这是繁文之过，大大地不应该！"

茹太素只好忍受着屁股的疼痛，跪下谢恩。朱元璋特意将这件事写成公文，让全国官员学习。看似是茹太素太啰唆而被打，其实是朱元璋用皇帝的权力，强行清洗了知识分子阶层的"潜规则"。

知识分子莫名其妙地被屠杀、被歧视、被打压，这让很多大臣都很疑惑。朱元璋只好对这些脑袋不开窍的人说了这样一段话："世乱用武，世治宜文，非偏也。"意思是说，太平时代，自然要用读书人，可也必须让他们老实点。

而让一个人老实最好的办法，在朱元璋看来，就是"杀鸡儆猴"。经过"大清洗"后的知识分子阶层，没有人敢再说真话，有人甚至连话都不敢说，文章诗歌也不敢写。朱元璋用"大清洗"让中国的才俊们全部闭上了嘴。

捉住臣子的"小辫子"

"大清洗"式的屠杀只是权宜手段。朱元璋能取得天下，并能将无数文臣武将牢牢掌控在手，除了大清洗之外，还有一个绝招，那就是"大清整"。大清整的手段主要包括四种。第一种是制度规定，让群臣遵守国家法度，按照国家法度来行事。当然，他还会假惺惺地给功臣们发放丹书铁券（免死金牌），但这玩意儿是否有效，不是制度说了算的，而是朱元璋说了算的。所以我们都知道，中国古代政治中，制度恰好是最虚弱的，在情大于法的古代社会，用人情比用制度强效十倍百倍。

朱元璋对文臣武将的大清整在大清洗之前就已经开始了，除了第一种之外，其他四种都是从"人情"这个角度出发的。这四种方式分别是：政治联姻、大批量地制造义子、人质模式、捉住文臣武将们的小辫子。

先来看政治联姻。朱元璋在"搞出人命"方面前无古人，他通过大清洗杀掉了十余万人，也靠着辛勤的"床上工作"生了26个儿子、16个女儿。这些儿女成为了他清整开国元勋们的原始武器，也是政治联姻最廉价的投入。

政治联姻在古代中国特别盛行，这是中国人在"家国一体"政治思维下的必然产物。很多人都意识到，要让一个人死心塌地地效忠自己，不能仅靠制度，还要靠亲戚关系。朱元璋是从底层爬上来的，自然对这种方式大大地重视。所以在他的力量初见规模后，就开始和那些勋臣们搞各种联姻。皇太子朱标娶了常遇春的女儿，朱棣则娶了徐达的女儿，凡是功臣的女儿或者儿子，朱元璋一个都不放过，坚决要和他们结成儿女亲家，也不管人家愿不愿意。

朱元璋相貌丑陋，即使发生了基因突变，他的儿女们也漂亮不到哪里去。如果不是因为他是皇帝，那些功臣肯定不会同意这门婚事。

朱元璋的政治联姻分为两类：一类是功臣的儿子娶他女儿，另一类则是功臣的女儿嫁给他儿子。功臣群体虽然都是和朱元璋做亲家，可其中的区别可就太大了。功臣的后代如果是儿子，那就只能娶到朱元璋的公主，这没什么好处，只是变成了"皇亲国戚"；可如果功臣的后代是女儿，嫁给朱元璋的儿子，这收获可就大了：朱元璋的儿子可都是被封为王的，有自己的属地和护卫，对于功臣而言，生个女儿那就是赚到了。

所以，中国古代重男轻女的人全是糨糊脑袋，只有那些重女轻男的人才是聪明绝顶之辈。

朱元璋的第三个办法是大收义子。这种方式是源于中国古代的宗法社会，在宗法关系中父亲天然对儿子有领导权。正所谓"上阵父子兵，打虎亲兄弟"，在血肉横飞的战场上，只有自己的儿子，才是最让当事者放心的。

朱元璋收养的义子有二十余人，其中在朱元璋打天下过程中立下巨大功劳的有李文忠以及平定云南的沐英。其实，收义子这个勾当，一直都被中国历史上的皇帝和土皇帝们当成一门清整的法宝。五代时期的两个巨头朱温和李克用都大肆招收义子，李克用还把自己义子中最厉害的13个人起了个江湖绰号，叫他们"十三太保"。这些人大多是因战乱失去亲人的孤儿，突然有一天被一个家伙收为义子，心中自然无比感激，甚至愿意为义父肝脑涂地。

亲情是人类与生俱来的情感，正因此也成为某些人掌控权力最好用的工具。无论是政治联姻还是收义子，都是朱元璋利用亲情稳固江山的高效办法。

第四种方式，分为两个步骤。首先，朱元璋鼓励军官们娶老婆，如果军官们不娶，他就训斥他们；如果军官们还是不娶，或者是性取向有问题，朱元璋就让他老婆马皇后亲自给军官们介绍对象。到了这个地步，军官们已经感动得眼眶湿润，觉得朱元璋这个老领导真是把自己关心到家了，纷纷迎娶老婆，有的为了表现出对朱元璋的忠贞，还娶了好多。

朱元璋的第一步奏效后，开始了第二步：每次军官们出征时，他都对军官们嘘寒问暖，为了让他们放心上战场杀敌，他还专门给军官的老婆们提供了高级娱乐和休闲场所，所有军官的老婆都被请进了这个场所，吃得好，喝得也好，但只有一条规定：不能出去。

看到这里，我们已经看得很明白了，朱元璋看起来是为出征将士们的老婆提供了特殊待遇，其实就是把她们作为人质。任何一个爷们儿，自己的老婆在别人手中，上了战场后，岂能不勇猛杀敌？

将士们得胜归来后，朱元璋则举行盛大的仪式，把这些功臣的老婆们送还府上；但如果是大败而归，或者是没有归来，那他们的老婆可就惨了。他们的住所立即就会变成"寡妇营",朱元璋还会下令:"出征阵亡及病故军妻,俱令于寡妇营居住,不许出营。"还叫人在门外巡视,如果有人无故入营,必要将其问罪。

这些寡妇少则成千,多则上万,朱元璋巧妙地安置了她们:要么变成官妓,要么让自己的儿孙们跑进去挑选,幸运些的会成为婢女,不幸运的则成为朱元璋后代们的性奴。

没有人能避免这种情况的发生,因为胜败乃兵家常事;而且即使是胜了,生和死也很难控制。

这种清整的手段,是利用了男人对女人的爱。朱元璋这一手,可谓阴险毒辣。

但朱元璋也有失策的时候。明帝国建立后,朱元璋命徐达北伐元大都(北京),徐达攻陷元大都后,元朝皇帝逃出大都,却留下了许多朝鲜女子。蒙古人当时最喜欢的女子,不是苏杭美女,反而是朝鲜女子,所以北京皇宫中的朝鲜美女多如牛毛。

徐达得到这批女子后,马上给朱元璋写信说:"这里的美女排长队,沉鱼落雁让花羞。我先给您挑选最好的一批送到南京,剩下的我想自己享用。"

朱元璋知道元王朝的朝鲜美女都是天姿国色,先是流了一阵口水,但突然间打了一个激灵。没想到连徐达这样老实巴交的男人也对美女有着极大的兴趣,也就是说,他即使把徐达的100个老婆当成人质,如果他在前线发现了其他美女,也会对自己的100个老婆失去兴趣,既然失去了兴趣,那人质的作用也就没有了。

他命令徐达:"咱们干大事业的人,怎么可以为女色所迷?赶紧把她们放回朝鲜!"

徐达先是不太舒服,接着就对众将夸奖朱元璋:"看咱们的皇上,真是正人君子，虽然已经生了三十多个孩子，可就是不乱搞，我是发自肺腑地佩服啊！"

徐达当然不知道朱元璋最真实的想法。后来，朱元璋又琢磨出了另外一个"加强版人质"：不但把出征将士的老婆当成人质，还加上了他们的老爹老妈。

这一回，朱元璋彻底放心了。按他的想法，一个人可能对老婆不忠，但对老爹老妈总要孝顺吧。

让后人惊异的是，朱元璋一朝的功臣们，几乎没有人敢明目张胆地造反。一方面，这源于朱元璋的个人魅力；另外一方面，则是朱元璋使出的各种手段，当真是直指人心，让人无法反抗。

无论是清洗还是清整，这各种各样的方法和模式都并不复杂，很多人一听就懂，可真正能把它们付诸实践的，恐怕就只有朱元璋一人。因为他的性格中有能支配这些模式的基因，那就是心狠手辣、六亲不认和变态般的敏感。他心狠手辣和六亲不认起来，没有任何心理上的负担和顾虑；而变态般的敏感，则是他心狠手辣和六亲不认的催化剂，能让朱元璋自动、自发、毫不愧疚地进行大清洗和大清整。

第六章
防患未然，挑选接班人

太子朱标的父皇和母后

长子朱标出生时，朱元璋正在攻打集庆（南京）。他得知了处于后方的妻子马女士生下了朱标后，兴奋万分，在战场上刻石题字："到此山者，不患无嗣。"

1360年，朱元璋将大儒宋濂纳入麾下后，专门指定他为朱标的第一导师，组建起以宋濂为首的强大教师团队，以教授朱标思想文化。

在朱元璋建国前夕，也就是1367年，他让年仅13岁的朱标回老家祭祖。朱标临行前，朱元璋语重心长地对他说："古代的英明君主必知小民疾苦，所以在位时可以自我约束，从而成为守成之真主。你出身富贵，习于安乐，这对成为一位出色的守成之君没有帮助。我这次要你回老家，可不是让你耀武扬威去的。你沿途要认真观察老百姓的生业，知其衣食艰难；体察民情的好恶，知其风俗美恶。若你能在这次回老家后，知晓我创业的不易，那我就心满意足了。"

朱标不愧是朱元璋的儿子，他在从南京回老家安徽的路上，看到民生凋敝的景象，是一路看一路哭，哭得肝肠寸断，跟随他的人都异口同声地称赞:"真是个宅心仁厚的人啊!"

回到南京后,朱标跪在朱元璋面前,仍是眼泪直流,险些把朱元璋那颗蛇蝎心肠哭成菩萨心肠。第二年,朱元璋建立大明帝国,嫡长子朱标顺理成章地被立为太子。从此,他将看到世界上最血腥的场景在他面前上演。

朱元璋为了巩固朱标的太子地位可谓是煞费苦心。在朱元璋之前的历代皇帝,都允许太子在所居之东宫设立自己的官员,朱元璋对朱标的东宫更是有着最细致的安排。政府中的所有高级官员,理论上都是东宫的官员,比如左丞相李善长,是东宫的太子少师;右丞相徐达,是东宫的太子少傅;军界大佬常遇春,是东宫的太子少保;御史中丞刘伯温,则是东宫的兼善大夫。

这个安排传达了这样一个信息:朱元璋的臣就是太子的臣,只不过现在暂由朱元璋管理而已,父子一体,父死子继。文武群臣从中看到了朱元璋对朱标地位的高度认可,那些觊觎朱标皇太子位置的人不得不知难而退。同时,这种安排还有个好处:当朱元璋离开首都时,太子朱标监国,其所用的东宫大臣都是政府官员,双方合作,不会产生矛盾。

朱元璋虽然嗜杀成性,却常对朱标说:"你必须记住以下原则:第一是仁,能做到仁慈,才不会失于疏暴;第二是明,能做到精明,才不会惑于奸佞;第三是勤,能做到勤奋,才不会溺于安逸;第四是断,有决断,且能决断,才不致牵于文法。"

朱标认真听着,朱元璋又接着说:"我自成为皇帝以来,从未偷过懒,一切事务,唯恐处理得有不当之处,有负上天的托付。我日出而作,日落也不息,你有眼睛,每天也都能看到。你若能以我为榜样,那就能保得住天下。"

朱元璋说完,仍觉得意犹未尽。朱标已经听得入了迷,他为自己有这样的父亲而感到无比自豪。可惜的是,朱元璋对朱标说的话和他做出来的事严重不一致。作为父亲,如果言行不一,那肯定会让儿子手足无措。更严重的是,一旦儿子看到老爹如此虚伪,可能反而会助长内心的恶,从而走上极端。

朱标险些走上这条路,但幸运的是,除了老爹虚伪的言传教育外,他还有老娘马皇后的身教。

马皇后据说名叫马秀英,民间认为她是个"大脚片子"。我们推测,其容颜应该美丽不到哪里去。毕竟,稍有姿色的人根本不可能看上朱元璋。朱元璋前半生过得凄苦,老天爷也许是终于看不过去了,于是把马秀英派到了他身边。自有了马秀英这个贤内助后,朱元璋可谓如虎添翼,他常常乐呵呵地说:"这个娘儿们,旺夫。"

马秀英从来不像朱元璋那样唾沫横飞地高谈阔论,她的教育只靠身教,而且将朱元璋作为她教学的"道具"。

朱元璋和陈友谅对战时,曾被陈友谅的将军们打伤,陷入重围。当时朱元璋的战友们自顾不暇,根本没有时间理会他的生死。就在危难关头,马秀英踏着大脚片子冲了出来,背起朱元璋逃出生天。

朱标把这一切都看在眼里,还绘了一幅画,时常放在自己怀中。马秀英救丈夫这件事,对朱标的启发是:亲人在危难时刻必须互相扶助,生死是小,担当是大。

朱元璋可能也从心底里感受到了马秀英对自己的好,所以对马皇后又爱又敬。朱元璋曾把她比作唐太宗李世民的长孙皇后,对她说:"家有良妻,犹国之良相。"马秀英立即回答说:"陛下没有忘记与我共同度过的那些贫贱日子,但希望陛下也不要忘记与群臣共度的艰难岁月。况且我怎敢与长孙皇后相比呢!"在生活上,马秀英对朱元璋极宽容,对自己却极严苛。母仪天下后,她仍保持着从前那种俭朴的生活作风。

朱元璋看不过去,命人叮嘱她不要把自己搞得那么寒碜。马秀英却回答道:"这是因为人容易萌生奢侈之心,却难以胜任崇高的地位,所以,人不可以忘掉勤俭,更不可以太依靠富贵。一旦没有了勤俭之心,那么祸福报应马上就会来到。每每想到这里,我就不敢有非分之想。"

这段话居然出自一个古代的女人之口,这使我们惊讶。虽然朱标没有从母亲那里学到知识和思想,但是学到了如何做一个人以及如何做一个好皇帝。

聪明是与生俱来的,但宽厚仁慈,却是人后天的一种选择。马秀英有次召集了女史官,询问:"汉唐以来,哪些皇后最贤,哪朝家法最正?"

女史官们回答她:"宋王朝的皇后大多贤惠,家法最正,但宋朝的皇帝为政过于仁厚。"马秀英反驳道:"就算是过于仁厚,不也比刻薄来得要好吗?如果我的子孙后代能够以仁厚为本,那么延续三代也不难了。"

马秀英是这样说的,也是这样做的。朱元璋关心的,是官员是否违法乱纪;而她的关注点,则在民间疾苦上。每当遇到灾荒,她就带领宫中的人一起吃素;遇到民间收成不好时,就带领宫中的人一起吃麦子做的饭、野草做的汤。朱元璋每次都告诉她:"政府已经赈过灾了。"马秀英则以一个合格政治家的口吻说:"与其每次都赈济抚恤,不如先储备好粮食,以备不患。"朱元璋认为她说得有道理,于是在丰收的时候设立粮仓,以备灾荒。

如果不是一个有心人,是不可能想出这些办法的。马秀英处处用心,尤其在处理各种复杂的人际关系时,常秉承着"待人以宽,责己以严"的原则,很多矛盾都被她轻易地化解。

朱标耳濡目染,在处理自己和其他兄弟们的关系上,他也秉承这种

"待人以宽，责己以严"的原则。由此，他不但得到了兄弟们的亲情，更得到了兄弟们的拥戴。

马秀英虽然不参与政治活动，但却在政治外围给了朱元璋很多启发。在朱元璋大肆屠杀时，马秀英就对这个喜欢杀人的老公说："您对于人才，固然可以根据他的优缺点而处置，但还是应该赦免小的过错来保全他。"有时候，马秀英还能从朱元璋的血盆大口下救出一些人来。宋濂被卷入胡惟庸案后，朱元璋本来要宰掉宋濂，马秀英却说："宋濂是太子的老师，多年来太子的进步，宋濂功不可没，希望您能饶恕他。"朱元璋拒绝后，马秀英就不吃不喝，一直唉声叹气。最后，朱元璋没有办法，只好赦免了宋濂的死罪。

还有一个故事，明初的超级富豪沈万三想为朱元璋装修一部分南京城。这让朱元璋大吃一惊，他想不到一个平民居然如此有钱，于是问他："能否犒赏我麾下的百万军士？"

有钱任性的沈万三说道："每人给一两银子，是没有问题的。"

朱元璋最大的特点就是见不得别人好，听了沈万三的话后，当场暴跳如雷，要把他干掉。马秀英又站出来说："哪怕沈万三的财富是不义之财，那也已经是前朝的事情了。现在他既没有触犯本朝的法律，也没有图谋造反，怎么能说杀就杀了呢？"

朱元璋经不住马秀英的大道理，只能咬牙饶了沈万三一命，只是把他的家产充公，发配边疆了事。

1382年阴历八月，马秀英去世，朱标哭得死去活来。据说，马秀英病得虽然很重，但还有救回的可能。可她担心一旦服药后无效，残暴的朱元璋会诛杀大夫，因此坚持不肯就医，最后活活病死了。

马秀英临死前立下遗嘱说："愿子孙后代以百姓为念，珍惜民力，不可为非作歹。"可惜这话没人听，明王朝十几个皇帝，真正以百姓为念的少之又少。

我们从以上的叙述中可以知道，在残暴的朱元璋背后，有一个宅心仁厚、拥有菩萨心肠的老婆。而朱标的家庭教育，一方面来自朱元璋知行不一的大道理言传，另一方面则来自马秀英的身教。这注定了朱标和朱元璋在许多事情上会产生意见分歧，父子二人的矛盾肯定会爆发。

父子矛盾

朱元璋对接班人朱标的安排，可谓煞费苦心，他所做的一切事情，几乎都是为了朱标能顺利接他的班。对功臣群体的大清洗是这样，对各路王爷的严格规定也是这样。在很多人眼中，这样的父亲是合格的；可在朱标眼中，这样的父亲很不合格。

据史料记载，父子二人第一次发生矛盾是在1374年，当时朱元璋最喜欢的一个小老婆去世了。朱元璋很是悲痛，用隆重的葬礼送这位美人归西。同时，他希望朱标用对待死去老娘的礼节来对待这位香消玉殒的美女，朱标却死活不同意。他的理由是："你这个小老婆又不是我亲妈，我为什么要按对待亲妈的礼节来对待他？"

朱元璋流泪说："你这个畜生怎么如此没有人情味？她虽然不是你亲妈，可也是你小妈啊，总之就是妈！"

朱标说："我就不。"

朱元璋化悲痛为愤怒，当着众大臣的面抽出宝剑，要砍了朱标。朱标虽然是个大胖子，但跑起来就和神行太保一样快，朱元璋追了半天，累得气喘吁吁也没有追上。

朱标扭头一看，发现老爹累得直喘粗气，就停下来说："老头儿，你要拿剑砍我，我肯定会跑；如果你拿根棍子，我就站着让你打。"

这句话把朱元璋气笑了。众臣本来还很紧张，发现父子二人居然还开起了玩笑，就都跟着笑起来。

其实，朱元璋经常追着朱标要揍他，有时候拿的是宝剑，有时候拎的是棍子，但无论他手里的武器是什么，他从来没有追上过朱标。这样的次数多了，很多大臣发现，两人的"你追我跑"，其实是只属于父子之间的游戏。

朱元璋常常以朱标的名义，派遣使者到各路王爷那里视察慰问。如果发现有王爷违规，他就以自己的名义给予他们惩罚；如果发现王爷们做出了成绩，或者是品德不错，就以朱标的名义嘉奖他们。这一招数，让朱标在家族中的地位得到了巩固。

朱元璋的次子朱樉被封为秦王，就藩于西安。有一次，使者回来说："秦王只有一个老婆，居然没有小老婆。"

朱元璋看了眼朱标说："你好像也是这样，你俩是不是有病？"

朱标说："老头子，我们都注意养生，不像你……"

和往常一样，朱元璋抄起身边的棍子就要打朱标。朱标话还没说完，赶紧从椅子上跳起来逃跑，眼看着就要被朱元璋追上。朱标此时急中生智，从怀里抽出一个卷轴丢给了朱元璋。朱元璋停下来，打开卷轴，发现卷上所画的内容，正是当初马秀英背着他逃跑的情景。

他不禁鼻子一酸，扔掉了棍子，看着远远跑掉的朱标，眼眶湿润。就在眼泪马上要流下来时，他忽然又笑了。

满朝文武其实都看得出来，朱元璋和朱标之间父子情深，发生的各种"矛盾"只是两人以插科打诨的形式，呈现出来的父子深情罢了。所以，没有人敢对朱标无礼，因为他已经命中注定是未来的皇帝。

未来的皇帝毕竟不是现在的皇帝，朱标有时候还是要向最高权力——现任皇帝低头。1380年，胡惟庸案爆发，朱元璋大肆株连屠杀功臣时，朱标见杀的无辜之人太多，就出来劝谏说："杀有罪之人乃天理，杀无罪之人乃灭天理！"

朱元璋拿起一根长满了荆棘的棍子，扔到地上，对他说："把它捡起来。"

朱标一看，这玩意儿必须戴上手套才能捡。他一时无从下手。

朱元璋捏起那根棍子，抽出宝剑，三下五除二把上面的荆棘全部砍掉，再次扔到地上，说："把它捡起来。"

朱标很轻松地就把棍子捡起来了，朱元璋得意扬扬地说："这根棍子，就好比是皇权；我杀的那些人，就是棍子上的荆棘。你如果想掌控皇权，就必须去掉这些荆棘。"

朱标叫起来："这是什么狗屁比喻？荆棘不是凭空长出来的，肯定是棍子本身有问题。因为古人说过，上有尧舜之君，下有尧舜之民；上若是桀纣之君，下必是桀纣之民。"

朱元璋也叫起来，一面叫，一面从朱标手中抢过那根棍子，怒气冲天地说："你敢说我是桀纣，我揍死你！"

朱标扭头就跑，一面跑一面叫着："你不杀人，就是尧舜。"

朱元璋这回真来了气，任何一个恶人都不喜欢别人称他为恶人，这是人的本性。他用尽浑身力气，眼看就要追上大胖子朱标了，朱标突然喊了一声："老妈，救命啊！"

朱元璋闻听此话，像踩了急刹车一般停下来，眼睁睁看着大胖子朱标跑远了。

在朱元璋看来，朱标的那一套尧舜之君尧舜之民的说法只是纸上谈兵，没有人会心甘情愿居于人下。人的欲望是无穷的，即使是在尧舜时代，也有共工那样的恶棍。若想长治久安，就必须清除那些毒瘤。指望用仁义道德化解毒瘤，这是痴人说梦。

在朱标看来，朱元璋在后宫中是慈祥的老爹、合格的丈夫；可一到朝堂，他就好像中了某种妖术，变成了截然相反的冷血暴徒。

朱标怎么也想不明白，自己为什么会有这样一个漠视人命、不知慈悲为何物的老爹。有这样一个老爹也就罢了，竟然还有一个那样善良的老娘，这两个人到底是怎么凑合到一起的呢？

这是个谜，也不需要解开，因为朱标的命运马上就要出现拐点了，它将拐到一个他老爹朱元璋永远不可能想到的方向。

1389年，秦王朱樉被朱元璋从西安调回南京，要他担任宗人令（主管朱氏皇族的机构）。很多心机深沉的大臣都觉得朱元璋这一手的背后有不可告人的目的。就连朱标都认为，老爹朱元璋可能是烦透了自己，打算废掉自己的太子之位。

朱元璋得知朱标的这种担心后，马上把他叫到面前，看着他胖嘟嘟的身材，哀叹着说："你怎么会有这样的想法！"

朱标假装惊讶，问："什么想法？"

朱元璋说："你记住一句话，无论是朱樉还是朱棣，抑或是你的其他弟弟，他们都只是皇帝的儿子；而你，是我朱元璋的儿子。"

朱标这回可被震到了：皇帝的儿子和朱元璋的儿子，有什么区别！？

然而，他转念一想，就明白了这句话的玄妙所在：父亲爱儿子，是天经地义的；但皇帝爱儿子，却是社会角色大于父亲角色。朱元璋这句话的意思很明白——朱标永远是他最喜爱的儿子。因为他皇帝朱元璋有很多儿子，而父亲朱元璋，只有他朱标这一个儿子。

但是，朱标能放下心来吗？到了李善长案爆发时的1390年，朱标的心又开始提了起来。

巡抚西安

李善长案爆发后不久,朱元璋把案犯的狱词编成了《昭示奸党录》,除了里面的人名是真实的外,其他内容纯属虚构,其虚假程度简直像是三流小说家编出来的。朱元璋出版这样的一本书,只有一个目的,那就是警示那些还活着的文武百官:胡惟庸、李善长之流是死有余辜,不值得同情;你们这群狗官千万要小心,就连李善长和胡惟庸这样谨小慎微的奸臣都落网了,更何况你们。

李善长案牵连的无辜太多,光被杀的就有万余人,朱标看在眼里,心中对老爹的这种做法很是不满。

为此他不止一次和朱元璋爆发了争吵。不但如此,他还做了一件错事:他聚集起那些还活着的臣子,商讨如何避免以后再发生这样的惨案。

朱元璋对此自然是一清二楚。他问朱标:"听说你最近和大臣们走得很近?"

朱标回答:"那些人也是我东宫的大臣啊。"

朱元璋鼓起眼睛,下巴突然向前探出,扯开嗓门吼道:"他们现在还都是我的臣!"

朱标身子一个激灵,他看着老爹的怒容,感觉再也回不到从前和老爹玩"你追我跑"游戏的时光了。他安静了下来,回想着各种和老爹相处的往事,一切都那么空幻,如同镜花水月。

失去了父亲的偏爱后,朱标总会想起老妈马皇后。马皇后对他的影响无疑是很深的,这种影响导致他做不到如老爹那样冷酷无情,玩弄臣子就如玩弄自己的毛发一般。

夜深人静时,朱标由于身体过于肥胖而喘着粗气,他的心情失落到了极点，据他安插在父亲身边的太监们透露消息说，皇上每次提起他，总是唉声叹气。

朱标从未考证过这些消息的真假，其实真假已经不重要了——他渐渐得了抑郁症，身体情况也大不如前。1391年，朱元璋突然召见他，派给他一个艰巨的任务：巡抚西安。

他对朱标说："我让你去西安，用意有三，你能猜到几个？"

朱标在脑海中回放着最近几年朝中发生的大事，他想到了两点：

第一，朱元璋的密探在西安发现了秦王朱樉的很多违规行为，他此番前去，是要调查朱樉的过失。

第二，朱元璋自从建都南京后，就始终对南京这个都城很不满意，曾多次想迁都，而陕西西安就是他心目中最理想的建都之地。这个地方曾是光芒万丈的汉唐的心脏地带，朱元璋此举，是想复兴汉唐荣光。他此去，怕是还负有考察新都的任务。

他把自己的想法说给朱元璋听，朱元璋满意地点了点头，说："你能想到这两点已经不错了。那你可知我为什么有迁都北方的念头？"

朱标茫然地摇了摇头。

朱元璋捏了捏嘴唇上方的胡须，慎重地说："我中华的心脏一直在北方，建都南京只是受当时的形势所迫，如今时机已经成熟，应该北迁了；另外，蒙古人的残余势力仍对我中国虎视眈眈，伺机南下。在南京，我总感觉有力气使不上，所以我要北上。"这就是明王朝"天子守国门"的传统发源处。

说完，朱元璋看了眼恍然大悟的儿子，接着道："你这番前去，还有更重要的第三点。"

朱标想了半天，也没有想到第三点是什么，只能开了个小玩笑："难道老爹是想让我去西安吃肉夹馍？"

"当然不是。"朱元璋恨铁不成钢地道,"我用了几十年时间,才把'荆棘'全部砍掉,如今你要接我的班,就像呼吸一样容易。但还有一些漏网之鱼,他们在南京城里待了这么多年,势力根深蒂固。你又不让我杀他们,所以我想到一个办法,那就是迁都西安。你此去可以趁机在新的首都建立一批自己的班底,借此和那些老臣一刀两断,你要明白我的苦心啊。"

朱标听完,内心不禁五味杂陈,不知是该谴责老爹的残忍,还是该感谢老爹的良苦用心。

儿子这玩意儿就是这样,永远不明白老爹的付出。只有当老爹离开人世后,儿子才能明白老爹的良苦用心。可惜,那时已不能当面向老爹道谢了。子欲谢亲恩,而亲不在,这是人生最大的伤痛。

朱标从南京出发,一路向西北而行,每到一地,就实地考察当地民生。他发现了一个事实:大明帝国并没有因为朱元璋屠杀贪官而变得富裕。战乱虽已平息,可百姓的温饱问题仍然无法解决。

朱标叹息着,由于抑郁症的关系,他总是动不动就会流泪,而且一流就止不住。抵达西安后,他和兄弟朱樉把酒言欢,在宴席上,兄弟俩回忆着过往。当谈到无忧无虑的童年时,朱标泪如雨下。他对朱樉说:"老弟,你放心,我回去后会替你向父皇求情。你这点事,不算什么大事。"

朱樉喝多了,只听到了"大事"二字,于是醉眼蒙眬地问他:"大哥……你说要做啥大事?"

朱标沉默片刻,认真回答他:"我要做的大事就是不嗜杀。"

朱樉哈哈大笑,举起酒杯,向他祝福:"我等你做大事。"

据说,朱标听到这句话时,酒杯落地,他笑得眼泪直流,跟随他来的人中有朱元璋安插的特务,趁机把兄弟二人的言行全部记录在案。

朱标在对西安进行了认真的考察后，启程返回南京。在回去的路上经过了洛阳，也对其进行了一番考察，并且把西安和洛阳进行了详细的对比。回到南京后，他向朱元璋献上了《陕西地图》，并详细汇报了陕西和洛阳的情况。朱元璋问他："你倾向于哪个？"

朱标回答道："西安。"

朱元璋冷笑："西安有你的弟弟朱樉，你俩可以把酒言欢，做你的大事？"

朱标魂飞魄散，心脏像是中了一刀，跪在地上，再也起不来身。

朱元璋看了看他肥胖的后背，若有所思。许久，他才面无表情地对他的儿子说："起来吧，儿子，没什么。"

朱标被人搀扶起来，可他却仿佛看到刚才的自己仍然跪在那里，慢慢地变成一个石雕，永远地不动了。

几个月后，朱标依然经常回想起那个场景，他总觉得自己身体里缺了点什么，好似把魂留在了那儿。

1392年春节，朱元璋朱标父子和大臣们聚餐。在宴席上，朱元璋再次重申了一件事：他活着时，皇太子永远是皇太子；他百年之后，皇太子就永远是皇帝，即使宇宙爆炸、地球毁灭，这个事实也不会改变。

朱标茫然若失，他没听清楚父皇在说什么，他只知道，自己好像快不行了。在朱标的头脑中，产生了巨大的压力。他常常感到头痛欲裂、精神不振，而且持续发低烧，御医给他把脉后，说："风寒客于人，使人毫毛毕直，皮肤闭而为热。"翻译成人话就是感冒了。

感冒是一种自限性疾病，凭借人体自身的免疫力即可痊愈，所有的药物治疗，都只能缓解症状或者减少病痛时间。不过，当人长期处于焦虑状态时，感冒就难以痊愈，而且时常反复。

1392年春节后不久，朱标奉命和礼部尚书詹徽审核死刑犯的案件。

朱标对很多囚犯被判死刑不认可,觉得都应该改判有期徒刑。可詹徽深谙朱元璋的心思,所以坚持原判。

两人不能达成一致,就向朱元璋汇报了此事。朱元璋听了两人的陈述后,对朱标说:"詹徽判的是对的。"

朱标咳嗽了起来,他感到头晕目眩,忽然就冒出一句话:"治理天下应施以仁厚,刑罚能轻则轻,奖赏能重则重,这才是正道。"

朱元璋脸色大变,怒斥朱标道:"等你做了皇帝,再施以仁厚吧!"

这句话,非常重!当年赵光义(宋太宗)对侄子赵德昭(宋太祖赵匡胤的次子)就说过这样的话,结果赵德昭惊恐万分,拔剑自杀。

皇帝和太子说这句话时,背后的意思其实是:你是想提前登基啊?你是想谋朝篡位啊?你是想弄死我啊?

这代表着皇帝开启了"疯狗模式",随时会咬任何人一口。

朱标闻听此言后,呆若木鸡,愣在当场。他像是被人捂住了口鼻,不能呼吸。

当他从另外一个世界返回后,这个世界的一切都变得异常模糊。他走出皇宫,直奔南京城的金水河,趁护卫们走神的工夫,一个猛子扎了进去。

那群护卫大惊失色,有的人也跟着跳了进去,有的人则在岸上大呼小叫。侍卫们好不容易把朱标救上来,此时朱标的三魂已经丢了两魂。

在他奄奄一息时,他老爹再次给了他一记重击:"把在岸上大呼小叫的那些人全部杀掉!"

这根本就不是朱标想要的,可朱元璋偏偏给他不想要的。几天后,朱标在床上忧郁而死。

朱元璋哭得死去活来,拍打着朱标的尸体说:"你小子不是孝顺吗?你就是这样孝顺我的?为何让我白发人送黑发人?!"

东宫的人全都跪下，哭得稀里哗啦。朱元璋哭得几乎要背过气去，他知道，自己处心积虑为接班人布置的一切，如今又要从头开始了。

很多时候，老天一个喷嚏就会让人类所有的周密计划和安排全部泡汤。

朱元璋泡在这苦涩的汤里，好像又回到了童年，那是一段他想起来就窒息的岁月。

对朱元璋而言，这是一段绝望的时光，除了对他自己绝望之外，还有对大明帝国未来的绝望。

谁是接班人

朱标的去世，让朱元璋很长一段时间无法从悲伤中走出来。此时，又传来了他的义子沐英在云南去世的消息，真可谓雪上加霜。但真正的英雄人物，不会被痛苦和悲伤打倒，他们永远都会向前看，只要一息尚存，就要对他们的事业负责到底。

没有了接班人的朱元璋，迫在眉睫的事就是选出一个新的接班人。换作从前，朱元璋肯定会把李善长、刘伯温，乃至于胡惟庸、常遇春、徐达等人叫来，听听他们的意见。可在1392年，这些人都不在了，只剩下了朱元璋一个孤家寡人。

自从朱标死后，朱元璋连个说话的人都没有了，好像被关在一个无人知晓的地方，直到死去也不会有人再想起他。所以，所有的事情，他只能一个人来，包括选择接班人。

皇帝选接班人，可不是击鼓传花。朱标死了，朱樉上；朱樉死了，朱棣上。这不符合传统，摆在朱元璋面前的只有一条路，那就是在朱标的后代中选择一个接班人。

而这个接班人必须符合一个条件：嫡长子（朱标大老婆所生的儿子中最年长的那个）。朱标的大老婆是常遇春的女儿常女士，常女士生了两个儿子：老大朱雄英，老二朱允熥。生朱允熥时，常女士大出血而死。而在朱允熥出生的前一年，朱标的小老婆吕氏（朱标唯一的小老婆）生下了朱允炆，虽然后来又生了两个，但已经和我们要讲述的事情无关，所以不必提起。

常女士死后，吕女士被扶正，成了朱标的大老婆。朱允炆虽然比朱允熥大，而且自己的老娘在自己出生一年后就被扶正，可他毕竟是小老婆所生。所以，嫡长子只能是朱雄英。但朱雄英在1382年去世。如此，朱标的嫡长子就变成了朱允熥。

这已经是秃子头上的虱子——明摆着的事，朱允熥就是朱元璋要找的接班人。但是，朱元璋以出其不意的方式宣布：朱允炆为皇太孙（接班人）。

由于史料的缺乏，我们找不到关于朱允熥对这次事件的任何反应。但无须论证，我们猜也能猜得出，朱允熥肯定气得死去活来。那么，朱元璋为什么要跳过朱允熥，而强立名不正言不顺的朱允炆呢？

问题就出在朱允熥的姥爷身上。朱允熥的姥爷，是朱元璋最喜欢的将军常遇春，常遇春虽然死得早，可常家的势力仍然不可小觑。明帝国军界第二代的佼佼者蓝玉，就是常遇春的小舅子。自从第一代的几位将军死掉后，蓝玉就成了大明帝国的军神，多次北伐、多次建功，光芒万丈。

由此，我们就能看出，朱元璋为什么不选朱允熥，因为他姥爷这一边的力量太大了。朱元璋略懂历史，知道外戚干政的恶果，所以对于外戚相当敏感。这种思路被朱元璋之后的皇帝继承，使得大明王朝两百年来没有发生如两汉时期外戚干政的现象。

再看朱允炆的姥爷家。朱允炆的姥爷是从前的吏部尚书吕本，官职虽高，却没有任何影响力。母家势力的弱小是朱允炆被选中的一个主要原因。

除此之外，朱允熥和他大哥朱雄英一样，都属于朱元璋那种强悍、视人命如无物的人物。朱元璋本人已经让大臣们吃尽苦头，倘若再来个类似朱元璋的接班人，那大臣们想死的心都有了。所以，当朱元璋提出要立朱允炆为皇太孙时，几乎没有大臣表示反对。因为朱允炆的性格和他老爹朱标一样，柔弱仁慈，对杀人没有兴趣，这可是当时所有大臣都异常渴望的领导人。

当然，还有最后一个原因。朱标临死前，可能和朱元璋进行了一场父子情深的谈判。朱标的遗嘱就是，立性格似己的朱允炆为接班人，而不是立朱允熥。但即使朱标不这样说，其实朱元璋也不会考虑朱允熥。一方面，是其母家势力太大；另一方面，朱允熥出生时害死了自己的老妈，这种人是大大的不吉利。

当然，个人的努力也非常重要。当朱标生病卧床不起时，朱允炆在一些高人（比如黄子澄）的指导下，上演了一出出好戏，表演孝道。他在朱标床前嘘寒问暖、端屎倒尿，让朱元璋感动得要命。朱允炆不但表演孝，更表演悌。他把几个弟弟拉到父亲面前，告诉父亲："我一定会好好照顾他们的，请您放心。"朱元璋就喜欢这种对兄弟有情有义的人，他自己是这种人，朱标是这种人，现在朱允炆也是这种人。但朱允熥看在眼里，总感觉朱允炆所表现出的一切都不太对劲，可至于哪里不对劲，他又说不上来。

直到朱允炆被立为皇太孙后，他才明白过来：这小子真是诡计多端啊。

据说，朱允炆成为皇太孙后，险些给黄子澄跪下道谢，并且兴奋地说："没有你，怎么能有我的今天啊！"

但其实黄子澄只是个三流的政客，没有辅佐皇帝的能力。后来朱棣造反，黄子澄向朱允炆贡献了无数错误策略，导致了朱允炆的下台。

当时，黄子澄只是东宫的一名再普通不过的官员，他之所以煞费苦心给朱允炆出了各种计谋，无非是看透了一点：如果是朱允熥上台，由于他舅爷蓝玉的关系，其所重用的人肯定是那些老臣。作为大明帝国新一代的臣子，黄子澄根本连给这些人提鞋的资格都没有。所以，他必须突破人生的上限，把赌注押在朱允炆身上。一旦把朱允炆推到接班人的位置上，那他就是新的功臣，前途无量。

和黄子澄有同样想法的人，在当时不胜枚举。所以，朱允炆的成功上位，也是大明帝国新旧臣子之间的一场权力之战。老臣们之所以输，是因为他们的带头大哥朱元璋站在了他们的对立面。

立朱允炆为接班人，朱元璋的确费了一番苦心。以蓝玉为首的那些老臣，自然都倾向于朱允熥。朱元璋很担心这些功臣群体反对他立朱允炆，所以在立朱允炆为皇太孙之前，他先做了件很神奇的事：他命令傅友德、冯胜等老将军和硕果仅存的二十几个老臣出南京，去各卫所（明代耕战一体的组织）开垦荒地。这些老先生当然不知是计，都跑出南京城，等三个月后回到南京时，朱允炆已被立为皇太孙。

这个时候，如果蓝玉能联合这群老臣，那仍然有翻盘的可能。但不知为什么，蓝玉突然变成了哑巴，非但没有提出疑问，反而还为朱元璋的决定叫好。也许，他内心深处一厢情愿地认为，朱允炆没有背景，也没有老臣们的照顾，控制起来反倒会方便些。

可惜，在朱元璋看来，如果你不是朱允炆的人，那摆在你面前的就只有一条路：死路。

朱元璋这次拿起屠刀，是迫不得已的。虽然他选择朱允炆做接班人，避免了外戚干政，但同时也不得不面对另一个问题：朱标活着时，蓝玉还能听话，可对于乳臭未干的小鬼朱允炆，蓝玉能听话吗？答案显然是否定的。尤其让朱元璋感到忧虑重重的是，朱允炆在朝中没有任何势力加持，一个毫无根基的皇帝，皇权对他而言不是武器，而是毒药。

朱元璋必须再上演一次当初屠杀功臣的戏剧。不过这一次，他的对象可不是胡惟庸、李善长这样的文臣，而是蓝玉这样的武将。

战神蓝玉

如果说徐达和常遇春是朱元璋军事上的左右护法，那蓝玉就是一尊神——战神！明帝国开国前，徐达和常遇春在战场上唱主角；明帝国开国后，蓝玉就成为了唯一的主角。

蓝玉长得很高，面色也红润，有点三国时期关羽的神韵。他在军中的起点极高，由于自己的姐姐嫁给了朱元璋当时最信任的大将常遇春，所以蓝玉一参军就成了军官。正当有人质疑常遇春任人唯亲时，蓝玉就像是开了挂一样，走上了"战神"的道路。

他智勇双全，用兵如神，执行任何军事任务都干净利落，从不拖泥带水。常遇春去世后，他渐渐成为明帝国军界第二代军人中的典范，无数次跟随那些老将南征北战，立下了让人嫉妒的功勋。1388年，蓝玉以独立总指挥的身份北上捕捉北元主力，在今天的贝尔湖，双方发生了激战。蓝玉以大风扬起的沙尘为掩护，用骑兵快速突击，导致北元兵团惨败。这一仗是蓝玉的封神之战，捕获蒙古贵族男女接近8万人。从此，北元力量衰弱下去，再也没有力量进行大兵团式的反击。

朱元璋对蓝玉的用兵能力印象深刻，他曾经对冯胜和傅友德说："咱们可能是老了，如果是咱们打这场仗，肯定不会这样打。"

冯胜和傅友德看到朱元璋欣喜的模样，急忙附和说："当然当然。"说完，就都跑去蓝玉府上，向他表示大大的祝贺。蓝玉通过自己的军功，不但得到了朱元璋的认可，还得到了同僚们的尊敬，不管这种尊敬是发自真心，还是迫不得已。

但是，蓝玉和他姐夫常遇春不同，常遇春只把自己定位成一个军人，而蓝玉却想出将入相。朱元璋任用的宰相都是文人，在军人中，徐达、李文忠也只是挂名，不可能让蓝玉这样一个既能打又能谋的人做宰相。

幸好，朱元璋在1380年废掉了宰相，不过这并不能阻挡蓝玉的雄心壮志。蓝玉向朱元璋发起了"进攻"。

1388年蓝玉讨伐北元取得胜利后，朱元璋给前线的他送去消息说："出于对你的赞赏，我们大家商议后决定封你为'梁国公'。"蓝玉喜不自胜，回信说："这是我应得的。"

朱元璋很不高兴，后来虽然封蓝玉为公，但却把"梁"改成了"凉"，凉凉的凉。梁是春秋战国时期魏国的别称，魏国当时处于中原膏腴之地；但凉地则完全不同，凉地地处甘肃，荒凉无比。这种封号之间的差别虽没有本质意义，但仍有形式上的意义，说明此时朱元璋对蓝玉已明显不满。

所有人都能嗅到朱元璋对蓝玉的杀气。有人就偷偷给蓝玉送消息说："皇上生气了，你赶紧赔罪啊。"

蓝玉哈哈大笑说："如果活捉了8万蒙古人也是罪，那这个国家还有谁是有功的？！"

蓝玉太狂妄了。他不知道，朱元璋已经盯他很久了。但蓝玉没有盯着朱元璋，而是紧盯着朱标。朱标和他关系不错，虽然两人之间隔着辈分，可相处下来，蓝玉觉得朱标就像他的忘年交。蓝玉非常看好朱标，确定他将来会成为皇帝。所以，他总是处处为朱标考虑，为朱标保驾护航。

蓝玉常常北上揍蒙古人，当时揍蒙古人的不只有他，还有朱标的弟弟朱棣。蓝玉和朱棣有过几次合作，朱棣给他留下了深刻的印象，认定这个在北方磨砺多年的王爷不是善茬。

有一次，蓝玉从北方回南京，去拜见朱标时，曾小声对他说："我感觉燕王朱棣在他的封地与皇帝没啥两样。你这个弟弟可不是一般人，迟早要造反，我找过专业人士望过他的气，发现他有天子气象，你可要早做准备啊。"

朱标自信满满地回复蓝玉："燕王对我非常恭敬，你说的事，不可能发生。"

蓝玉想了想，点头说："但愿是我多心，希望没影响到你们兄弟的感情。"

朱标没有说话。蓝玉知道，朱标也有点担心，只不过，宅心仁厚的朱标从不以小人之心度他人之腹。

蓝玉一门心思盯着朱标，自然就忘记了背后还有一直盯着他的朱元璋。朱元璋早对他有意见了。蓝玉讨伐北元后，在回南京的路上，途经喜峰关，当时天色已晚，关门已闭。蓝玉怒发冲冠，觉得自己可以违反制度，居然命人攻击关门，破关而入。

第二天，朱元璋质问他时，他还满不在乎地说："城门是限制那些普通人的，我立下如此大功，限制我干甚？"

朱元璋险些没把一口老血吐到他脸上。这件事还没有完，又有人报告朱元璋："蓝玉这色鬼捉住了北元皇帝的小老婆，把她据为己有。"

朱元璋这回真要吐血了，不是因为蓝玉玩弄了个女子，而是他觉得蓝玉的行为会招致蒙古人的报复。但是，蓝玉被训斥后，仍然表现出一副大大咧咧的样子，气得朱元璋怒目圆睁。幸好太子朱标出来打圆场，蓝玉这才有机会回家吃饭。

那天晚上，蓝玉做了个梦，梦见许多被朱元璋杀掉的臣子都来找他，并且抚摸他的脸。他从梦中惊醒，浑身冒汗，如同水洗。在漫漫长夜中，他思考的不是朱元璋什么时候宰他，而是朱元璋为什么不宰他。按照朱元璋的性格，他过往的种种行为，早就让他死一万次了，可他居然一次都没死。

为什么？

蓝玉后来终于想明白了，他之所以没死，不是因为朱元璋喜欢他，而是因为朱标。朱元璋把他之前的老战友都杀得差不多了，而他蓝玉恰好是朱元璋留给朱标最宝贵的财产。也就是说，朱标只要在，他蓝玉就在；也只有他蓝玉在，朱标未来才能坐稳皇位。

真的是这样吗？

蓝玉想得有些简单。也只有简单的头脑才能做出些惊人的蠢事。在一次有朱元璋参加的宴会上，蓝玉酒壮英雄胆，当着同僚和朱元璋的面大言不惭地说："我的军官们对我忠心耿耿，我让他们向东，他们绝对不敢向西，他们只听我一人的！"

这已经不是吹牛，而是大逆不道了。

但朱元璋仍然忍着，因为北方的蒙古人还不消停，蓝玉是他们的克星。可蓝玉却变本加厉，朱元璋有次视察他的军营，让蓝玉的属下先出去，可蓝玉的属下却站在那里纹丝不动，好像聋了一样。蓝玉挥手示意后，他们才向朱元璋行了个礼，退了出去。

朱元璋发现，蓝玉失控了。

他冷笑着对蓝玉说："你的属下真忠心！"

蓝玉回答道:"是啊,他们都是我的义子。"

朱元璋"啊哈"一声:"你有多少义子?"

蓝玉骄傲地回答:"比您还多,有一千多人呢。"

朱元璋大笑,笑声中有砍刀嵌入人骨的声音。

蓝玉听出来了,他在战场上经常能听到这种恐怖的声音,但他身经百战,况且有朱标这个护身符,他什么都不怕。

然而1392年,朱标死了,蓝玉的大限也悄无声息地来了。

蓝玉这回感觉到了危险,因为朱元璋没有把朱允炆确立为接班人。蓝玉也知道,朱允炆之所以不能接班,和他关系重大,这也是朱元璋考虑周密之处。蓝玉从之前朱标的左膀右臂变成了一个多余的人,他的心提到了嗓子眼。

一大批少壮派军官纷纷跑进他的密室,给他支招,让他立即行动,不能像胡惟庸那样优柔寡断,最后惨死。

蓝玉处理战争问题快如闪电,但一遇到这种事关生死的政治问题,他突然就没了主意。1393年春节时,他望着南京城上方雾蒙蒙的天空,突然来了句:"下雨了。"

那天根本没有雨,有的只是屠杀即将到来时的风声。风吹在脸上,犹如刀割。

朱元璋布局

无论是胡惟庸的谋反,还是李善长的谋反,都有人告发。为了让当事人无话可说,告发者必须是当事人的家奴,因为家奴离当事人最近,最有发言权。不过蓝玉是个例外,蓝玉的家奴都是军人出身,受过蓝玉的军事思想教育,有组织有纪律,对主子也忠心耿耿。

朱元璋在这个问题上陷入了困境。在困境面前,朱元璋从不退缩,而是勇于探索、敢于突破。他找到了锦衣卫的领导人(指挥使)蒋瓛(huán)。蒋瓛是锦衣卫的第二届领导人,刚上任不久,正准备寻找机会大干一番,建下让祖坟冒青烟的功勋。朱元璋召他觐见,向他抱怨了蓝玉的诸多不法行径。蒋瓛两眼发光,他意识到,自己人生中最辉煌的时刻,可能要悄无声息地来临了。

蒋瓛试探着对朱元璋说:"凉国公府是铁板一块,我们锦衣卫插不进去。"

朱元璋理解蒋瓛的意思:干掉胡惟庸和李善长,可以从家奴入手,但是要对付蓝玉却有点难度。然而这不是他朱元璋需要考虑的问题,他只是扔给了蒋瓛一句话:"我要你们锦衣卫是干什么的?"

听闻此言,蒋瓛如获至宝,马上展开了秘密调查。正如他所料,蓝玉的家人都忠心耿耿,不肯出卖主子。但是蒋瓛没有灰心,他派锦衣卫秘密跟踪蓝玉的家人。终于有一天,蓝府上一个亲信在酒馆和别人吃饭时,谈到了一件事——据蒋瓛后来给朱元璋的报告中说,蓝玉曾经在喝多酒后对他的心腹们说:"他已经疑我了。"

朱元璋像鲨鱼嗅到血一样,开心地笑起来,说:"这就是突破口。"

蒋瓛说:"的确是。这个'他',就是指皇上您啊。他居然敢用这个字,光这就可以扣他个不敬的罪名。"

朱元璋摇头说:"不敬皇上才是多大的罪,你觉得敢说这样话的人,是不是想谋反?"

蒋瓛惊叫起来说:"这是大案、重案啊!"

朱元璋严肃起来,说:"什么大案重案,要先有证据,才能办成大案和重案。"

蒋瓛马上将蓝玉的那个心腹逮捕，在严刑拷打之下，他被迫招供：蓝玉一直在和他的战友们秘密开会，应该是想造反。

蒋瓛把"应该"两个字删掉，狞笑着等待第二天的黎明到来。他将按照朱元璋的指示，在早朝时指控蓝玉谋反。

那天晚上，蓝玉翻来覆去睡不着，他的家奴突然失踪，而且一点线索都没有。整个1393年的正月，以及二月的头十天，蓝玉都在一种莫名的恐惧中度过。为了消除这种痛苦，他决定第二天向朱元璋请求去北方继续揍蒙古人。他感觉自从朱标死后，自己已经不适应南京城的气候了。有那么几天，他不停地腹泻，而且常常做噩梦，梦到胡惟庸，梦到李善长，梦到的都是死掉的人。

他想不明白，自己是不是得了某种严重的神经性疾病，所以才总做噩梦。凌晨时分，蓝玉困乏地从床上爬起来，在几个丫鬟的帮助下洗漱。有个丫鬟给他擦脸时，看到他印堂发黑，不禁吃了一惊。

蓝玉浑浑噩噩地走出门去时，有人仿佛看到他的元神，在昏暗的晨光中跌跌撞撞地摔了出去。

那天早朝，蒋瓛在文武百官面前指控蓝玉谋反，朱元璋立即认定蓝玉谋反证据确凿。蓝玉没有喊冤。这个时候喊冤，就像是孩子撒娇，什么意义都没有。

蓝玉在下狱的当天晚上，回想起很多往事。他记得有一次，朱元璋请大家吃饭。在饭局上，朱元璋往一个金杯中倒满酒，敬那个话痨茹太素，脱口而出道："金杯共汝饮，白刃不相饶。"这十个字的大意是：我今天用最尊贵的礼仪敬爱你，但有一天我如果要杀你，也绝不会手软。

茹太素当时反应相当凌厉，马上回复说："丹诚图报国，不避圣心焦。"意思是：我只管效忠您，跟着您一天就贡献一天的心力，至于您给我的是金杯还是白刃，这不是我关心的问题。

第六章　防患未然，挑选接班人　　227

一个笑里藏刀、凶相毕露，一个胆战心惊地拍马屁，君臣二人可谓相得益彰。蓝玉想到这件事时，感到头皮发麻。他发现，朱元璋不是个人，而是个魔鬼。

让蓝玉头皮更发麻的是另外一件往事。朱元璋还未建国时，南中国有个叫张景和的老道人。他能掐会算，是天下出了名的神棍。他曾预言朱元璋是"命世之主"，后来朱元璋果然成了皇帝；他又曾预言徐达"官至极品"，不过寿命不长，徐达果然被他的乌鸦嘴说中了，死时年仅54岁。

张神棍有次去常遇春处办事，对常遇春说："你啊，短命鬼。"蓝玉恰好在场，就请他喝酒。喝到半途，蓝玉发现张神棍穿着破衣烂衫，就戏弄他说："脚穿芒屦迎宾，足下无礼。"意思是说，你穿成了乞丐样子却还和我喝酒，真是没有礼貌。

张神棍心说：我不说话，你居然自己找死，那我就把你的命运告诉你。张神棍回蓝玉道："手执椰瓢作盏，樽前不忠。"

其实两个人都是谐音高手，蓝玉用"足下"的双关语，张道士就用了"樽"与"尊"的谐音。不过，蓝玉当时没明白张神棍这句话的含义，还把张神棍灌了个半死。如今他在监狱中想起这件事，终于明白了张神棍的意思：我的死亡，是因为对皇帝不忠。

不过，忠与不忠，没有客观的评价标准。在朱元璋看来，忠与不忠的标准就是，你是不是我后代的绊脚石。有时候，没有能力就是忠，能力越大越不忠。

蓝玉在胡思乱想时，朱元璋如约而至。一见到他，就拍着双手笑起来，说："我逮到你啦！"

蓝玉懒得说话，不是无话可说，而是想看看朱元璋这个小丑接下来还要怎么表演。朱元璋从袖中抽出一张发黄的纸来，递给蓝玉看。蓝玉看了一眼，倒吸了一口凉气。纸上是一些人名，主要包括了一公、二伯、十三侯。一公，是开国公常升；二伯，是徽先伯桑敬、东莞伯何荣；十三侯（实际上少一个），是鹤庆侯张翼、普定侯陈桓、景川侯曹震、舳舻侯朱寿、永平侯谢成、宜宁侯曹泰、会宁侯张温、怀远侯曹兴、西凉侯濮兴、支平侯韩勋、全宁侯孙恪、沈阳侯察罕。

这些人大部分都是蓝玉的战友，也是常遇春的好友。也就是说，这个名单就是安徽帮最后的势力——蓝玉集团的全部人员。

朱元璋笑着对蓝玉说："这些人，都和你一样，要谋反。你看，我用你这个钓饵，把你们连锅端啦。"

蓝玉仍然不说话。他没有胡惟庸那样的辩才，也没有李善长那样对生命的强烈渴望，他现在只想去往另外的世界，因为这个世界太肮脏了。

朱元璋的布局，或者说是为皇太孙朱允炆布的局，现在已经完成了一大半。接下来，他要做的就只有一件事，那就是看戏。他要看这些不可一世、驰骋沙场的将军们哀号痛哭、人头落地。

教育朱允炆

蓝玉案刚起时，整个南京城血肉横飞。被杀的官员之血，几乎把秦淮河都染红了。朱允炆对此十分难过，整日闷闷不乐。

朱元璋早就发现了这个苗头，不由得就在朱允炆面前发出忧伤的叹息。朱允炆看到白发苍苍的爷爷唉声叹气，心里很不是滋味。

朱元璋问他："你觉得蓝玉是不是谋反？"

朱允炆想了想，回答说："您说是就是。"

朱元璋摇头道："我也是身不由己啊，这都是为了你。"

朱允炆对这种论调似懂非懂。朱元璋又故技重施，从身边捡起一根长满荆棘的棍子扔到地上，命令他："捡起来。"

朱允炆和他老爹朱标一样，无处下手。

朱元璋抽出宝剑，三下五除二就把棍子上的荆棘削掉，再扔到地上，命令道："捡起来。"

这回，朱允炆捡起来了，他知道爷爷要发表重要训导了。果然，朱元璋让他坐下，对他说："这根棍子就是你日后的江山，荆棘则是那些乱党。如果不把这些乱党除掉，你就根本拿不起你的江山。"

朱允炆看着那根被削得露出了白嫩枝干的棍子，突然来了句："如果没有了那些荆棘，谁都可以拿起这个江山啊。"

朱元璋哑然。朱允炆说得没错，荆棘是没有了，可没有"荆棘"保护的江山谁都可以拿，凭什么就一定是他朱允炆？！

朱允炆在老爹还活着时，就听说他的三个亲叔叔都不是一般人：二叔秦王朱樉在陕西，三叔晋王朱棡在山西，小叔燕王朱棣则在北京。这三人中，最让朱允炆胆怯的，就是小叔朱棣。

朱棣很早就被朱元璋封为燕王，长期居住在朱元璋老家安徽凤阳，对民间的疾苦感同身受，又受到了朱元璋特殊的军事教育，所以21岁到北京就藩时，已经是一个超级领导型人物。

朱棣还在北京防御北元势力时，就常常和中央派来征讨蒙古人的将军们接触、交流。将军们都对朱棣印象深刻，回南京后向朱元璋报告说，朱棣治理北疆很得体。所以朱棣的名声远大于他的两个哥哥朱樉和朱棡。朱棣除了善于对父皇朱元璋表现出忠贞外，在军事能力上更是表现得非常突出。朱标死后，民间甚至传言，朱棣有可能会成为朱元璋的接班人。

朱元璋显然不可能把皇位交给朱棣，这是原则问题。如果把皇位交给朱棣，那他的两个哥哥会怎么想？但他有段时间，的确对朱棣心存疑虑。如今又被朱允炆间接地提起，他竟陷入了无法向朱允炆解释的尴尬境地。

他只能对朱允炆说："你不要为此事心烦，对于这些藩王，朝廷有严格的制度限制他们，而且他们没有兵权，根本成不了气候。另外，我不希望你有这样的想法，因为咱们都是一家人，家人之间，不可存有这种怀疑之心。你父亲在世时，在家人关系的维护上就做得非常好，我希望你也能保持你父亲的做派，不要做朱家的罪人啊！"

这话已经说得很重，朱允炆慌忙跪下说："打死我，我都不敢和家人闹翻！只是，我不和他们闹，他们万一和我闹，我该如何处理？"

朱元璋被问住了。他沉思许久，才叹息说："我自有妙计，你不需要为这些事担心。记住一点：你不仅仅是天下的皇帝，更是朱家的子孙。"

朱允炆只好点头。

朱元璋想了想，继续说道："做任何事，先要让自己翅膀变硬。如果翅膀还不够硬，那就需要等待。时间会让一个要强的人慢慢变得强大，也会让一个作死的人慢慢走向死亡。从前我打江山时，有人给我出主意说，高筑墙，广积粮，缓称王。这几个字，我是终生受用的。把一块铁打好，不能指望铁软，你先要让自身硬。百分之百能成的事，就马上去做；如果没有这种把握，那就等待。"

朱允炆问："我要等待多久？"

朱元璋回答："等到你有把握时。"

这是个哲学问题。很多哲学问题，其实都是废话。朱允炆在一旁一副沉思的样子，但显然不是在思考问题，而是感到茫然若失。

朱元璋还沉浸在大清洗的欢乐中，他认为剩下的人，全都是对朱允炆忠诚不贰之人。可他没有想过这样一个问题：忠诚固然重要，但能力更重要。他用多次大清洗，干掉了他感觉不忠诚的那些有能力的人，剩下的就全是酒囊饭袋。几年后，朱允炆向朱棣宣战时，就暴露了这一点。所有的官员在朱元璋的屠杀下已经变得不敢作为，只求"明哲保身"，所以朱棣才能轻而易举地谋反成功。

朱元璋只看到了那些人的能力，却没有看到那些人的忠诚。而那些在他看来"忠诚"的人，却都是"阿斗式"的官员。

朱允炆对于爷爷的种种安排，简直是感激涕零。然而，当厄运到来时，他才会发现，爷爷的这些安排，其实是在给他修建坟墓。而他的爷爷却认为，自己是在给孙子搭建人生的天梯。

朱元璋曾对朱允炆说："我给你留下的江山，需要你自己去安排；但你不需要的，我全都帮你铲除了，一根毛都没有剩。"

朱允炆每当深夜难以入眠时，总会问自己这样一个问题："爷爷是如何知道，什么是我需要的，什么又不是我需要的呢？！"

教育的本质，是点亮被教育者的良知，而不是帮教育者做作业，这是朱元璋永远都不懂的。不清楚这个道理，就注定要付出代价，即使你不付出代价，你的后代也要帮你付出代价。

这就是当朱元璋接班人的一个死结，这个死结永远也不可能解开。因为解开的钥匙，早已被中华千年来的帝制模式扔进了汪洋大海，连如来佛祖都捞不到！

至于朱允炆的能力到底如何，下面这个故事可以作为证明。

某天，朱元璋到基层去听案，法官正在审理七个盗贼。朱允炆把每个盗贼都认真看了一遍，就对朱元璋说："这七人当中，有六人是盗贼，而其中一人不是盗贼。"

后来，经法官审讯，果真如朱允炆所言。朱元璋问他是怎么知道的，朱允炆回答道："《周礼》听狱，色听为先。此人眼神不慌、气定神闲，所以知其不是盗贼。"

据说，朱元璋特别高兴地说："俗话说'治狱贵通经'，还真是如此。"

判案凭经典，这就是朱允炆的能力。一方面，说明他对经典很熟；另一方面，也说明他是个书呆子。人的心理素质强弱不同，遇到事情的反应也不同，不能仅凭其表情就判断人家是好是坏。所以，朱允炆的能力究竟如何，我们心中已有答案。

第七章
加固皇权，扫除仅存的障碍

傅友德的小聪明

在蓝玉案爆发前一个月，傅友德从外地回到了南京。面对即将到来的血雨腥风，傅友德选择了闭门自守，天天在屋里喝酒吃肉，好像是要赶在世界末日前享受最后的人生一般；蓝玉被诛杀后，将军们陆续被牵连进来时，傅友德还是敞开着自家大门，坐在院子中央，沐浴着南京阴冷潮湿的风，等待着命运的审判。

他没有等来蓝玉的阴魂，却等来了将军王弼。王弼和蓝玉的关系不是一般地好，在捕鱼儿海（即贝加尔湖）之战中，正是他建议蓝玉设下埋伏，蓝玉才得以痛击蒙古人，取得北征中最大的一场胜利。蓝玉被杀后，王弼知道黑白无常已经在来寻他的路上，所以决定放手一搏：就是死，也不能如蓝玉那样，死得窝囊透顶！

据王弼后来的供词中所说，当初他建议蓝玉先下手为强，干掉朱元璋，可蓝玉没有听从他的建议，这才导致蓝玉案的爆发。蓝玉虽然死了，但王弼"干掉朱元璋"的志向仍在。他之所以来找傅友德，就是想完成这个愿望。

傅友德的确有这个力量。傅友德最开始投靠的是刘福通，因感觉自己不受重用，就去投奔了重庆的明玉珍；在明玉珍处，他依然觉得压抑，然后又投奔了陈友谅，可那种不被重用的感觉依然挥之不去。等到陈友谅和朱元璋开战后，他马上投奔了朱元璋。据说，他刚见到朱元璋时，就欣喜若狂地说："我找到真正的主人啦！"

投身朱元璋阵营后，傅友德把他的军事才能和勇猛精神毫无保留地发挥了出来。鄱阳湖之战中，他作为一个旱鸭子，依旧勇敢地指挥大规模水军兵团攻击陈友谅。在大战中，他的脸部中了一箭，他立即将其拔出，顿时血流如注，但他仍淡定地进行指挥，受到了朱元璋的高度赞许。朱元璋建国后，傅友德就像个消防队长，哪里有战场，哪里就有他。他多次参与到北征蒙古的战争中，之后又西征巴蜀、南平云贵，立下了赫赫战功。朱元璋给他准备再多的军功章，都感觉不够用。

朱元璋曾这样评价傅友德："除常遇春外，战功最高者，非傅友德莫属。"其实，傅友德不但能打仗，而且懂得自保之道。胡惟庸案和蓝玉案，都没有把他牵扯进来，这就证明了他的高明之处。

他自保的方法，其实很简单：他把所有的功勋都当成浮云，从不居功自傲，也从来不和文臣大佬们拉近关系，只要一有机会，他就会请求出京去战场。他知道朱元璋忌讳大臣和王爷们往来。所以，即使他的女儿是朱元璋三儿子晋王的老婆，他也很少和晋王勾勾搭搭。

他可能不知道朱元璋喜欢什么，但他知道朱元璋厌恶什么——只要不做朱元璋厌恶的事，他就能寿终正寝。这是他引以为傲的智慧。

王弼认为傅友德有扳倒朱元璋的实力，完全是他的想当然。诚然，傅友德在军中的影响力仅次于蓝玉，可他从来不利用这种影响力做别的事。他就是个消防队长，灭了火后马上走人，深藏功与名。

王弼来拜访傅友德时，他正坐在院子里喝茶，天空中下着蒙蒙细雨，丝丝雨水打湿了他的脸和花白的胡子，令他看上去好像正在忧郁地哭泣。

王弼和傅友德聊了几句，雨就开始下大了。王弼希望到房里说话，但傅友德死活不同意，还说："现在局势这么紧张，我恨不得到大街上和你谈话呢！"

王弼说："老将军，想不到您还知道形势紧张啊？我这次来就是和您商量这件事的。"

傅友德做了个"请"的手势："您喝茶。"

茶水里混进了雨水，喝起来很不是滋味，王弼只喝了一小口就放下了。这时，傅友德朝后面一个老仆人招了招手，那个老仆人就端出来一杯茶，放到王弼桌子上。傅友德没有说话，而是用手势示意那个老仆人离开。

老仆人鞠了一躬，退下了。

王弼觉得很奇怪，可也没有多想。他继续和傅友德聊天，说："您现在到底是什么想法啊？眼看着咱们军界都快被连锅端了！"

傅友德用一种绝望的眼神望着天空，喃喃地说："端就端吧，反正每个人都终归难逃一死。"

王弼对傅友德这种消极的人生观很不满意，于是拿出了战场上的杀气，恶狠狠地说："咱们应该联合起来，寻找出路啊！"

雨下大了。傅友德抹了把脸，手上都是雨水。他看着自己那双沾满敌人鲜血的手掌，说了句："哪里有什么出路，我们面前全是绝路，全是绝路啊！"

这话说得太过悲凉，连王弼都被感染了。他忽然发觉，自己来到这里的行为是那么愚蠢，与其在这里浪费时间，倒不如像傅友德这样，在家里喝茶等死。

傅友德在雨水中，闭目养神。雨声大起来，他的声音却并没有跟着提高，他对王弼语重心长地说："战场才是属于我们的世界，这里毕竟不是战场。在皇上面前，咱们就是蚂蚁，他想踩死谁，就能踩死谁。你也不要胡思乱想了，还是趁有时间多享受享受人生吧。"

说完这些，傅友德又朝后面打了个手势，那个老仆人一路小跑过来。傅友德看着老仆人，指了指天。那个老仆人恭敬地点了点头走开去，过了一会儿，他拿了把伞过来。

傅友德让王弼打伞，王弼却没有心情。他看着那个老仆人，奇怪地问傅友德："你这个仆人怎么不说话？"

傅友德说："他是个聋哑人。"

王弼失笑道："您什么样的仆人买不到，怎么偏偏买了个聋哑人？"

傅友德神秘地说："你不要小看聋哑人，这可是我花重金买来的。"

王弼觉得傅友德是被朱元璋吓傻了，傅友德却解释说："胡惟庸和蓝玉是怎么出事的？那是因为有家仆告密啊。聋哑人既听不见，也不会说话，更不会写字传递消息，只有这样，才最安全。"

王弼恍然大悟。傅友德提醒他："现在在京师，聋哑人成了香饽饽，朝中大臣争相购买，简直供不应求，我劝你也赶紧买一个吧。"

王弼是又气又乐，雨渐渐停下来了，他感觉自己浑身都湿透了。他站起来，正要向傅友德告辞，傅友德却拉住他，问："你是不是准备去找冯胜？"

王弼脸色微变，却没有说话。

傅友德继续追问："汤和？"

王弼还是不说话。

"郭英？"

王弼抹了把脸上的雨水。

傅友德冷笑道："我劝你还是赶紧回家歇息去吧，没戏。若是你的提议有戏，蓝玉那种聪明透顶的人怎么会不做，还要等你来做？！"

王弼有生以来第一次认真观察傅友德的脸。傅友德长了一张倒三角形的脸，眼睛异乎寻常地大，胡须稀疏，嘴唇惨白，容貌很是滑稽。王弼站起来指了指傅友德，说："老傅啊，你可真是个鸡贼！"

傅友德也站起来，又把他拉回到座位上，说："有些人来到这个世界上就是'鱼'，比如你我；有些人则是'网'，比如皇上。鱼能逃脱得了网吗？有的能，但能逃脱的，都是鲲。可惜，在我看来，皇上手下没有这种人。"

王弼愤愤不平："难道我们就只能等死吗？"

傅友德说："我命由天不由我，老天要来取你的命，你是没有资格拒绝的。谁会不怕死呢？可害怕又能怎样呢，一切都是注定的。"

王弼讨厌宿命论。当初在捕鱼儿海战役前，蓝玉试图捕捉北元主力，多日没有收获，就叹息着说："看来，这是咱们的命啊。"可王弼却点醒蓝玉说："事在人为，如果咱们的命都掌握在老天手中，那老天管着这么多人的命运，一个个安排过来，岂不是要累死了？"

现在，王弼仍然抱着这种想法，他把自己的想法向傅友德和盘托出："老傅你不做，总会有人做的。"

傅友德笑起来，他笑的时候，眼睛睁得更大了："你指的那个人是谁？是冯胜？是汤和？还是郭英？这几个人都不行。你还是回家洗洗睡吧，也许明天的太阳更美好呢。别忘了，皇上正愁着无人可杀呢，你可别自己送上门去。"

说完，傅友德又给那个聋哑仆人打了个手势，要他再拿把伞给王弼。王弼谢绝了，说："我连命都快没了，还怕被雨打湿吗？"

傅友德一本正经地说道："那可不行，你这身体是属于皇上的，要是被雨淋湿得病，这是对皇上的不忠。"

王弼悻悻地走出傅友德家，外面的雨又开始下起来，而且越下越大。王弼把伞摔在地上，任凭雨水向他身上倾泻。

朱元璋审核郭英

傅友德说朱元璋已无人可杀，并非一句虚言。朱元璋利用胡惟庸案干掉了无数文臣，又利用蓝玉案把大明帝国能打的人全都干掉了，只剩下五个老人：冯胜、傅友德、耿炳文、郭英、汤和。

当然，剩者也不一定为王。因为朱元璋杀人是先确定"主犯"，其他人都是随机指定的，谁倒霉被举报了，他就杀谁。所以，这五个人之所以在1393年时还活着，仅仅是因为运气好罢了。

直到这时，朱元璋才想到，应该给孙子朱允炆留下个辅佐大臣。于是，这五个人马上就上了他的名单。其实他最看好的是傅友德，因为这人能攻能守；不过，傅友德的力量好像有点过于强大了，那就先放到一边再说。朱元璋决定先从力量最低、忠诚度最高的人入手，于是他看中了郭英和耿炳文。

郭英是个美男子，投靠朱元璋后，他还当了一段时间朱元璋的仪仗队队员。郭英明明可以靠颜值吃饭，却偏要靠能力。他请求朱元璋派他上战场，而且很快就崭露头角。郭帅哥是个有勇有谋的人，擅长搏击和射箭，而且非常玩命，他一生中在战场上受伤了百余次，靠着这股不怕死的蛮劲，常常在战场上创造出意想不到的奇迹。朱元璋实在太喜欢郭英了，所以就娶了他的姐姐，这样一来，郭英就成了他的小舅子。朱元璋也曾亲切地称郭英为"郭小四"。

郭小四之所以能获得朱元璋的喜爱，可不仅仅是靠裙带关系和累累战功，他还是个特别绅士的人，深谙君子之道。同时，他的军队也是纪律森严，由于曾经做过朱元璋的仪仗队队员，所以郭英给军队灌输的思想，就是要永远效忠皇帝。他对朱元璋十分忠诚，长期以来都谨慎地侍奉着朱元璋，而且勤俭谦虚。当所有功臣都在为自己"开发房地产"时，郭小四却只有一套房子。当朱元璋询问他为何如此时，郭小四说："房住不炒，我一介平民，仰仗恩宠，幸有封爵，子孙衣食富余，有这些就足矣。如果再大肆炒房，那子孙会产生奢侈之心，这可不是什么好事。"

朱元璋听了这一番话，感慨良久，由衷地夸奖说："倘若那些功臣都像你这样，该多好啊！"其实这句话不是在夸郭小四勤俭质朴，而是在夸郭小四忠诚。忠诚于君主的人，肯定会为君主着想，不炒房，不贪污，不腐败。

从朱元璋的感慨中，我们也能知道，当时的功臣群体刚从穷苦中翻身，远没有郭小四这样的见识和觉悟，自己屁股底下就不干净。所以，他们被朱元璋株连杀戮，自己也要负一定的责任。

蓝玉案发生后，陆陆续续地牵连了许多人，各路特务发现这是自己发迹的大好机会，纷纷开始栽赃陷害。可没有哪个特务会瞎了狗眼，去指控郭英这人和蓝玉案有什么关联。所以，郭英在家里一直没觉得害怕，直到朱元璋派人来找他时，他才顿时吓得两个眼皮直跳，后背发凉。

临行前，他对家人说："如果这次我回不来了，你们记住我的话：要对皇上忠诚，自己的生活要简朴。这是咱们的家训。"

他的家人们都安慰他说："我们不怕，你躲过了那么多政治风波，这一回也不例外。"

郭英叹了口气，手指在袖子里数着："汤和、耿炳文、冯胜、傅友德，还有我，一共五个。"

他不停地念叨着几个人的名字，希望能从几人的功劳，或者是生辰八字上预测出些什么来，可直到和朱元璋见面时，他也没有预测出"谁先死，谁后死"。

郭英在占卜预测上，显然不如他的老爹。当初朱元璋从滁州出来，回老家招兵，到了郭英家所在的村子。郭英的老爹郭山甫一见到朱元璋，就大喊道："真乃奇人异相也！"接着，郭山甫就上前和朱元璋攀谈，发现朱元璋谈问题总能一语中的；他再认真观察朱元璋面相，立即确定，朱元璋将来必是非凡之人。于是，就把他的两个儿子送给朱元璋当兵，其中也包括了郭英。

后来，朱元璋带着郭英到处打仗，每次吃了败仗、灰心丧气时，郭英都跑过来和他说："我这个爹啊，平时虽然到处给人占卜算命，但一次都没有算准过。在占卜师这一行中，有一种说法，如果次次算不准，那肯定会有一次算得非常准。我觉得，就是他给您占卜的那次。所以您不要颓唐，记住我老爹的话，就肯定能成为人上人。"

后来朱元璋真就干掉了群雄，当上了皇帝。郭英偶尔也会提醒朱元璋："看吧，我爹当时说得没错。"

朱元璋对他更加喜爱了：郭小四不仅仅是个保镖，还是他的心理理疗师。

心理理疗师郭小四当时没想那么多，而是胡乱猜测着朱元璋召见他的目的。当他看到朱元璋微笑着，远远地欢迎他时，悬着的一颗心总算是放了下来——看来，我离死还有一段距离呢。

朱元璋一见到他，就对他嘘寒问暖，问他："你对最近的蓝玉案有什么想法吗？你是否有被吓到，有没有焦虑抑郁？"郭英都回答："没有。"

接着,朱元璋就让郭小四表演一段搏击术。郭英这些年被伤痛折磨,年老体衰,体力已大不如前,只好勉为其难地为朱元璋表演了一段花样武术。朱元璋看着看着,眼眶就湿润起来,他拉起郭英的手,回忆说:"这时间过得多快啊!我还清楚地记得,你在给我当保镖时,身手矫健,能上月亮捉兔子,能到海底捞王八,可你看看,现在咱们都老得走不动路了。"

郭英一本正经地说:"皇上您还是老当益壮,我是不行了。"

朱元璋叹息着,笑道:"我的皇太孙,纯孝、仁义,但还很年轻,正需要人辅佐。"

郭英马上跪下说:"我是愿为皇上您分忧的,可你看看我这副身子骨……"

朱元璋把他搀扶起来,说:"我又不是让你给皇太孙当保镖,我是希望,在我百年之后,你能好好地照顾他,像忠诚于我一样忠诚于他。"

郭英又"扑通"跪下,说:"皇上,您说的这是啥话?您是永远不会死的。即使真有那么一天,您只要相信我,我绝对会全力以赴、万死不辞!"

朱元璋点头,然后拍了拍郭英的肩膀,说:"你是我最信任的人,不瞒你说,我现在真是无人可用了。谋反的谋反,死的死,当初一起打天下的弟兄,如今就剩你们几个了。这让我如何放心地把江山交给小娃娃朱允炆啊。"

郭英脸上虽然没有表情,心里却五味杂陈:姐夫啊,有的人确实该杀,但有的人实在没有死的理由啊,这不都是你的过错吗?如今,你要让我来辅佐小娃娃朱允炆,这是赶鸭子上架,我哪里有那本事?我就是个保镖啊!

朱元璋当然不知道他在想什么。他愣神了半天后,突然就问郭英:

"你觉得耿炳文如何？"

郭英不知这一问到底是什么意思：是耿炳文该不该杀，还是耿炳文可不可以辅佐新皇帝？

郭英张口愣了半天，突然就来了句："他好像不该死吧。"

朱元璋大笑，说："我何尝说他该死？我只是想问你，你觉得让他和你一起辅佐未来的皇帝，如何？"

郭英说了实话："老耿这个人，能守不能攻。如果朝廷无事，他还胜任；可一旦朝廷有什么大事，他的那一套办法肯定不灵光。"

朱元璋点了点头，他对郭英的审核已经有了结果：不太合格。因为正如郭英评价耿炳文那样，郭英这个人也是能守不能攻。谨慎是种美德，可有时候，谨慎也是致命的缺陷。

耿炳文哭了

耿炳文和郭英有个共同点，那就是两人的起点都很高。郭英的地位，是靠成为朱元璋的小舅子而实现跃升的；而耿炳文的地位提升，则是靠老爹耿君用。耿君用是朱元璋的管军总管，在1356年时牺牲。之后，耿炳文继承了老爹的职务，在与张士诚的战役中开始脱颖而出，并最终帮着朱元璋把张士诚打残了。

朱元璋北伐后，耿炳文更是不停地建立功勋：有一段时间，朱元璋甚至认为，耿炳文的功劳能够与徐达平分秋色。但耿炳文的许多战绩，都是建立在和无数战友合作的基础上的，他唯一一次独立建立功勋，是在1392年平定了陕西徽州的邪教叛乱。耿炳文并不具备独当一面的能力，当他孤军奋战时，只能守成、不能进取，这是做将领最大的问题。

但朱元璋偏偏就特别喜欢他,因为耿炳文身上有两个令朱元璋不得不喜欢的"秘诀"——

第一个秘诀是,耿炳文非常懂得如何做一个臣子,或者说,是如何做一个不被君主杀掉的臣子。他的第一个秘诀就是"为人臣,止于慎",也就是谨慎小心,绝对不做任何让君主讨厌的事。君主最讨厌拉帮结派,耿炳文就很少和他的战友们聚餐;君主还讨厌有些臣子立了点功就张牙舞爪,耿炳文就从来不提战功的事,甚至朱元璋每次封赏他实物,他都会还回来一部分。

除了这个秘诀外,耿炳文的第二个秘诀就是"为人臣,止于平台"。所谓"止于平台",就是把自己所立的功劳全部归功于君主。在这一点上,耿炳文有着大多数人都不具备的远见卓识。世界上的大多数人,在做出了一定的成绩后,总会觉得这全是凭借自己一个人的能力;但其实,很多人之所以风光八面,只不过是因为有个好平台,离开了这个平台,就什么都不是了。

在朱元璋看来,胡惟庸和蓝玉的嚣张跋扈就是典型,没有了朱元璋和他的大明帝国这个平台,胡惟庸和蓝玉就什么都不是。

耿炳文在这方面做得相当出色。朱元璋曾让功臣们回忆往事,把他们的"创业经历"写下来。其他功臣都让撰写者把自己吹嘘成神仙下凡,只有耿炳文对他的撰写者刘三吾说:"我没啥引以为傲的经历,如果一定说有,那就是跟了皇上。所以你写的时候,措辞一定要谦抑,一定要把我的所有功绩全部归之于主上(朱元璋)。"在写到大败张士诚一事时,耿炳文又告诉刘三吾:"你就这样写,我等之所以能占据东吴,都是靠着陛下的指挥方略,我自己哪有什么建树。"

刘三吾对耿炳文的这种态度既赞赏又钦佩,他对耿炳文说:"侯爷也许就像刘邦说的那样是功狗!"

耿炳文叫起好来，说："这句话太好了，你就按照这个思路来写！"

于是刘三吾写道："是功也，狗之功也，其敢以自名？今故为三吾言之也。然则侯前后所历战，百战百捷，其功大矣，侯虽不敢自名其功。而功之在侯，犹猎之不能忘犬，犬之不能忘所自也。如此其克有今日也，宜哉！"

这就是耿炳文的"功狗"论，他明白无误地告诉朱元璋和天下人：我所有的功劳，都是朱元璋假手于我完成的。我是条凶猛异常的猎狗，之所以能捉到野兔，不是因为我自己的意识和能力，而是皇上给了我智慧，赐予我勇气。

朱元璋太喜欢这样的人了：这几乎就是奴才的典范！于是，他派人把耿炳文请到宫中，邀请他吃南京板鸭。耿炳文吃起鸭子来非常斯文，好像特别担心稍不小心就会惹得朱元璋不高兴。

朱元璋可不管那个。权力之所以让人渴望，就是因为拥有权力的人可以为所欲为。他甩开腮帮子，一口气就吃掉了一只，然后抹抹嘴巴，问耿炳文："天下太平了吗？"

耿炳文迅速而不匆忙地放下鸭腿，回道："皇上，天下太平得不行不行的。"

朱元璋说："这一切都是你和你那些战友的功劳。"

耿炳文站起来说："这都是皇上您的功劳。"

朱元璋示意他坐下，继续吃他的鸭腿。他用从未有过的、温情脉脉的眼神，看着耿炳文。耿炳文像是棵濒临枯萎的千年老树，虽然毫无生气，却有种厚重感——这正是他朱元璋想要的。

于是朱元璋问："老耿啊，你说，是打天下难，还是守天下难？"

耿炳文又放下鸭腿，回答朱元璋："这要看是谁打，谁守。"

朱元璋"哦"了一声，示意他说下去。

耿炳文缓缓地说道："若是说打天下，那肯定是徐达、常遇春，当然，还有蓝玉。"

他说到蓝玉的名字时，偷偷地瞄了朱元璋一眼，发现朱元璋神色自然，于是又说了下去："但如果是守天下，那就非臣莫属。不过，这一切都有个前提，那就是必须在您英明的指导下完成。"

朱元璋大笑起来，不是因为耿炳文的马屁拍得很好，而是因为耿炳文的马屁拍得太冷幽默了。

他问耿炳文："假设你说的都是真的，那如果没有了我，你还能守天下吗？"

耿炳文仿佛看到那只鸭腿在动。他眨了眨眼睛，拼命琢磨着朱元璋这句话的意思，可终究没有揣摩出真意。但他有高超的反应能力，他问朱元璋："皇上，没有了您是什么意思？您这是要去哪里啊？"

朱元璋又大笑起来，笑声中带着些沧桑和无奈。他指了指耿炳文，说："老耿啊，你今天就收起你那一套'为人臣'的观念吧，咱哥儿俩聊点实在的。"

耿炳文点头。

朱元璋茫然地看着宫中的空旷处：不久之前，这里还是人山人海，每个人都曾是他最亲密的战友，但如今那些人都已赶赴黄泉。他能清楚地记得蓝玉经常站的位置，那个位置有很多人想站，但只有蓝玉站在那儿让人觉得最顺眼。

他不由得悲伤起来，鼻子一酸，眼泪却没有跟着落下来——从当和尚的那天起，他仿佛就忘记了如何流泪。即使是他的老伴马秀英马皇后去世时，他也没有掉泪。直到朱标去世，他才老泪纵横，事后他去擦脸，看到掌心的泪水，居然想不起这是什么。过了几天后，他才突然想起，那是人类最古老的情绪，这种情绪只有在人失去至亲至爱时才会出现。

朱元璋的鼻子酸了半天，也挤不出一滴眼泪来。耿炳文急得手心里都出了汗，站在那里手足无措。幸好，朱元璋停下了挤眼泪，开始和耿炳文聊起了正经事。

他语重心长地说道："我年事已高，总有走的那天，皇太孙又年幼，必须有人辅佐才成。郭英说你只能守不能攻，但这正是你表现的时候——大明江山已稳，用不着再开疆拓土了，你只须好好辅佐皇太孙，守护他，帮他坐稳这个江山就行。"

耿炳文越听越紧张，听完朱元璋最后一个字，他扑通一声就跪下了，哭哭啼啼地说："皇上，您这真是为难我！没有了您，我什么都不是啊！"

朱元璋板起脸来，训斥他说："住嘴！既然是我让你成为现在的你，那我现在就让你成为辅佐皇太孙的你。你要听话。"

耿炳文仍然哭着，他是真的发自肺腑地知道自己无法胜任。没几年，朝廷就在朱棣的新式战法下乱作一团，足以证明耿炳文的确有自知之明。

朱元璋发现耿炳文的确挺窝囊的，幸好还有三个人。他默默地把耿炳文列入候选名单，如果那三个还是不行，那么耿炳文就必须像鸭子一样，被他赶上辅佐朱允炆的架。

酒鬼汤和

汤和是朱元璋的发小。当朱元璋还在黄觉寺敲钟时，汤和就先知先觉地加入了郭子兴的革命队伍，后来又通知朱元璋来参加。可以说，汤和是朱元璋参加革命的介绍人。朱元璋初到郭子兴处时，汤和还是他的领导；后来，朱元璋脱颖而出，被郭子兴重用，一跃到汤和之上。很多军官都不服，汤和却站出来为朱元璋拉拢人心，最终成就了朱元璋一方霸主的地位。

　　汤和愿意做朱元璋的属下，并肯真心实意地辅佐朱元璋这个小老弟，这是他最难能可贵的地方。

　　然而做朱元璋这样蛇蝎心肠的人的下属，肯定不会一帆风顺。汤和就因为一件事险些被干掉，事后他虽然逃过一劫，却也令朱元璋对他记了很久的仇。若不是他后来改弦易辙，很可能成为功臣群体中第一个被朱元璋干掉的人。

　　这件事发生在朱元璋和张士诚对峙时期，汤和当时奉命驻守战略要地——常州。这座城池是朱元璋和张士诚争夺的重点。汤和这人喜欢喝酒，而且喝完酒就口无遮拦，总说些大实话。有一天，汤和又喝高了，醉醺醺地对部下们说了这样一句话："吾居常州，如卧屋脊上，左转则在东，右转则在西。"

　　这句话的意思是：我驻守常州，就像跨在屋脊上，左转就可以向东，右转则可以向西。大家可能听不懂这是什么意思。其实所谓"左转右转""向东向西"，都是在指人："左转向东"指的是张士诚；"右转向西"指的则是朱元璋。汤和的酒话，翻译成大白话就是：我如果投靠张士诚，张士诚就能得天下；我如果还跟着朱元璋，那朱元璋就能得天下。

　　我们注意一点，当时汤和受到了徐达的钳制，常州虽是战略要地，可汤和的兵力并不足以达到他说的那种程度。所以，毫无疑问他在吹牛。但不巧的是，这句话被朱元璋潜入常州的间谍听到了，很快这话传到了朱元璋耳朵里。

按朱元璋的脾性，汤和这句话即使是在吹牛皮，在他看来也是大逆不道的，换作平时非把他凌迟不可。可朱元璋头脑冷静地想：汤和如果真投靠了张士诚，那形势必定会对我不利。所以，他对汤和的处理意见很温和："汤和是我的心腹旧将，我俩从小是穿一条裤子长大的，而且他这说的又是醉话，算了吧。"

张士诚被消灭后，汤和回京。朱元璋请他吃饭，吃到半路，突然问了句："你喜欢卧屋脊上？"

汤和没有反应过来，他可能早把这件事忘到九霄云外去了。朱元璋就把那个告密的特务叫到饭桌前，让特务重复了汤和说的那句话。汤和听完，吓得魂飞魄散。

朱元璋看到他那副半死不活的样子，感到大为满意，用手指敲着桌子说："你要小心哟。"

汤和果然小心起来，每天走在路上，他都感觉有无数双眼睛盯着他。后来，他如果不把自己喝得烂醉，就不敢走上街，靠着麻醉神经来抵挡朱元璋那仿佛无处不在的恶意。汤和终于被朱元璋拿捏得死死的。朱元璋建国后，大封功臣，把与汤和同一级别的人都封为公爵，只有汤和被封了个侯爵。

徐达在与汤和喝酒时，很是为他抱屈，并声称要去和皇上理论一番。汤和吓得翻倒在地，哀求徐达说："你可千万别去，你要去见了皇上，那我肯定得去见阎王。"

徐达大惑不解，汤和就小声地把"卧屋脊"事件说了一遍，最后强调说："皇上不封我为公爵，肯定是因为还记恨这事呢。"

徐达感觉脊背发凉，不再作声。汤和就在那时想明白了一件事：他的小辫子已经被朱元璋攥在手中，他这辈子可能永无翻身之日了。只有一个办法可以挽救，那就是把自己变成酒鬼。

后来，汤和在跟随徐达等人南征北讨的过程中，只要没有战事，他就把自己喝得烂醉如泥。负责军纪的官员多次向朱元璋指控汤和违反"军中不得饮酒"的规定，朱元璋只是笑笑。后来，这种指控越来越多，朱元璋大笑起来，他觉得汤和这个人拥有一个有趣的灵魂。

1376年，汤和驻防延安，防御北元势力。就在这延安城，他开始了自己神乎其技的酒鬼表演：由于没有了战事，汤和喝起酒来更是变本加厉。几乎没有人看到过他清醒的样子，他不是在喝酒，就是在准备喝酒的过程中。在喝酒的同时，他还喜欢审案。他审案时经常判错，把好人判成坏人，然后下令将其斩首。他的副将为了避免这种情况发生，就经常做些假人头，洒上血，在汤和喝得醉醺醺时，把假人头给他看。汤和只瞄一眼，就拍着桌子说："罪犯已死，此案了结。"说完，他就哈哈大笑。

如果第二天在大街上看到已被处决的犯人，他也不动声色，副将也心领神会，两人合谋上演着胡乱判案的戏剧。每当朱元璋收到这些消息，都会开怀大笑，嬉骂汤和就是一个酒鬼、一个神志不清的笨蛋。而这样的人是他最喜欢的，因为这种人对他朱元璋的权力是无害的。

1378年，汤和被召回南京，朱元璋用盛大的宴席欢迎了他。别人还没有端起酒杯，汤和就已经喝多了。朱元璋哈哈大笑，立即下令：晋封汤和为信国公。汤和谢恩的那天，浑身酒气地跪在朱元璋面前，险些昏睡过去。

汤和的酒鬼表演，很快取得了朱元璋彻底的原谅。1388年，汤和突然向朱元璋提出要告老还乡。理由是他这些年喝酒，喝伤了身体，喝坏了脑子，不能再帮朱元璋分忧了。朱元璋表现得很感动，他看着汤和因喝酒而不停抖动的手，叹息了许久。

汤和是第一个向朱元璋提出辞职的功臣。他退休时，很多人都觉得他把自己脑子喝坏了。几年后，那些当年嘲讽汤和的人在被杀之前才醒悟过来，原来脑子坏了的人是自己。汤和退休回老家凤阳后，一直闭门谢客，整日在家喝酒。地方官来拜访他，他大醉不醒；有些战友来拜访他，他就玩命地灌人家酒；最后，没有人再来见他了，所有人都把他当成了真正的酒鬼。因此，朝堂之上，胡惟庸案、蓝玉案的血雨腥风，没有沾染到汤和一点，他用浊酒避世，因长醉不醒而躲过了朱元璋的屠刀。

胡惟庸、蓝玉以及别的人，永远都琢磨不透为什么汤和对封赏之事那么不在意：只要是皇上封赏的东西，他都会毫无保留地赏赐给家乡父老；但只有一样东西，他是不送的，那就是——酒。

不过，汤和虽然退休了，可是按照规定，他每年都要到南京叩拜朱元璋。两人现在终于无话不谈，成了兄弟。1390年，汤和的身体每况愈下，朱元璋把他接到南京，送了他一座豪华的大宅子，又送给他很多仆人。可汤和假装闷闷不乐，直到朱元璋派人送来一车好酒，他才浑身哆嗦着，喜笑颜开。

1393年，朱元璋突然想见见汤和，曾经的回忆浮现在脑海中，那份兄弟情谊被唤醒了。他让人把汤和抬到皇宫时，汤和还抱着个酒瓶子。

朱元璋突然说道："把酒扔了吧，你都端着半辈子了，也该放下了。"

汤和眼睛一亮，可马上又黯淡下去。朱元璋提高了嗓音说："我说的是，你都端着装着半辈子了，现在放下吧，咱们谈点兄弟之间谈的事情。"

汤和的脸抽搐起来，他老泪纵横，扔了酒瓶子，对着地上哇哇狂吐。朱元璋被感动了，去扶汤和，汤和推开他的手，拼了老命地哭。朱元璋能从汤和的哭声中听出他的委屈和多年来侥幸不死的恐惧。

送走汤和时,朱元璋摇了摇头,将他的名字从候选名单中划掉。一年多后,汤和病逝。朱元璋干哭了好几天,没有挤出一滴眼泪。

剩下的人,只有两个了,那就是傅友德和冯胜。

傅友德之死

朱元璋找傅友德谈心,傅友德居然推三阻四起来。朱元璋只好温柔地对他说:"你如果再不来,我可就发飙了。"

傅友德这才穿戴整齐,抱着个酒坛子来见朱元璋。二人一见面,朱元璋就训斥他说:"你又不是酒鬼汤和,东施效颦,赶紧把你的酒坛子扔了!"

于是傅友德扔了酒坛子,而且还说了句:"我现在喝酒,能把汤和喝到桌子底下去。"

朱元璋不接茬,而是问他:"你是聪明人,想必知道我找你来的目的。"

傅友德大摇其头,说:"请皇上明示。"

朱元璋见他居然装糊涂,而且装得也太不上心了,就恼怒起来,说:"老傅啊,皇太孙年幼,朝中又无人可用,你是不是能担起这个重任?"

傅友德跪下了,说:"皇上,这个重任,我是真担当不起。我给您推荐几个人选吧,比如耿炳文,比如冯胜;再不济,还有郭英呢。"

朱元璋让他起来,阴森森地问他:"老傅啊,听说最近王弼总是去你家?"

傅友德很坦荡地回答:"是啊,蓝玉死后,王弼很自责,每天都跑我那里忏悔。"

朱元璋冷笑,看着傅友德说:"你的话语中好像对我有怨气啊?"

傅友德大叫了一声,说:"皇上,这话是怎么说的,您就是给我一百个胆子,我也不敢啊!而且,您对我是恩重如山,我也没有理由怨恨您啊!"

朱元璋依然冷笑着说:"前几年,你向我申请一处田产,我非但没有给你,而且还把你骂得狗血淋头,你还记得这件事吗?"

傅友德回答:"当然记得,那都是我的错。我家大业大,还非要和老百姓争夺那点东西,皇上您训斥得对。"

朱元璋点了点头,仍然不太放心:"蓝玉谋反没有?"

傅友德说:"谋反了啊,不是已经证据确凿了吗?"

朱元璋笑了笑:"老傅啊,你真是老奸巨猾啊。"

傅友德急忙磕头说:"多谢皇上夸奖。"

朱元璋没有再和傅友德聊下去。傅友德和耿炳文两人,表面上看是同一种人:低调、与世无争,可耿炳文是内外合一地与世无争,但傅友德总让人感觉是装出来的,而且装得心不甘情不愿,显得怨气很重。

想到这里,他杀机立现:必须干掉傅友德!这样的人,不能留给皇太孙当定时炸弹。

傅友德的生命开始进入倒计时。

朱元璋杀人,向来以污蔑其谋反为手段。这种方式,朱元璋已经用腻歪了,他决定在傅友德身上使用一种新玩法。而且,朱元璋觉得,这个玩法很刺激。

1394年,朱元璋请大臣们吃饭。进房间前,朱元璋发现,有个卫士没有按规定佩带剑囊,他定睛一看,原来这个卫士不是别人,正是傅友德的儿子傅让——傅友德有四个儿子,一个过继给了别人,另一个战死了，剩下的两个都在政府供职。

朱元璋如获至宝。当宴会进行到高潮时，他突然大声喊起来："傅让想干啥？为何不佩带剑囊！"

傅友德马上站了起来，要请罪。朱元璋怒目圆睁，指着他："你干啥？我叫你了吗？给我坐下！"

傅友德发现朱元璋杀机已现，他知道这一天总要到来，所以并没有过于惊恐，内心反而产生了一种莫名其妙的平静。他慢慢坐了下来，等待朱元璋的下一步。

他猜测，朱元璋肯定是想按照"子债父偿"的方式来干掉他。可事实证明，他太小看朱元璋的阴狠毒辣了。

朱元璋在那里咆哮了半天，终于进入了正题，他对傅友德吼道："去，把你的两个儿子给我叫来！"

饭局上所有人都噤若寒蝉，他们听到了傅友德起身时平稳的呼吸和心脏缓慢的跳动声。他站起来向朱元璋行礼，然后向门口走去。但是，他的前脚刚迈出大门，朱元璋就又命令道："站住！"

傅友德只好站住，转过身来跪下请示朱元璋："您还有什么吩咐？"

朱元璋不知从哪里掏出一把宝剑，扔到了傅友德脚下，说了句："用这个，把你那两个儿子押来！"

傅友德暗暗叹了口气，狠狠地握住了那把宝剑，脚步沉重地走了出去。

朱元璋扫视众臣，发现他们一个个浑身发抖。他对他们这种反应很满意，至少，这些人仍然在害怕他。他在等着傅友德，他觉得自己一定能等来最好的消息。

傅友德很快就出现在了门口，他的两只手中都有东西：他的右手握着那把朱元璋给他的宝剑，左手则拎着两颗血淋淋的人头，人头上的血还在不停地向下滴。

傅友德站在门口，狠狠地盯着朱元璋，然后把两颗人头像扔皮球一样扔到了朱元璋脚下。

朱元璋被吓到了，这可能是他有生以来第一次感到如此恐惧，他大怒起来，指着傅友德问："我何尝让你杀你儿子？你如此做，是不是怨恨朕？"

傅友德哀号着大笑起来，就像是荒凉的原野上，一头母狼失去了孩子而发出的叫声。他握紧了宝剑，剑尖指着地，慢慢地向朱元璋走来。

朱元璋的护卫们正要上前护驾，朱元璋却拦住了他们。朱元璋看着傅友德向自己越走越近，傅友德也看着朱元璋，又看了看掉在地上的两颗人头，最后把剑放到了自己脖子上，冷冷地对朱元璋说："你无非是想要我们一家的脑袋。现在，我给你！你敢接吗？"

朱元璋感到非常尴尬，傅友德却大笑起来，笑声充满了鄙夷。

笑声未落，傅友德就用剑在脖子上一抹，鲜血从脖颈喷出，喷了朱元璋一脸。朱元璋愣愣地站在那里，仿佛感觉不到傅友德的热血正从他脸上肆无忌惮地流下来。

傅友德临死前的那一幕，给了朱元璋一个重大打击：他不喜欢这种刚烈的死法，他更喜欢听人哀求，然后在他冷酷的目光下屈辱地死去；每次有人这样死去时，他都能感觉到莫大的满足。而傅友德的这种死法，给了他极大的羞辱，让他所有的计划全部泡汤。

几天后，他下令：抄傅友德全家。

有人报告说，傅友德有个侄子跑掉了。这本是件无伤大雅的事，可朱元璋却暴怒起来，下令："把他给我捉回来！不管你们用什么法子，我要活的，如果见不到活人，你们就都给我去死！"

发布完这一命令后，他感觉舒服了许多。然后他就把朱允炆叫来，对他说:"这些人啊,都不行。你以后要靠自己啊。"

朱允炆问了句:"傅友德为什么要自杀?"

朱元璋跳起来,愤怒地说道:"我怎么知道他会突然自杀?我要是知道他会当着我和那么多人的面自杀,我肯定会先把他的两只手剁下来。我本来是要羞辱他,再把他扔进监狱,最后再来个凌迟处死;可他偏偏趁我不备就抹了脖子。真是气死我了!"

朱允炆想问的不是这个,他迟疑了一下,还是问道:"傅友德犯了什么罪?您为何要杀他?"

朱元璋更加生气了:"你还记得那根棍子吗?傅友德就是那根棍子上的荆棘啊!"

朱允炆不同意这种理论,他说:"傅友德不是荆棘,而是鸡肋,能在这么多大案中存活下来,要么是神仙,要么就是谨慎无能的笨蛋。所以,傅友德可杀可不杀,但您还是把他杀了。"

朱元璋觉得朱允炆突然之间就长大了,他很高兴。他最希望的就是朱允炆赶紧长大,最好能像他一样成熟。他站起来拍了拍孙子的肩膀,点头说:"宁可错杀一千,不能放过一个。"

朱允炆眨了眨眼,嘴角露出不易察觉的微笑,说:"那还有一个。"

朱元璋不自觉地问:"谁?"

朱允炆回答:"冯胜。"

冯胜之死

冯胜实在是个异类,他能征善战的本事仅次于常遇春,但小问题永远不断,是被朱元璋训斥得最多的功臣。可就是这样一个人,居然能活到朱元璋晚年时期，这本身就是个奇迹。

元末大乱时，冯胜集合了一支武装力量自保，后来经人推荐，投靠了朱元璋。大概是自己做主人习惯了，所以冯胜给人的感觉就是有组织无纪律，常常自作主张。

朱元璋对张士诚开战后，命徐达围攻张士诚的高邮城，却久攻不下。后来，朱元璋让冯胜替代徐达。冯胜到高邮后，马上和高邮守将谈判，最后高邮守将居然同意了投降。冯胜把这个重磅消息告知朱元璋，朱元璋提醒他："张士诚的将军都诡计多端，你要谨慎。"

冯胜可不管那个，他派了一个百人的谈判团进入高邮城，结果被人家一网打尽，部队的士气大受打击；冯胜也被朱元璋召回南京，挨了几十大板后，又被命令徒步回到高邮城下。

冯胜哼着小曲从南京出发，还真就靠两条腿走到了高邮。一到高邮，他就来了火，让部队不分昼夜地攻击，后来在徐达援兵的支持下，冯胜终于拿下了高邮城。但他没有得到任何封赏，因为朱元璋觉得他不听命令，擅自与高邮城讲和。

冯胜却大大咧咧，根本不在乎朱元璋那点赏赐，也没有汲取任何教训，仍然我行我素。1368年，朱元璋建国，开国大典后不久，冯胜就跑到了南京郊区抢老百姓的鸡蛋。朱元璋气得要死，把他在东宫的官职免除，命令他去山西扫荡。冯胜一进入山西，就开始大杀四方，所向披靡，敌人闻风丧胆。朱元璋对他出色的军事能力赞叹不已，正要给他封赏时，他却又出了问题。

1369年，冯胜奉命渡过黄河，进入陕西，扫荡元朝军阀李思齐。老冯大刀阔斧，很快就把李思齐打得满地找牙。这是大功一件，冯胜又乘胜追击，把陕西境内全部的反明势力连根拔除。之后，朱元璋召回了在陕西的大部分部队，命令冯胜防守庆阳。

冯胜在庆阳待了一段时间后，自我感觉特别好，认为关陕已平定，自己也没必要在这里吃黄土、喝西北风了，于是自作主张，带着他的驻守部队返回。朱元璋这回连鼻子都气歪了，指着他的鼻子，大骂了半个时辰。最后念他实在是战功赫赫，就赦免了他的死罪，只是故意把给他的封赏打了个大大的折扣。

冯胜毫不在意。到了第二年正月，朱元璋为彻底巩固陕西战果，再次派遣冯胜出征，冯胜再次所向披靡，把敌人按在地上摩擦。凯旋后，朱元璋再也不好意思不封他为公爵了。冯胜就这样，在一半是问题、一半是成绩的飘飘忽忽中，走上了人生巅峰。

按朱元璋的看法，冯胜的战功仅次于徐达和常遇春。不过，朱元璋这人有时候对别人战功的评价不太靠谱，在他的眼中，似乎所有人都能进入前三一样。

当然，冯胜的战神神话远没有结束。北元皇帝逃到和林后，朱元璋下令三路大军北伐和林，徐达、李文忠、冯胜各为一路。徐达和李文忠惨败而回，只有冯胜，不但把遭遇到的劲敌揍得丢盔卸甲，还抢回来了许多马匹与骆驼。

朱元璋正要为冯胜的胜利而感到高兴时，冯胜又出了问题。有人投诉说，冯胜藏匿起了许多抢来的战利品。

朱元璋真是哭笑不得，只能让他把藏匿的战利品交出来，而且还象征性地罚了款，至于封赏，那肯定是没有了。但是，冯胜仍然不在乎。

在之后的各种战事中，冯胜都以常胜将军的身姿活跃在战场之上。常遇春、徐达等人去世后，蓝玉崛起，但冯胜仍然是军中之魂。他虽然总是会犯各种错，可总是能将功补过，朱元璋捉不到能置他于死地的把柄。而且，他的命实在太好了：1380年，胡惟庸案爆发时，冯胜在外打仗；后来的林贤案爆发时，他还在外面打仗。不过，到了1387年，冯胜的运气似乎用完了。这一年，他奉命征讨辽东的蒙古人，这场仗就像从前一样，打得很顺利。可他仍然在搞小动作：他不但私吞了战利品，还把本已投降的蒙古人再度逼到造反。

朱元璋气得暴跳如雷，收回了他的兵权，还把他赶到凤阳去养老。冯胜还是一副满不在乎的样子，跑到凤阳后，他也没有如汤和、耿炳文那样安分守己，而是走东家、串西家，搞得自己像个社交达人。更要命的是，他居然给他的女婿、即朱元璋的第五子周王朱橚写信说："快来看看我啊，我好寂寞好无助啊。"

朱橚也是个笨蛋，居然真就违反"藩王不得出封地"的规定，跑到了凤阳和老丈人喝酒。两人相谈甚欢，朱橚居然在凤阳待了一个多月。朱元璋很快就知道了这件事，多疑的他认为两人在背地里搞"军事联盟"。于是他下令，严惩朱橚和冯胜。

冯胜这回老实了。朱元璋本来想趁1390年的李善长案，把冯胜牵扯进来，可冯胜和李善长八竿子打不着，当然也是因为冯胜此时已经没有任何兵权，朱元璋不将他放在眼里的缘故。

从此，冯胜再也没有独掌一军的机会。他成了朱元璋的跑腿，哪里有点小问题无法处理，朱元璋就把他从凤阳召回，让他去处理。朱标去世后，冯胜被朱元璋准许住在南京。

有人对冯胜说："皇上这是想重新重用你啦！"

冯胜却摇晃着脑袋，说："你这是胡说，皇上是想把我弄到他身边来，这样控制起来比较容易。"

朱元璋当然有这个想法，不过他还有另外的想法，那就是冯胜的确有辅佐之才。当他把冯胜叫来，装模作样地对他嘘寒问暖后，就开始发问："你知道我找你来有什么事情吗？"

冯胜说："知道啊。"

朱元璋不太高兴。

冯胜说:"您是想让我辅佐皇太孙吧。您看,您现在想到我,也是迫不得已。本来,辅佐之才有千千万,可他们全被你送进了棺材。剩下我们几个不争气的,您只能挑来挑去,矮个里拔大个。"

朱元璋深吸了一口气,他讨厌冯胜那种自命不凡的样子,于是又冷冷地问:"去年,傅友德是怎么死的?"

冯胜叹息道:"其实我们几个老家伙早就该死了,只是因为老天的眷顾,才活到了今天。傅友德死得好啊,他不死,有人就睡不着觉。"

朱元璋彻底被激怒了,站起来拍桌子道:"那如果你不死,是不是也有人睡不着觉?"

冯胜已经管不了那么多了,因为一个人如果看透了自己的命运,那他就什么都不在乎了。他回朱元璋说:"皇上,请您息怒,毕竟没几个人可以供您杀了。"

这是赤裸裸的挑衅,朱元璋气得浑身发抖,指着冯胜说:"你这是找死。"

冯胜扑通跪倒在地,说:"皇上饶命啊。我可没有胡惟庸、蓝玉那样的力量,搞出一场大案来。"

这句话,朱元璋听明白了。他感觉到绝望,不是绝望于冯胜的不恭敬,而是绝望于为什么他的威严,在冯胜这里变得一文不值。是不是自己老了,冯胜看透了他这个老头子虚弱的内心,看透了他的色厉内荏?

无论怎样,他觉得冯胜必须死。不过,朱元璋还没有想到杀冯胜的方法,他厌倦了以谋反的罪名杀人,想用更艺术的方法来除掉冯胜,如同他本来想用更艺术的方法杀掉傅友德一样。

冯胜把这场谈话看成是君臣二人的决裂,剩下的事,他什么都不在乎了。不但不在乎,而且还故意让自己离死亡越来越近。冯胜虽然年纪很大，可壮心未已，他特别怀念那些在沙场征战的岁月，为了回忆当年的英雄经历，他在自家门前修了个园子，把瓮埋在地里，又架起木板做走廊，人在上面跑跳，就会发出类似战场上轰隆隆的响声。冯胜的那些属下都把这个当成游戏，但冯胜却把这个游戏当成是自己过去光辉岁月的重演。

正当他玩得不亦乐乎时，有人向朱元璋告密说："冯胜肯定要造反，他在那个园子下面埋了很多兵器，而且每天都在操场上训练士兵。"

朱元璋现在对这种告密毫无兴趣，冯胜不可能谋反，不是他没有这个胆子，而是他没有这个力量；况且，诬陷冯胜谋反而将其诛杀，这很没有"艺术性"。朱元璋思考了一会儿，找来了耿炳文，把这件事说给了耿炳文听。耿炳文听罢，一言不发。朱元璋命令他说话，耿炳文还是装聋作哑，说起了车轱辘话。

朱元璋很恼火，问耿炳文："难道你也要谋反？"

耿炳文急忙摆手，跪下说："我万死都不敢谋反。"

朱元璋就问："那你说该怎么处理冯胜？给我句话。"

耿炳文看着地，好像要从地表看到地心。最后，他吐出了两个字："杀吧。"

朱元璋追问："怎么杀？"

耿炳文被问得走投无路，只好破罐子破摔："毒死他算了。"

朱元璋善于用毒，据很多人私下说，李文忠是被毒死的，徐达也是被毒死的。现在，再毒死个冯胜，正好凑局斗地主。

朱元璋实在找不到更艺术的方式杀掉冯胜了，只好采纳耿炳文的意见。虽然这个杀人方式很老土，可杀的过程却可以具备艺术性。

他决定请冯胜吃顿饭——吃顿"最后的晚餐"。

1395年冬天，朱元璋派人去请冯胜来皇宫吃火锅。冯胜走进皇宫时，看到一只蝙蝠从空中倒坠下来，马上要砸到他头顶时，突然间一个折身，从他的耳边飞过。冯胜吓了一跳，当时他还觉得很奇怪：青天白日的，怎么会有蝙蝠？

进入了内殿，冯胜看到朱元璋正端坐在一张双人桌后面，微笑着仿佛在等待什么。看到冯胜进来，朱元璋站起身，做了个"请"的手势。冯胜正要叩头，却被朱元璋制止了。朱元璋说："你我今日不必讲这个了。"

冯胜坐下时，斜眼去看门外，他又看到了那只蝙蝠，它正倒挂在树枝上，冷冷地盯着他。冯胜打了个寒战。朱元璋发现了，就说："赶紧吃点东西暖和暖和！"

冯胜发现桌子上摆着很多盘子，盘子里全是羊肉。冯胜最喜欢吃涮羊肉，但十几个盘子都是羊肉，这让冯胜感到很不解。于是，朱元璋解释给他听："这是朱棣特意从北方送来的，羊都是朱棣从蒙古人那里抢来的，全是大肥羊，肉质鲜美，让人吃了一只还想再吃。你快吃吧。"

冯胜说："我当年从蒙古人手里抢的羊，可比这些多多啦！"

朱元璋沉下脸来："老冯，你这是要和朱棣比谁的功劳大吗？"

冯胜豁出去了："皇上这话错了，我们这些做臣子的就是有天大的功，也不如您儿子的微毫之功啊，谁让我不是您的儿子呢？"

说完这句话时，冯胜又去看那只蝙蝠，蝙蝠还在，似乎在盯着他笑。

朱元璋心情好像不错，对冯胜说的话丝毫不感到生气，反而还端起了酒杯，要和老冯兄弟干一杯。冯胜不怕这个，一口就喝了下去，然后龇牙咧嘴地说："这酒好辣！"

朱元璋笑了笑。冯胜四处望了望，大惊小怪地说："哎哟，皇上，四周怎么空荡荡的？如果当年那些老战友都活着，那该多好啊！"

朱元璋收起笑容："你的意思是，我杀人太多？"

冯胜回了句："少吗？"

朱元璋问他："我给了多少人爵位，你可知道？"

冯胜掰着手指头，一本正经地算起来："公爵25个，侯爵79个，伯爵12个，子爵11个，男爵23个，一共是……哎哟，正好150个！"

朱元璋问他："我杀的都是哪些？"

冯胜想了想，说："好像都是公爵和侯爵。"

朱元璋又问："杀了多少？"

冯胜算了起来。算了好久，他终于算明白了："好像是26个。"

朱元璋拍案大叫道："才26个，可公爵和侯爵一共有104个，你居然说我杀人太多！"

冯胜也叫了起来，说："你这个算法不对，有的人可死得不明不白啊，比如徐达，比如李文忠。"

朱元璋又拍着桌子叫起来："你不要污蔑我，我可没有毒死他们！"

冯胜这回乐开了花，说："皇上，你这是此地无银三百两！"

朱元璋怒发冲冠，命令冯胜："把酒给我喝掉！"

冯胜看了看酒，苦涩地一笑："能保我家人安康否？"

朱元璋说："你不说我还忘了，我已经让人给你的两个女儿送外卖去了。"

冯胜脸皮抽搐着，慢慢地喝下了那杯酒。羊肉在锅里翻腾着，冒出了阵阵香气，但冯胜已经闻不到了。他只能闻到那只蝙蝠身上的腐臭味，还有那张世界上最丑陋的脸散发出的血腥味。

冯胜离开皇宫时，天色已深。大街上吹起了一股冷风，冯胜的酒劲上来了，他找了个墙根，大口大口地吐酒。在清醒的瞬间，他仿佛看到从前那些战友在向他招手。他没来得及分清到底是现实还是虚幻，就朝着战友们的方向走去。这时，他的侍卫看到冯老将军的头向墙上一碰，不动了。

冯胜死的同时，他的两个女儿也被朱元璋送的外卖毒死。朱元璋对冯胜家族并没有赶尽杀绝，只不过下令，冯胜家族的后人永远都不能做官。一代名帅和他的家族，就这样无声无息地被历史的车轮碾过。

加固朱允炆皇权的"三板斧"

在干掉了傅友德和冯胜后，朱元璋忽然感觉自己的身体垮了。长久以来，他始终处于精神紧绷的状态，这种高度紧张的状态让他得了严重的焦虑症，他总是感觉自己有做不完的事。如果无事可做了，他就会到处找事做。他必须行动起来，才能排解内心的空虚和不安。

看上去，一切都已经安排妥当：他干掉了所有对朱允炆有威胁的人。现在，他必须再做几件事，来加固朱允炆的皇权。

他做的第一件事，就是废除一些残酷的刑罚，诸如"黥刺""腓剕""阉割"等传统刑罚，以及他自创的一些酷刑。中国古代酷刑的名目繁多，早在东周时期就有了"黥刺""腓剕""阉割"等。即使是最文明的朝代，这些酷刑也没有被停止使用。施加酷刑的目的有很多，其中一种就是为了折磨人，让人求生不得，求死不能。

朱元璋曾在《大诰》中写过这样一个案例：有个厨子因为犯罪被关入大牢，眼见生还无望，就想自杀。他绞尽脑汁想着自杀的办法，最后向大牢中的大夫王允坚买了毒药。厨子死后，朱元璋发现了王允坚曾贩卖毒药给厨子，于是把王允坚捉起来审讯。王允坚立即招认，只希望速死。可朱元璋不同意，他要让王允坚慢慢品尝痛苦，不得解脱。他命人把王允坚卖给厨子的毒药喂给王允坚吃,这种毒药是慢性的,要花上几个小时才能死去,而且是有解药的。王允坚服了毒药后,痛苦了几个小时,正要死去时,朱元璋命人给他喂了解药;王允坚被救活后,又被喂毒药,等到马上要死时,又被喂解药。王允坚被折腾了好几轮,最后被折磨得连死的心都没有了,朱元璋这才下令将他腰斩。

酷刑的另一种目的,则是为了让人以最凄惨的方式结束生命。这一点,朱元璋做得非常好。那些功臣没有一个是被好好杀死的,要么被腰斩,要么被活活剥皮,蓝玉算是死得最轻松的——死后才被剥皮。

酷刑的第三种目的,则是让人在痛苦中慢慢死去。最有名的刑罚当数凌迟。不过,朱元璋喜欢"创新",据说他曾亲自创造了两种刑罚,让人懊悔来到这个世界上。

第一种刑罚,类似于今天的水刑:把受刑人绑在椅子上,在他脸上放一张桑皮纸,之后喷上酒,桑皮纸吸收酒水后会软化,然后紧紧贴在人的脸上,人就无法呼吸。越是无法呼吸,人就越是要大口大口呼吸,可呼吸的幅度越大,脸上的桑皮纸就会贴得越紧,严重时会把人的口鼻统统糊死。如果一张桑皮纸不够,那就再放第二张,再喷上酒水。不断重复这一流程,没有人能撑过七张纸。

朱元璋发明的第二种酷刑,是拉肚子给他带来的灵感。有一次,朱元璋吃坏了肚子,开始腹泻,腹泻了一天,把他折腾得够呛。他对侍卫们说:"我险些把肠子拉出来。"

说完这句话,他好像意识到了什么。不久后,"抽肠"的刑罚就开始运用到死囚犯身上。所谓"抽肠",是将犯人绑在高空木架上,然后把犯人的肚子划开,用钩子钩住犯人肠子。钩子的另一端则用绳子系上重物,重物下降,犯人的大肠就被重物拉出来,随着受刑人的惨叫,肠子被拉成一条长线,受刑人则在痛苦中慢慢死去。

酷刑是人类中那些变态而又聪明、拿别人的身体和生命不当回事的人发明出的一种摧残肉体的恶劣方式。它针对的是人类最脆弱的肉体，几乎没有人能在酷刑之下幸存，因为任何一种酷刑都超越了人类身体所能忍受的极限。

朱元璋晚年时，酷刑几乎每天都在锦衣卫大牢、刑部大牢以及地方政府的监狱中，持续不断地上演。这是朱元璋黔驴技穷后的唯一招数，可到了1395年，他觉得这些酷刑似乎应该停一停了，他要给皇太孙朱允炆日后的执政增添一抹仁慈。所以，1395年阴历六月廿七，他在奉天门敕谕文武百官："我自起兵至今四十余年，亲理天下庶务，人情善恶真伪，无不涉历。其中奸顽刁诈之徒，情犯深重，灼然无疑者，系令法外加刑，意在使人知所警惧，不敢轻易犯法。然此系权时处置，顿挫奸顽，非守成之君所用长法。以后嗣君，统理天下，并不许用黥刺、腓劓、阉割等刑。盖嗣君宫生内长，人情善恶，未能周知。恐一时所施不当，误伤善良。臣下敢有奏用此刑者，文武群臣及时劾奏，处以重刑。"

这段话简直说得天衣无缝。朱元璋的意思是：我用酷刑是逼不得已，而且我用酷刑从来没有让酷刑不得其正，但新皇帝朱允炆就不一样了，他分不清谁是好人、谁是坏人，万一给好人用了这些刑罚，那就是昏君。

这样一来，朱元璋既为自己过去施行酷刑找到了理由，又把之后朱允炆必行仁政的信息透露无遗，而且最后还来了句："你们这群做大臣的，以后谁敢提出恢复这些刑罚，就要受酷刑！"

这句话简直太逗了！

在做完这件事后，朱元璋又做了件事来巩固朱允炆的皇权。他下令："自古三公论道，六卿分职，自秦始置丞相，不旋踵而亡，汉、唐、宋因之，虽有贤相，然其间所用者，多有小人专权乱政。我朝罢相，设五府、六部、都察院、通政司、大理寺等衙门，分理天下庶务，彼此牵制，不敢相压，事皆朝廷（皇帝）总之，所以稳当。以后嗣君并不许立丞相。臣下敢有奏请设立者，文武群臣，及时劾奏，处以重刑（肯定是那些被他废除的酷刑）。"

朱元璋废丞相一事为何被后人多诟病，主要原因是他打破了传统。皇帝代表国家，丞相代表政府，这是中国古代几千年来的政体传统。但朱元璋以石破天惊的思维，把政府的首脑给废了，这自然引起了很多人莫名的恐慌。之后的明代内阁制再一次证明：没有政府首脑的帝国，一定玩不转。

但朱元璋却以为自己可以玩得转，他既是六部的领导小组组长，又是五军都督府各军的领导小组组长，还是督察院、通政司、大理寺等部门的领导小组组长。总之，在朱元璋的心目中，明朝的皇帝都是通才，而且精力旺盛，能同时胜任各个部门的领导小组组长。这也是为什么后来明朝皇帝多出懒人的原因，因为事情的确太多，若要认真做事，就是累死都做不完。

朱元璋废丞相，也是出于对明朝开国后几位丞相的极度失望。但这是丞相本人的问题，和中书省毫无关系。朱元璋自作聪明地把丞相们的擅权看成是中书省的问题，足可见，多读书对一个人而言实在太重要了。

但废掉丞相，不允许以后再设丞相，是朱元璋千方百计集权的必由之路。他把这一招数立为国法和家法，的确终结了相权与君权之间的艰难博弈；而且，对于朱家的所有接班人而言，从此永无丞相的威胁，也算是好事一件。

可此事也有弊端，几年后朱棣造反，朱允炆身边没有丞相，更无有丞相之才的人。他被朱棣干掉，朱元璋难辞其咎。

在取消酷刑后，朱元璋树立了朱允炆的仁慈形象，温暖了众臣的心；又通过废除丞相，把权力分散到了各部门，再集中到皇帝手中。之后，朱元璋又针对自己的家族，颁布了《皇明祖训》。

《皇明祖训》初名《祖训录》，是一本皇帝行为规范大全。《祖训录》于1369年开始编写，六年后成书，之后又有增删。1395年，朱元璋作了篇序，然后此书正式"出版"。朱元璋在序言中明确说道："凡我朱家接班人和家人，都要以此为戒律，不得删改一字，严格执行。"

全书共十三章，将皇帝至亲王的行为准则一一规定。

以下是十三章的大致内容：第一章重点强调不允许立丞相、禁用酷刑，以及对违法皇亲国戚的处置方式、对四方各国采取的方针，还有关于敬天法祖等问题的解答；第二章则告诉皇家人要有持身之道，强调节俭；第三章谈到祭祀，朱元璋认为祭祀贵在精诚，并阐述了祭祀的准备程序；第四章是告诉后代帝王，动止不可随意；第五章是说，帝王必须广有耳目，同时规定官员、士、庶人等不得妄议大臣；第六章则是一些礼仪，有祭祀的、奉使王府的、进贺表笺的、亲王朝觐的、亲王在国等各种礼仪；第七章是讲法律的，包括对皇太子和亲王的处分办法；第八章严格规定，皇后不得干预外政；第九章则规定了太监们的职责和机构设置；第十章规定了封爵的程序和规格；第十一章谈到了亲王仪仗以及兵卫，王国军队分为守镇兵和防卫兵两种，各地如遇警，都听从各地亲王的调遣；第十三章规定了诸王的宫室格式不得超规格；最后一章规定了亲王们的供用，包括朝觐时沿途人役物料的支给和每岁常用两个部分。

这就是朱元璋为朱允炆设置的三板斧：禁止酷刑、永远不得设置丞相，以及《皇明祖训》的颁布。当然，这些其实都是一回事，全都规定在《皇明祖训》里。

朱元璋认为，这是他高度智慧的结晶，可自从他的接班人上任，他的子孙就开始陆陆续续地违反这些规定：朱元璋让皇帝爱护亲王，可朱允炆却削藩；朱元璋让后代不要攻打安南，朱棣就对安南动手；朱元璋不让太监识字，朱瞻基就请老师为太监授课；朱元璋不让皇帝随意出宫，后来的朱厚照就到处游玩……总之，《皇明祖训》最终成了摆设，它对于朱元璋子孙而言，简直一无是处。

朱元璋最后留下的这些安排，越是自我感觉天衣无缝，其造成的结果就越是"天崩地裂"。

第八章

一生勤勉，拼到最后一刻

相信《烧饼歌》

　　1395年阴历三月，朱元璋又丧一子。这一回去世的，是他和马秀英的第二个儿子——秦王朱樉。

　　朱樉在朱元璋眼中，绝对不是像朱标那样的好孩子。他在陕西时，常常做些违法的勾当，也经常被人告状。为此，朱元璋还特意让朱标去了一趟陕西，以调查朱樉的情况。幸好朱标重视兄弟感情，不但没有落井下石，反而替二弟说了一堆好话。朱元璋虽然知道朱樉的一些违法乱纪行为是真的，却都碍于朱标的关系而没有去深究。当然，最重要的一个原因是，朱元璋对家人都很好，很少向家人举起屠刀。

　　不过，朱元璋对朱樉的印象从此变得极差。在很长一段时间里，朱元璋都不再提起朱樉，直到1395年正月。那时，甘肃发生了少数民族叛乱，这时候的朱元璋已无将可用，总算是想起了离甘肃很近的秦王朱樉。于是，朱元璋命令朱樉率领兵马去平叛。朱樉对付这些人的叛乱，简直连热身都算不上，轻而易举就将敌人打趴下了。但回到陕西不久，朱樉就因为在征战途中受到瘴疠之气侵袭，于阴历三月一病不起，很快死去。

对于朱樉的病逝,朱元璋表现得极为冷淡。他叫来礼部尚书任亨泰,与他商议朱樉的谥号。任亨泰是明代一个非常传奇的人物,中国历代王朝都注重孝道,统治者常常通过"表彰孝行"来弘扬这一中华民族传统美德,但直到任亨泰,才把"表彰孝行"这一行为纳入法律范畴。我们要记住这个人物,是他以一人之力,让中华民族传统美德——孝道,上接了天线,下接了地气。

任亨泰有知识、有见识,当然也是个心理大师,他注意到朱元璋对朱樉的死表现出了异乎寻常的平静,于是联想到朱樉在世时的种种表现,所以追封朱樉为"愍"。《谥法》上说:"在国逢难(逢兵寇之事),曰'愍';使民折伤(苛政贼害),曰'愍';在国连忧(仍多大丧),曰'愍';祸乱方作(国无政动多乱),曰'愍'。"从以上的叙述中,我们可以清晰地看出,"愍"这个谥号其实很差劲。如他所料,朱元璋居然同意了,并且在给儿子的人生鉴定书中这样写道:"我深感哀痛,此乃父子之常情;我追赐谥号,此乃天下之公理。朕所封诸子,以你年长,首封于秦,希望你能永保禄位,以做帝室之屏。为何你不修养德行,以致殒身,故赐谥号为'愍'。"

朱樉去世三年后,朱元璋和马秀英的第三子晋王朱棡也去世了。朱棡和老爹朱元璋以及自己的三个兄弟都不一样,他不但是个美男子,而且智慧超群、喜欢学习,曾和朱标一起师从宋濂,成了一个有着文人气质的王爷。不过,他也只是徒有其表罢了,在自己的封地太原,他可谓无恶不作,完全是个浑蛋。朱元璋曾多次训诫他,但他没有任何悔改之心,直到有人告他谋反,惹得朱元璋大动肝火,他这才假装老实起来。

但似乎是因为装的时间太长了,以至于这种"老实"变成了习惯,最后升华为了他的本能。到了1391年，朱标奉命去巡抚陕西，路过山西时，朱㭎请求朱标带他去见父亲朱元璋，按照他的说法，他已经很久没有见到老爹了，甚是想念。朱标发现三弟居然如此恭顺，大喜过望，擅自做主把他带回了南京。朱元璋严格地审视了一番朱㭎，发现他真的改邪归正了，不禁心花怒放。朱标去世后，朱元璋把老将冯胜和傅友德都送到了朱㭎那儿让他接管，这就是对朱㭎最大的信任。

所以，朱㭎死后，朱元璋给他的谥号是"恭"，意为恭顺、谦恭。

连失朱标、朱樉、朱㭎三子以后，朱元璋变得沉默寡言，仿佛从一只凶猛的老虎变成了病猫。他的儿子虽然很多，可与马秀英所生的孩子只有四个，如今只剩下朱棣了。

至此，朱棣不但是藩王中实力最强大的一个，而且还坐上了朱氏家族尊序上的第一把交椅。朱棣能混到这个位置，当然有投胎水平高超的原因，但更多是因为他不停地在事上磨炼。

朱棣于1380年在今天的北京当燕王时，正值蒙古人南下，不停地与大明帝国发生碰撞。朱棣从此开始参加各种军事活动，连续两次以集团军群的规模北征，这让他不但精通如何打仗、如何战胜各种各样的对手，还让他在军队中树立了不可动摇的威望，成了朱元璋子孙中的佼佼者。

朱元璋虽然很看好朱棣，但正如他当年对朱标所说的那样：朱棣再怎么有能力，也只是皇帝的儿子。即是说，朱棣的身份地位永远不可能再上升，他永远只能是个王爷。

这句话在朱标还活着时，是正确的；朱标死后，在朱樉和朱㭎还活着时，大概也不会错。可当前三个儿子都死掉，只剩下朱棣一个人时，朱元璋就不敢像从前那样说得过于绝对了。

朱棣有点让朱元璋不安：和长居深宫、文弱的朱允炆相比，朱棣有些太威猛了。朱元璋还清楚地记得当初朱允炆问他的问题："我的叔叔们会不会对皇权有兴趣？"

他当时的回答是："这绝不可能发生。"

在朱元璋去世前两个月，朱樉刚去世时，朱允炆又提出了这个问题，不过这一次，他已经把疑问具体到了个人身上："四叔朱棣如何？"

朱元璋已不知该如何回答这个问题了。他好像太老了，老得连呼吸都懒得进行了。那天晚上，他思索着这个问题，失眠到了天明。吃完早饭，他突然对贴身太监下令，使其告诉外官："让朱棣来南京。"

太监吃了一惊，还未等回过神来，朱元璋又说："算了，当我没说。"

太监又吃了一惊。朱元璋看到太监的神情，隐隐感觉这件事不能外传，然后下令："来人，把这个太监拉出去砍了。"

到了中午时分，朱元璋昏昏沉沉地醒来。他梦到朱棣跳进了金水河，从里面举起朱标和朱允炆的尸体，朝着他狞笑。朱元璋晃荡了一下脑袋，感觉非常不舒服，于是下令："来人。"

几个太监快步走上来。朱元璋说："帮我去书房找点东西。"

太监们问："什么东西？"

朱元璋回答："一本书，上面画了个烧饼。"

如你所知，朱元璋要找的那本书，正是刘伯温当年留下的奇书——《烧饼歌》。

谈到《烧饼歌》，就不能不谈到刘伯温。《烧饼歌》是刘伯温留给朱元璋和他的子孙乃至全中国的命运预言书。据说在朱元璋登基后不久的某一天，朱元璋正在内殿吃烧饼，刚咬了一口，内监就来报说刘伯温觐见。朱元璋临时起兴，便把只咬了一口的烧饼放到碗中，然后盖上，再召刘伯温入殿。

一见到刘伯温,朱元璋就问他:"大家都传说你能掐会算,那你可知我这碗里是何物?"

刘伯温认真观察了一会儿,发现朱元璋嘴角残留着几粒芝麻,又观察了那个碗的大小,顿时有了十足的把握。他回答道:"半似日兮半似月,曾被金龙咬一缺,此乃小烧饼也。"

朱元璋叫起来说:"哎哟我去,还真准,你到底有多大本事?"

刘伯温回答:"前知五百年,后知五百年。"

朱元璋说:"前知的就算了,你后知的五百年能说说吗?"

刘伯温慌忙摆手说:"天机不能泄露,否则会损阳寿的。"

朱元璋笑道:"你们这些神棍真搞笑!知道的东西不说给别人听,有什么意思?你给我泄露点天机,毕竟我乃真龙天子,可以向阎王爷替你求情,让你多活几年。"

刘伯温只好说道:"我朝大明一统世界,南方终灭北方终,嫡裔太子是嫡裔,文星高拱日防西。"

朱元璋听懂了个大概,再问:"朕今都城竹坚守密,何防之有?"

刘伯温说:"臣见都城虽巩固,防守严密。似觉无虞,只恐燕子飞来。"

这句话,朱元璋却听不懂了。

中国古代的预测术有个特点,那就是占卜人和被占卜者必须是同谋,占卜者说一句话,被占卜者必须努力让自己靠上这句话,如果靠不上这句话,那就完蛋了。

当年刘伯温说这句话时,朱元璋死活搞不明白;现在,他好像明白了,就是那句"只恐燕子飞来"——燕子,岂不就是燕王?燕王,岂不就是朱棣?!

一想到这里，朱元璋浑身发冷，赶紧让太监拿来几个烧饼，玩命地吃下去。但这无济于事，他吃完烧饼后，感觉更加寒冷。于是他下令："让朱棣进京！马上，立刻！"

五千宫女事件

朱元璋不一定是个宿命论者，但他肯定相信刘伯温的《烧饼歌》。在1396年，宫中有太监向他密报："宫里有人和外人私通。"

朱元璋险些惊掉了下巴，他问："是谁？"

告密者说："还不清楚。"

朱元璋吓坏了：如果宫内宫外联合起来，那推翻他的江山岂不是易如反掌？

他让告密者偷偷调查，而他本人也密切注视着宫中的一切。那段时间，他疑神疑鬼，看到一个太监心事重重的样子，就感觉人家要谋反；看到一个宫女脂粉抹得很浓，就感觉人家可能准备庆祝他的死亡。他感到心烦意乱，然而，告密者私下也调查了很久，得出的结论依旧是：肯定有人内外勾结，但真没查出来是谁。

朱元璋想到了刘伯温的《烧饼歌》，急忙找出来翻。当他翻到某一页时，立即惊住了——按他的解释，刘伯温对这件事早已预料到，那一页分明写着："阉人任用保社稷，八千女鬼乱朝纲。"

朱元璋还能回忆起当时的情景，那时候，他问刘伯温："八千女鬼乱朕天下者何？"

刘伯温告诉他："忠良杀害崩如山，无事水边成异潭；救得蛟龙真骨肉，可怜父子难顺当。"

朱元璋对后面两句话毫无兴趣，或者说，他的关注点全在"八千女鬼"这四个字上。犹记得千年以前，李淳风对李世民说："取你天下者乃女人，名字里有个'武（五）'字。"

后来，这个预言果然应验了：夺取了天下的武则天，正是个女人。

于是，当朱元璋得知有人和宫人私通时，又拿出了刘伯温的《烧饼歌》，在上面看到"八千女鬼"四个字，他的恐惧可想而知。祛除恐惧的唯一办法，就是把让你恐惧的事物消灭，朱元璋断定："八千女鬼"就是指那些宫女，她们就是女鬼；可能还有些太监，太监虽然不是女人，但也不是男人，这种不男不女的人，估计比女鬼还可怕。

于是他下令："把宫中女子全部剥皮，凑足八千个！"

马上有太监就告诉他："可是宫中没这么多女人啊。"

朱元璋说："那就把太监也算上。"

报告的太监慌了，说："那也不够八千个啊。"

朱元璋很扫兴，只好说："那就能凑多少是多少。"

太监们讨论了一天一夜，为了不伤害到同类，强行凑了五千个宫女，第二天交给朱元璋。

朱元璋看了数字，愤怒地说："这也太少了！刘伯温说的是'八千女鬼'，这才五千，还有三千女鬼呢！"

太监们跪下说："真凑不出来了，自打马皇后主管了后宫，宫女的编制就始终没有增加过，就现在这五千人，还是在马皇后去世后，您多次增加了编制，才有了现在这个存量。"

此时，朱元璋感到非常心痛：早知如此，当初就不该玩节俭这种鬼把戏。他又问太监："你们这些不男不女的家伙就不能贡献几个名额吗？"

太监们都跪下说："我们不是纯正女鬼啊，这不符合《烧饼歌》里的说法。"

朱元璋想了想，语重心长地对他们说："你们看，刘伯温说的是'八千女鬼'，现在却只有五千，如果夺我大明江山的女鬼恰好在那遗漏的三千女鬼中，而不在这五千女鬼中，那岂不是错杀了这五千女鬼？"

太监们异口同声地说："皇上您真是'恩怨分明''慈悲为怀'，都到了这个时候，还想着错杀好人！"

朱元璋闭目沉思了许久，终于睁开眼睛，高兴地叫起来："我想到一个办法，先干掉这五千女鬼，剩下的三千，等以后有了再杀，或者干脆让她们陪葬。这要成为一种制度，以后的皇帝都要遵守。"

殉葬制度是古代中国乃至整个人类世界的特色——做主子的死了，不知道那个世界到底是什么样，还是带着点自己人过去为好，所以就把伺候他的活人也带走。你不能说这是自私，因为在古代中国皇帝的眼中，他的宫女、太监、老婆，都是私有财产，他随时可以带走。

在朱元璋的这种"完美"设计下，五千宫女被施行了"剥皮楦草"，惨叫声不绝于耳，在这些如花似玉的女子死后很多天，她们临死前的惨叫声仍然回荡在南京城和皇宫中。

朱元璋听着这些人凄惨的叫声，却一点都感觉不到恐惧——这些人活着，才是他最恐惧的事。后来他找来了孙子朱允炆，真心实意地对他说："我又帮了你一个忙，这个忙不比砍掉那些荆棘小。"

朱允炆非常不理解爷爷的举动，他试探着问："您是真相信刘伯温的那一套玄乎的东西吗？"

朱元璋坚定地点头说："普通人可以不信这些鬼东西，但咱们一定要信。"

朱允炆不明白。

朱元璋长吸一口气，看样子是要长篇大论，朱允炆马上正襟危坐，准备接受眼前这个老屠夫的思想洗礼。

"我来问你，一个农民春天播种，秋天收获，靠的是什么？"

朱允炆回答："靠人家的辛苦劳作啊。"

"那我再问你，一个商人，起早贪黑，赚了很多钱，靠的是什么？"

朱允炆想了想回答："靠人家的辛苦付出啊。"

"不对，"朱元璋说，"商人囤积居奇，贱买贵卖，靠的是头脑，而不是付出。"

朱允炆只好同意爷爷的这种说法。

朱元璋继续说："农夫努力五分，只能得五分收获；而商人努力五分，却能得到五十分收获。只靠付出，怎么能赚这么多？所以，商人都要有点信仰，要么信佛，要么信道。但是，你以为这群王八蛋真的信吗？大明刚建国时，有个富商沈万三，凭其财力能修建半个南京城，你说他得多有钱？他家中供的佛像千千万，他却吃喝嫖赌，算是什么狗屁佛教徒？他们之所以信这些玩意儿，就是因为他们的付出和回报不成正比，他们心虚，所以才搞个佛像来拜。那可不是信仰，是他们释放恐惧的地方。"

朱允炆想不到，从来不懂商业的爷爷居然还有这番言论。他知道朱元璋最恨商人，当然，中国古代所有的皇帝都恨商人，因为如果大家都去经商，就没有人务农了，那么那些皇亲国戚吃什么？

朱元璋接着问朱允炆："我从一个要饭的，花了几十年时间坐到这张龙椅上，靠的是什么？"

朱允炆不敢随意回答了。他想了半天，才说道："爷爷您是天命所归啊。"

朱元璋微愠道："这是屁话，难道我不用努力，老天就把皇帝这个位置给我了？"

朱允炆不知道该怎么回答了，不过他突然想起那冤死的五千美女，于是问道："您为什么要杀掉那些宫女呢？"

朱元璋用有点恨铁不成钢的语气说："你着急什么，我现在就说给你听。人当然要靠努力，才能成就自己。靠努力成就自己的人，事业有限；如果有了努力，再加上运气，做出的事业就能突破自己的能力；如果有了努力，加上运气，再来点天命，那就能做出英雄级别的事业；如果有了努力，加上运气，再来点天命，最后能心狠手辣，那就能做出伟人级别的事业。"

朱允炆听了，回想自己和老爹朱标，发现他二人最多只能是英雄级别的，还算不上伟人。只有爷爷朱元璋才是伟人。

"但是，伟人为何要心狠手辣？"

这是朱允炆的疑问，朱元璋很快就向他做了解释："天地不仁，以万物为刍狗，圣人不仁，以其他人为刍狗。真正做事业的人，要把所有人都当成他的棋子，不能把人当人。人一有妇人之仁，就会被情感所困；被情感所困，则不能理性，当断不断，必受其乱。"

"那是不是应该把老百姓也当成没有生命的东西呢？"

朱元璋说："不行，世界上只有一种权力是永恒的，那就是老百姓给你的权力。一项权力，如果不是老百姓给你的，就必定会被收回。所以，忽悠住老百姓，尽一点点力为他们着想，你就能得到高额的回报。"

显然，朱元璋有点跑题了，朱允炆赶紧提醒他："您为何相信刘伯温的那一套胡言乱语？"

朱元璋想了想，最后回答："因为处在咱们这样的高位，你必须明白一点,你所拥有的一切都是命中注定的,即使不是,你也要相信,这就是一种信仰。所以,我们必须相信预言。"

朱允炆叫起来:"我刚才就是这样说的!"

朱元璋正色道:"说了有个屁用,你要做到!知和行要统一起来,这才叫真正的说!"

两位辅臣

朱元璋下令让朱棣进京的那天早上,天空渐渐地起了雾。直到走进房间,朱元璋才发现,他刚才做了个错误的决定。于是,他马上收回自己的成命:"先不要让朱棣来。"

然后,他又发布了第二道命令:"传耿炳文和郭英来见。"

耿炳文和郭英刚从陕西平叛回来,身上的征尘都未洗净。所以先到的郭英略显疲惫,他没有直接进殿,而是在殿外等候耿炳文,想与耿炳文一起见朱元璋。但朱元璋让他先进来,他有点私事要和郭英单独谈。

这件私事是这样的:前几天,有个叫裴承祖的御史向朱元璋控告郭英有罪,罪名是私下蓄养家奴一百余名,而且曾在自己家中地窖动用私刑,导致五人丧生。蓄养家奴不是什么大事,只不过数量有点多;但用酷刑杀掉了五人,这就属于犯罪了。朱元璋偏爱郭英,本打算让这件事悄无声息地过去。可几天后,又有个御史上奏,仍然是指控郭英未经过朝廷审批就擅养家奴,而且还用酷刑使五人丧生。

朱元璋这回可不能做睁眼瞎了。他把指控文书扔到郭英脚下,让郭英自己看。郭英对自己被指控一事早有耳闻,但他是个特别谨慎、对朱元璋也特别忠心的人,根本没想过朱元璋居然跟他玩真的,所以看到朱元璋扔过来的指控书，心中一凉。

他不禁问他的老姐夫："我有何罪？"

老姐夫朱元璋说："你还不知自己有罪？你擅自私养家奴一百多人，用一年时间训练后，发给他们武器，这可是一支武装部队啊。"

郭英惊讶得张大了嘴巴。

朱元璋又训斥他："你用酷刑杀死那些底层人士，你不知道我最痛恨的，就是欺负老百姓的人吗？"

郭英这回吃惊得险些把下巴抵到地板上去，他内心深处想的是：我才杀了五个人，而你一开口就让五千美女命丧黄泉，如今竟然说我欺负老百姓，这还有没有天理了？！

郭英的想法真是幼稚：天理这玩意儿，永远掌控在权力最大的家伙手中。

可他不能这样说，因为高高在上的朱元璋是皇帝，他只好跪下，悲痛地说："我没啥好说的，您看着办吧。"

朱元璋恼了："郭英，你这是什么态度嘛，我批评错你了吗？"

郭英发现朱元璋要发飙，急中生智，直接把上衣脱了，趴在地下。朱元璋看到郭英后背上的累累伤痕，不禁鼻子一酸：那些伤痕是郭英对他的忠心啊！

在蒙蒙雾气中，朱元璋仿佛看到战场上的郭英永远冲在最前面，把他挡在身后。郭英就像是一堵墙，挡住了朱元璋遇到的所有劫难，这些劫难全被郭英的血肉之躯吸纳，化作郭英身上的伤痕。

朱元璋叹了口气，让郭英站起来把衣服穿好，然后握起郭英的手，真心实意地说："这么多年来，真要谢谢你啊。"

郭英哭了，哭得像个被母亲误会了的孩子，眼泪无法止住。

两个加起来一百多岁的老家伙，就在大殿里互相拥抱着哭泣，只不过，郭英眼泪如雨下，朱元璋只是干哭。

如果不是耿炳文到来，两人不知要哭到什么时候。耿炳文在殿外等了半天，太监总是过来和他说："皇上和郭英在哭呢。"

耿炳文马上深吸一口气，回忆他年轻时候爱人死掉的那天，但眼泪没能涌上来；他马上换了个思路，回想老爹老妈去世的那一刻，可眼泪还是没涌上来；最后，他想到那些死去的战友，有被腰斩的，有被剥皮的，有被用鞭子活活抽死的，可还是没有眼泪。

耿炳文抽了自己一嘴巴，咒骂自己是冷血动物：皇帝和郭英在里面哭，他居然不哭，这简直就是不忠。太监最后一次来通知他："您还是进去吧，我看皇上是哭不完了，您去劝劝。"

耿炳文做了最后一次尝试：他想起朱元璋的残忍。这一回有效了，他浑身起了鸡皮疙瘩，血液停止流动，一股恐惧之气从腹部冲向喉咙，他嗓子一痒，鼻子一酸，眼泪顿时上来了。就这样，耿炳文哭着进入大殿，看上去，他哭得比已精疲力竭的朱元璋和郭英还要伤心一万倍。

朱元璋看到耿炳文也在哭，莫名其妙地问："老耿，你哭啥呀？"

耿炳文说："不知道，大概是心有灵犀吧，你俩在这里哭，我不自觉地就在外面哭上了。"

朱元璋对这马屁非常满意，他让耿炳文上前，问他："江都郡主和你的儿子耿璿还好吧？"

江都郡主是朱标的长女，两年前被朱元璋嫁给了耿炳文的儿子耿璿。这是一桩赤裸裸的政治联姻，其用意再明显不过：朱元璋是想让耿炳文为皇太孙朱允炆保驾护航。耿炳文想到这件事时，就想到当初朱元璋感动得痛哭流涕的样子：一个老头当着很多人的面哭得稀里哗啦，这既是一种荣誉，又是一种沉重的责任。

耿炳文不知自己能否承担这一重大责任，这个荣誉就成了他的负担。最近两年来,他常常彻夜不眠。

不过,朱元璋从来没有给过他机会,让他诉说内心的焦虑。朱元璋有时候会欺骗他说:"耿炳文你一定行的!"当然这也是迫不得已,因为原本可用的人,全被朱元璋杀了。

有些时候,我们托付给他人一些事时,并非因为那个人有多大的本事,或者真的能解决这些事,而是我们一厢情愿地认为他可以解决这些事。我们相信的其实不是别人,而是自己。

朱元璋把郭英脸上的泪痕擦掉,让耿炳文也擦擦脸,突然对二人鞠躬,说:"为了天下苍生和大明江山,要委屈二位了。"

两人哪里遇到过这种情景,连忙慌张地跪倒在地。朱元璋让他俩起身,君臣三人坐在一起,朱元璋让太监上茶。三人拿到的茶都不同:耿炳文的是太平猴魁,郭英的是碧螺春,朱元璋最近肠胃不好,所以太监只给他上了一杯白水。

两人发现大家喝的都不一样,顿时慌了,关于徐达、李文忠、冯胜的往事立即浮上心头。朱元璋发现了两人因恐惧而发绿的脸色,看了看茶水,失声叫起来:"你们两个在胡思乱想什么?这是根据你们的喜好上的茶,不要怕。"

郭英顿时放松下来;耿炳文看到郭英放松了,也就放松下来。朱元璋对二人说:"我将不久于人世了,你二人今后要好好辅佐皇太孙,他这个人空有妇人之仁,能对付君子,却不能对付小人。"

两个人马上又哭出声来说:"皇上您万寿无疆,怎能说要不久于人世呢?这我们是万万不能答应的。"

朱元璋让两人别腻歪了,很严肃地问道:"你们对燕王怎么看?"

耿炳文看看郭英,发现郭英也在看他。两人大眼瞪小眼,瞪了半天,也没有搞清楚这句话该怎么回答。或者说,他们不知道朱元璋想问的到底是什么。

朱元璋就单刀直入地说:"刘伯温当年曾预言'燕子飞来',这个燕子指的可能就是燕王朱棣。"

耿炳文从来不相信刘伯温那些装神弄鬼的话,这也就是他无法成为皇帝的原因——做皇帝的必须信点这些东西。他先开口说:"皇上,秋来时,北方的燕子都要飞到南方过冬,这有啥稀奇的呢?"

郭英也附和说:"如果'燕子'就是燕王,那古琴难道就是秦王朱樉?刘伯温能掐会算,怎么没有算到自己什么时候死、怎么死的?"

朱元璋听完两人的话,心中暗骂:真是两头蠢驴啊,为什么最后剩下的都是蠢驴?

他舒缓了下情绪,说:"燕王朱棣这人,的确是智勇双全,如果太子还在,我倒不怕,可现在皇太孙还是个小孩子……"

郭英瞅了瞅耿炳文,发现耿炳文没有先开口的意思,他只好自己先上:"皇上,燕王是您儿子啊,您这是想告诉我们,燕王会造反?这根本不可能啊,他造反对他有什么好处?如今的他已是荣华富贵皆有了。"

朱元璋斜眼看着郭英,说:"胡惟庸当时已是一人之下万人之上,为何还要谋反?"

这句话,是只有无赖才能说出来的话。胡惟庸是否谋反,别人不知道,你朱元璋还不知道?!但两人不敢反驳。不敢反驳,就只能沉默。

朱元璋发现和两个人聊正事,简直太艰难了,比和死人说话都困难。他只好直接抛出他的问题:"我想把朱棣弄到京师来,把他囚禁,如何?"

耿炳文大呼道:"万万不可啊,皇上!北方还不安宁,秦王和晋王都已去世,只剩燕王在,如果把燕王调回,那谁能去北方守卫我大明江山?"

郭英明显感觉到耿炳文失态了，这种失态，是其军人职业的本能所致。他当然也不主张把燕王调回，不过他的理由却和耿炳文不同："皇上，您贸然把燕王调回软禁，恐怕会引起其他亲王的紧张情绪，这于国于民，都没有益处。况且，现在并没有证据能证明燕王要谋反啊！"

朱元璋反击道："李善长、胡惟庸谋反前，也没有证据证明他们要谋反啊。"

两人再度无话可说，大殿里一片死寂。朱元璋打破沉默说："你们是不同意把燕王弄来京城吗？"

耿炳文和郭英两人不约而同地点了点头。朱元璋叹息说："若是早几年，我根本不必听你们的；可现在，我却想听从你们的意见。如果是命中注定的，恐怕也不是人力能更改的吧。"

两人没有任何表情，又是死一般的沉寂。最后，朱元璋站起来说："老耿啊，你以后就做总兵官吧；郭英，你掌管禁兵，负责京畿地区的安全保卫。"

这两个职务都是重职，两人明显感觉到朱元璋是在托孤，可托得又不是那么自信，没那么洒脱。两人自然心知肚明，自己根本不是朱元璋理想中的辅臣，只不过实在是没有人了，两人才踏上青云，成为下一朝的伟大人物。

一个箱子

1398年春节刚过，朱元璋就开始头昏脑涨，偶尔还流鼻涕打喷嚏，御医诊脉后，说他是受了风寒。朱允炆每天都过来探望，随着他探望次数的增多，朱元璋的风寒状况却越来越严重了。

整个正月过去后，朱元璋的病情忽然加重，御医们开始加大药量，可朱元璋的健康仍没有任何起色。几个御医蹲在药铺开会，有人一针见血地指出："皇上都七十一啦，气血不足，所以得病后痊愈的时间会延长。况且，病来如山倒，病去如抽丝，现在咱们的药方是对症的，我们加大药量，应该问题不大。"

但有个医生却说："药方虽能救人病，却救不了人老。"

其他医生脸色惨白，他们看着那个医生，如同看着一只刚从地狱里出来的鬼。

医生们蹲着开会后过了两天，朱元璋的病情突然有了起色：他早上居然喊饿，中午还喊小老婆来陪睡，晚上竟然可以处理几份奏折。

医生们注意到，他的脸色渐渐红润起来，又恢复了从前的威严。朱元璋也感觉自己突然就好了，这真是个奇迹，看来做皇帝真的会有老天照顾。为了庆祝大病痊愈，朱元璋特意请来许多和尚到宫中作法，在锣鼓喧天之下，朱元璋偷偷和一个大和尚谈话，这件事没有人注意到，即使有人注意到，也不会多想。自建国以来，朱元璋虽然很讨厌别人说他是秃驴，可他对佛教却是情深意切。各种和尚常常出入宫廷，朱元璋对佛教的支持力度也很大，给他们地产、免除他们的税收，佛教遂成为明王朝最大的房地产商，他们衣食无忧，敲木鱼念佛号，比当初的朱元璋过得要好上一百倍。

朱元璋对佛教当然没什么信仰，他只是认为皇帝必须相信点什么。所以，佛教和道教，都成了他的信仰箩筐中最重要的两个物件。在与那个大和尚谈完话后，朱元璋让人铸造了一个大铁箱子。几天后，他把朱允炆叫到宫中，把大铁箱子放到朱允炆面前，极其严肃、极其认真地说："你以后要是遇到无法解决的困难，就打开这个箱子，里面有让你解决问题的方法。"

朱允炆吃了一惊，问他："如果一件事连皇帝都无法解决，一个铁箱子又怎能解决？"

朱元璋说："你不要管。你要记住，这个箱子，必须在你遭遇绝境时才可打开，平时遇到什么小困难、小麻烦，千万不要打开它，否则它就会失去法力。"

朱允炆失声笑道："爷爷，这是不是又是刘伯温的那一套玄学？"

朱元璋板起脸来，朱允炆马上感到神经紧张。朱元璋说："你刚才没有用心听我说，我现在再说一遍：只有到你面临绝境时，才可以打开。"

朱允炆这回不得不认真点了点头，朱元璋这才长舒一口气，然后叫来一个老太监，让他跪拜朱允炆。老太监起身后，朱元璋指着老太监对朱允炆说："你要把他时刻带在身边，你以后谁都可以杀，唯独不能杀他。"

朱允炆记下了，朱元璋又重复一遍："你要把他时刻带在身边，无论你以后杀谁，都不能杀他。"

朱允炆频频点头，然后偷偷地观察那个老太监：他看着平平无奇，和大多数太监没啥两样，只不过有些老，还有点驼背。

他正要琢磨爷爷在搞什么把戏时，朱元璋又叫出一个人来，此人来到朱允炆面前时，朱允炆认出了他——这正是翰林学士郑洽。

郑洽这个人，朱允炆略有耳闻。当年胡惟庸案爆发时，郑洽家族也受到牵连，朝廷要他们家族出一个死人名额，结果郑家的六个兄弟争先恐后要抢这个名额，事情传到朱元璋耳中后，朱元璋大喜过望地说："我大明居然有这等家族，他们肯定不会谋反！"于是将郑家免除罪名，还封他们郑家为"江南第一家"。

郑洽就是郑家的后代。他成为翰林学士后，很受朱元璋的喜爱。朱允炆不明白爷爷找这个人过来做什么。朱元璋不给他胡乱琢磨的时间，直接指着郑洽对他说："记住他，以后你可能要靠他。"

朱允炆又吃了一大惊，但他不敢多问，只是一个劲地点头。

朱元璋闭目许久，又睁开眼睛，对朱允炆说："我希望这个箱子，你一辈子都用不上。"

朱允炆这回真是丈二和尚摸不着头脑了：给我准备个箱子，又希望我用不上，那给我准备做什么？

朱元璋让老太监和郑洽回避后，对朱允炆说："不过，这只是我的一厢情愿。你如果以后用上了，也不要怪我，要怪就怪你自己。"

朱允炆顿时石化了，以为爷爷朱元璋得病后犯了老糊涂。可朱元璋清醒得很，他让朱允炆上前，然后戳着朱允炆的心口，说："做任何事之前，一定要问问自己的心，千万不要被人迷惑，千万不能急功近利。要记得我从前和你说的话，要把实力积累到一定程度才可出手，高筑墙、广积粮、缓称王。"

这些话，朱允炆耳熟能详，自然不会忘记。然而朱元璋又提醒他："你不仅仅是要把这九个字倒背如流，还要能把它用到实处，这才是真的记得。"

朱允炆装出了一副非常正经的样子，点头如捣蒜。其实，他根本就没有真的记得，知而不行，只是未知。他从皇宫中出来时，始终在琢磨那个箱子里是什么；可等他回到家，躺到床上睡了一觉后，他就把这件事忘了，忘得一干二净。

四年后，他的叔叔燕王朱棣举兵南下，势如破竹地抵达南京城下，随后有太监里应外合，大开城门。朱允炆吓得屁滚尿流，开始在皇宫中点火：一方面是为了自焚；另一方面，他决心什么都不给朱棣留下。

那个老太监此时提醒他："你还记得先帝给您留的那个铁箱子吗？"

朱允炆猛然想起来，问道："箱子呢？"

老太监把箱子从朱允炆的床底下拖了出来，朱允炆迫不及待地将其打开，里面的物品让他哑然：原来是三套袈裟、三套僧鞋、三套僧帽、三张和尚的度牒（和尚出家许可证），还有剃刀。

朱允炆问老太监："这有什么玄机？"

老太监说："这还不明白吗？这是让你赶紧剃发装和尚啊。"

朱允炆又问："为何是三套？"

老太监说："多了也放不下啊。这三套，你一套，我一套，还有郑洽一套。"

朱允炆左右张望，问："郑洽呢？就是当了和尚，也逃不出去啊？"

老太监说："你随我来。"

朱允炆只能死马当活马医，赶紧让老太监用剃刀胡乱地把头发剃掉。由于时间仓促，朱允炆又精神高度紧张，所以头颅总动，老太监的剃刀总向他的头皮招呼，最后，朱允炆的光头上血迹斑斑。

老太监又把自己剃度完毕后，两人从南京城东北角的"鬼门"溜了出去。鬼门外就是秦淮河，河边有一条船，船上有一道士，看样子正在焦急地等待他们。

朱允炆看到了道士，道士也看到了他们，上来打招呼说："贫道我等你们多时了。"

朱允炆吃惊道："你怎么知道我们要来，难道这是我爷爷安排的吗？"

道士点头。

朱允炆傻了吧唧地问："这四年来，你一直在这里等我们？"

道士说："我哪里有那么蠢？老皇上曾告诉我，要时刻关注宫中动向，一旦有变，我就必须出现在这里。"

这时，朱允炆终于明白了爷爷朱元璋的厉害。也就在那一刻，他猛然想到爷爷当初曾说过这样的话："我多么希望你用不到这个箱子啊。可你一旦用上，那就只能怨你自己了。"

这句话，让朱允炆懊悔地流下了眼泪，他看着皇宫中冒出的青烟，一阵恍惚。

朱允炆是如何走到1402年这一天的？朱棣的造反，辅臣耿炳文的无能，以及诸多文臣武将的愚昧，这些是直接因素；而关键因素，则是在朱元璋去世那年的四月，也就是老朱给小朱铁箱子的两个月后。

朱元璋的遗嘱

1398年阴历四月，朱元璋再一次病倒，医生的诊断仍然是风寒。但这一次他的病比上次来得严重许多。服侍他的人心惊胆战，因为老朱如果死了，那他们这些人也要跟着陪葬。所以，宫中所有的人都不希望朱元璋死掉，但朱元璋正义无反顾地向死亡之渊一路飞驰。

只有在这个时候，朱元璋才有时间回想自己的人生：那是灰色，甚至是黑色的。他给中国人带来的，只是暂时的秩序；但这秩序却是靠永不停止的血腥杀戮来维持的。他爱护百姓，却不能用一种理性的方式为百姓推开通往幸福的大门；他一厢情愿地以为靠杀戮官员就能消灭那些让百姓不幸福的人，但这显然不是长久之计。

当朱元璋回想往事时，他想到儿童时期丧失父母的情景，想到出门在外的不易和创业的艰辛。他偶尔也会想到那些跟随他出生入死的老战友，然而他们现在已成枯骨。他忽然发现，自己是整个人类社会最大的另类——白手起家，靠着运气、阴谋诡计和胆大妄为，一步步掌控了整个中国，而他也用自己有限的情怀和智慧，把中国政治推进了黑暗的深渊。

在床上躺了一个月后，朱元璋眼前出现幻觉：他能看到房间里各种各样的人走来走去，这些人在多年前跟随他征战沙场，后来被他亲手送进了地狱。如今，他们听说朱元璋要来了，都迫不及待地要提前见他，所以都从地狱中偷跑出来，来到他床边，用苍白的双手和流血的嘴角来抚慰他。

朱元璋被这些人抚慰得魂魄尽失，突然奇迹般地站了起来，他下了床，问身边的太监："现在是什么时候？"

太监告诉他："五月了。"

朱元璋若有所思地说："凤阳的花应该开了，想必煞是好看。"

太监不知应该回应他什么，只是喜极而泣地说："皇上，您龙体痊愈啦。"

朱元璋板起那张鞋拔子脸，问太监："你哭什么？难道是担心我死掉，你去陪葬吗？"

太监急忙跪下说："不是这样的。"

朱元璋告诉他："你放心，我死后不会让你去陪葬的，因为我现在就要把你干掉。"

一声令下，他身边的几个哭泣的太监被拉了出去，砍了脑袋。

杀了几个人后，他又觉得无事可做，只能坐在椅子上发呆。夜晚时分，他突然想到还有件重要的事要做，于是命人把已经撤职的锦衣卫前官员叫来，问："北边有什么动静？"

几个官员纷纷跪下汇报说："燕王很安分。"

朱元璋点了点头，说："你们几个这几年一直潜伏在燕地，就没有发现燕王有不安分的时候吗？"

他们回答:"真没有。"

朱元璋沉思了一会儿,突然暴怒,指着那些人说:"你们肯定是被燕王收买了,来人,拉出去砍了。"

几个人一面喊着冤枉,一面被拖了出去。

杀掉这几个人后,他更觉得无聊。那天晚上,他不停地在房间踱步,守在门外的太监能听到他时不时像猫一样的呼吸声,以及像蝙蝠一样的叹气声。

第二天早上,他又躺倒在床上无法动弹了。朱允炆像从前那样,不停地来探望,似乎要把一生的眼泪全部在朱元璋面前流干,把朱元璋哭得六神无主。朱元璋也想哭,可只是干哭,没有眼泪。有那么几天,他始终在琢磨为什么自己流不出眼泪。进入闰五月时,他终于想明白了:不是自己没有眼泪,而是自己的眼泪怕累,不愿意出来。朱元璋的下巴向前挺出许多,眼泪从眼睛出来后,必须经历很长一段路才能到他下巴底下,然后掉到地上。这段路,对于眼泪而言太艰辛了。

他想明白了这件事,就感觉自己的身体沉浸在眼泪的大河中,很是舒服。然后他强坐起来,对太监说:"传圣旨,让朱棣来见我。就说我要死了。"

朱允炆在一旁脸色大变,他不知道爷爷要玩什么把戏。此时的他已经成熟很多,当然这只是他自我感觉良好——不是他成熟很多,而是朱元璋已经病入膏肓,不能做主了,他这才感觉自己英明神武。

他偷偷地退出房间,命令草拟圣旨的官员:"圣旨五天后再发。"

官员惊骇万分,朱允炆眼睛里却射出火焰来,能烧死所有不听话的人。官员只好同意了。

圣旨被扣下了,朱元璋等着,他等得太久了,好像等了十万年。他等得不耐烦了,因为地狱还有很多人在等着他,他不能在这里继续待下去了。

他恐惧死亡，这是他一生中唯一不能打败的敌人，对付你无法打败的敌人，唯一的办法就是和他成为朋友。他现在和死亡成了好朋友，虽然他还是惧怕这个朋友。

他把朱允炆和重要的文武百官都叫到床前。没有人说话，只是静静地等着一代杀人狂去往另外一个世界。

有人不知是因为恐惧还是高兴，居然偷偷地哭了起来。朱元璋让他们不要哭，他说："你们要感谢我死掉，否则，你们谁都无法活下去。"

哭泣的官员们马上把眼泪收回。许久，朱元璋问了句："燕王来了吗？"

他们回答："没有。"

又过了一会儿，他再问："燕王来了吗？"

他们又回答："没有。"

他叹息地一笑，居然笑得很慈祥。他让朱允炆进前，让他把耳朵凑近他的嘴："一定是你玩的花样。"

朱允炆大摇其头，摇得很夸张，假得让人作呕。

朱元璋苦笑："你呀，朱棣进京才是好事。这回，你真要用上那个箱子了。"

朱允炆没有听懂朱元璋的话，他问："您让我四叔进京是……"

朱元璋摇头，说："已经不重要了。你知道又能怎样？我活着时他若来不了，我死后，他可就真来了。"

朱允炆不作声，他觉得爷爷是真糊涂了，而且是那种弥留之际的糊涂，他已经分不清这里是人间还是地狱了。

朱元璋是分不清了，因为他确实要前往地狱。他张了张嘴，对朱允炆说出了最后四个字："好自为之。"

然后，朱元璋就没了呼吸。他的尸体僵硬，皮肤迅速发黑，肚子瘪掉，牙齿和头发脱落。他终于死了。

朱元璋死后不久，朱允炆以朱元璋的名义发布圣旨："各亲王不必来京送葬，在封地即可。"

一年后，朱允炆又以自己的名义发布了圣旨："亲王们在封地违法乱纪，削藩。"

再一年后，燕王朱棣起兵南下。朱允炆大喜道："我已等候你多时了。"

他在一群狗头军师的参谋下排兵布阵。结果，什么耿炳文、什么郭英，这时候全都成了酒囊饭袋。朱元璋去世四年后（1402年），朱允炆终于等来了朱棣，不过，等来的是带兵进入南京城的四叔朱棣。

朱元璋在天有灵，一定会赞叹朱允炆这个孙子："真是个孙子！"

那些和朱元璋在一起的战友，也会由衷地对朱元璋竖起拇指说："天道好轮回，报应不爽！"

至此，朱元璋一生的故事全部结束了。他的故事能给我们普通人多大的启示，这还需要我们自己去发现。因为人类从历史中学到的唯一教训和经验就是：人类没有学到任何历史教训和历史经验。这和朱元璋苦口婆心教育朱允炆，而朱允炆最后还是犯了错是一样的。

但朱元璋成功的思路，却可以为我们提供一个小信息，那就是：在并不具备实力时，应该埋头苦干，不要张牙舞爪。积累得越多，爆发力就越强。别人越高调，你就越应该低调。凡是低调、闷声筑墙积粮的人，都会避过风险；相反，凡是那些高调、名不副实的人，稍遇挫折，必将死无葬身之地。

后记

这部稿子恰好完成于2020年新冠肺炎时期。由于受到疫情影响,无论是个人还是企业,都受到了严重打击。但在这种情况下,仍然有人坚挺,仍然有企业顽强地活着,倘若你认真观察,则会发现:凡是活下来的,都恰好契合了朱元璋的理论。

这个理论就是:高筑墙、广积粮、缓称王。

读客传记火爆畅销！

《知行合一王阳明》大全集
百万畅销书！通俗讲解王阳明及其心学思想的经典全集！

《曹操：打不死的乐观主义者》
越是逆境，越要乐观！

《秦始皇：创造力一统天下》
领略秦始皇如何用无穷无尽的创造力一统天下！

《成吉思汗：意志征服世界》
比智慧更强大的是意志！

《李世民：从玄武门到天下长安》
层层解读玄武门风云突变的疑点细节，
条条理析李世民名垂千古的曲折历程，
领略千古一帝先发制人的决断和心怀天下的胸襟。

《深不可测：刘伯温》
乱世攻城略地，拿下元朝万里江山；
盛世安邦治国，定下大明百年基业。
翻开本书，领略刘伯温深不可测的谋略智慧！

读客传记火爆畅销!

《帝国首辅:张居正》

在政敌眼里,他是卑鄙的弄权小人;
在百姓心中,他是伟大的救国英雄!
翻开本书,领略张居正如何不择手段救天下!

《曾国藩:又笨又慢平天下》

坚持笨拙,不走捷径!

《成吉思汗:比武力更强大的是凝聚力》

军事征服只是头一步,
将欧亚大陆的不同人凝聚在一起才是关键一步!

《武则天:从三岁到八十二岁》

不杀人就会被人杀,不称帝则死无葬身之地!

《曾国藩系列经典套装》

政商追阅!"曾国藩研究代表人物"
唐浩明经典畅销之作!

《卑鄙的圣人曹操(珍藏版)》

一件件讲透,曹操收拾三国群雄的卑鄙、奸诈、狠毒计谋;
一页页浸透,曹操体恤天下众生的柔情、仁义、圣人情怀。

激发个人成长

多年以来，千千万万有经验的读者，都会定期查看熊猫君家的最新书目，挑选满足自己成长需求的新书。

读客图书以"激发个人成长"为使命，在以下三个方面为您精选优质图书：

1. 精神成长

熊猫君家精彩绝伦的小说文库和人文类图书，帮助你成为永远充满梦想、勇气和爱的人！

2. 知识结构成长

熊猫君家的历史类、社科类图书，帮助你了解从宇宙诞生、文明演变直至今日世界之形成的方方面面。

3. 工作技能成长

熊猫君家的经管类、家教类图书，指引你更好地工作、更有效率地生活，减少人生中的烦恼。

每一本读客图书都轻松好读，精彩绝伦，充满无穷阅读乐趣！

认准读客熊猫

读客所有图书，在书脊、腰封、封底和前后勒口都有"**读客熊猫**"标志。

两步帮你快速找到读客图书

1. 找读客熊猫

2. 找黑白格子

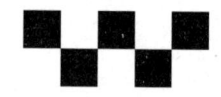

图书在版编目（CIP）数据

朱元璋 / 度阴山著 . —— 南京：江苏凤凰文艺出版社，2020.5（2024.8 重印）
ISBN 978-7-5594-4759-3

Ⅰ . ①朱… Ⅱ . ①度… Ⅲ . ①传记小说 – 中国 – 当代 Ⅳ . ① I247.5

中国版本图书馆 CIP 数据核字 (2020) 第 057390 号

朱元璋

度阴山　著

责任编辑	丁小卉		
特约编辑	石祎睿	乔佳晨	沈　骏
封面设计	陈　晨		
插画设计	刘　研		
责任印制	刘　巍		

出版发行	江苏凤凰文艺出版社
	南京市中央路 165 号，邮编：210009
网　　址	http://www.jswenyi.com
印　　刷	三河市龙大印装有限公司
开　　本	710 毫米 ×1000 毫米 1/16
印　　张	19.5
字　　数	242 千字
版　　次	2020 年 5 月第 1 版
印　　次	2024 年 8 月第 7 次印刷
标准书号	ISBN 978-7-5594-4759-3
定　　价	49.90 元

江苏凤凰文艺版图书凡印刷、装订错误，可向出版社调换，联系电话：010-87681002。